*A Michel Borday
en toute sympathie*

[signature]

La Morale de l'Amour

Aux Adolescents

« *Mieux vaut être la luxure de Priape entre les Bacchantes que la bêtise d'Hercule filant aux pieds d'Omphale, si vous ne possédez pas encore l'âme sagace de Philémon pour choisir la confiance de Baucis.* »

PAUL ADAM

• • •

LA VIE DES ÉLITES

La Morale
de l'Amour

PARIS

ALBERT MÉRICANT, Éditeur

1, RUE DU PONT-DE-LODI

*Il a été tiré de cet ouvrage
12 exemplaires sur papier impérial du Japon,
numérotés de 1 à 12,
au prix de 15 francs l'exemplaire.*

LA MORALE DE L'AMOUR

I

LE SEUL PÉRIL

Si nous entendons lutter contre l'excès de
sentimentalisme qui nous affaiblit, qui nous détourne aussi bien de l'action productive que de
la pensée créatrice, il faut résolument nous gué-
rir de la grande endémie nationale : l'amour. Depuis trois siècles, les littératures et les romances
nous enseignent que rien ne vaut la conquête
d'un cœur. Classiques et romantiques, écrivains
de l'école sensible, disciples de George Sand et
de Lamartine, tous répétèrent à notre jeunesse
que le but essentiel de l'effort devait être l'asservissement d'une âme à nos désirs de propriété.
Se promener à deux au clair de lune, par le chemin du bois, en se répétant des niaiseries ba-

nales et sempiternelles, se jurer des mensonges
emphatiques et vains, se promettre l'un à l'autre
des vies heureusement moins aliénables que le
couple ne les croit d'ordinaire, échanger des
promesses fausses et des hypocrisies lyriques,
se reprocher ensuite la fragilité de ces superche-
ries, se trahir, se venger, s'injurier, s'abandonner brutalement, parfois se haïr au point d'em-
ployer le vitriol, le revolver et le couteau : voilà
ce qui consomme, hélas, le meilleur de notre
jeunesse française.

Tout cela pour dissimuler, sous un verbiage
inutile, la saine convoitise que l'on a simplement de s'unir par les corps, au gré d'un appétit naturel, innocent.

C'est un grand malheur latin que les amants
se refusent à l'aveu net et candide de leur goût
pour la volupté nue, pour la camaraderie joueuse
des sexes. Les masques de toute une abominable
comédie, inspirée par les divagations des anciennes littératures, affublent trop laidement
nos beaux instincts. Convaincus par les refrains
d'opéras et les pires romans feuilletons, de livrer
aux passionnettes l'essentiel de ses forces et de
son temps, notre jeunesse n'écoute pourtant guère
les conseils des livres. Ils lui répètent à satiété,
depuis longtemps, que la fidélité n'existe presque

jamais dans l'union libre, fort peu dans le mariage, que l'amour est un leurre pour jobards.
Presque tous les contes nouveaux, qui sont, la
plupart, des confessions, enseignent que les
amants se trompent à gogo. Les faits divers,
outre la librairie, confirment chaque matin, la
thèse, dans les colonnes des gazettes où foi-
sonnent les crimes passionnels.

Il n'est pas une feuille imprimée, il n'est pas
un propos de café, de salon, de bureau qui ne
révèle les plus récentes et innombrables sa-
loperies du sentimentalisme militant. L'amour
engage le caissier à violer le coffre-fort de son
patron, l'ami à séduire la femme de son ami
et par conséquent à détruire la beauté de
leur confiance. L'amour fait déserter le soldat;
il sert d'excuse à toutes les lâchetés, à tous les
mensonges, à toutes les bassesses. Il est le grand
professeur d'infamie. A cause de lui, des hommes
pleins de courage et d'avenir cessent brusquement de poursuivre les fins élevées de leurs espoirs. Ils s'alanguissent auprès d'une créature
nigaude ou féline. Ils se contentent de flasques
embrassades, de caresses animales, de paroles
imbéciles, et de sobriquets enfantins. Ils attachent à leur essor le poids sinistre d'une maîtresse larmoyante et incapable. Ils interposent

l'aveulissement d'une tendresse entre eux et
leurs ambitions légitimes. Que de héros partis
sur les routes fraîches du succès, avec des muscles durs, une volonté opiniâtre, une voix so-
nore, et qui se sont arrêtés, au début du chemin,
pour sommeiller dans le giron crasseux d'une
fille vautrée ! Leurs muscles se sont amollis dans
les étreintes vulgaires. Leurs volontés se sont
émoussées dans les conflits absurdes des cœurs
défiants. Leurs voix se sont enrouées dans les
duos grotesques au clair de lune. Cinq ans, dix
ans après, quand toutes les déceptions ont été
connues, quand toutes les hontes ont été bues,
ils veulent parfois secouer le joug de la femme,
pour reprendre le bâton des routes joyeuses, des
routes sonores, celles qui mènent aux couchants
magnifiques et aux belles aubes triomphales.
Mais leurs pas chancellent. Leurs yeux demeurent obscurcis par les ombres des lassitudes misérables. Autour d'eux se hâte une génération
nouvelle dont ils comprennent mal les vaillances
et les discours. Ils ne peuvent suivre la foule
neuve. Leurs pas ne s'adaptent point à son pas.
Alors ils se résignent. Ils seront les humbles, les
chétifs, les médiocres, les ricaneurs et les pares-
seux. Accoutumés au mensonge et au dol, par
les déloyautés des adultères et les raffinements

de la jalousie, ils manqueront de la franchise nécessaire qui rend l'homme précieux aux hommes .
Le mépris des gens actifs rejettera le pauvre
hère dégradé par les commerces fourbes de
l'amour. Définitivement, il gît comme un dé-
chet dans la multitude des inutilités sociales. A
peine est-il un outil que manient des mains
étrangères et rudes.

Jeunes gens, ne soyez pas des amoureux, vous
qui prétendez à devenir une force parmi les
forces du monde, vous qui prétendez au laurier
d'or. Choisissez des amies, mais fuyez les maîtresses. Que les joies de la volupté, comme celles
de la gourmandise, ne vous paraissent jamais
telles que vous deviez sacrifier à la convive une
part, la plus minime, de votre élan vers la conquête de l'énergie productive. C'est dans l'amour
imbécile et quotidien que nos races latines dila-
pident le trésor de leurs volontés. Ici le mâle
s'asservit trop aux caprices de la compagne. Il
néglige la culture de son esprit et le développement de ses pouvoirs, afin de s'alanguir dans les
bras fades des filles roucoulantes qui le dépouillent, inconsciemment, mais sûrement, de ses
initiatives, de ses vigueurs morales.

Innombrables sont les heures que les affres de
la jalousie accaparent, qu'elles endolorissent;

·qu'elles rendent absurdes et sans vaillance. Beaucoup d'hommes passent le temps à poursuivre la
nymphe, à l'épier, à la guetter, à la convaincre
par les regards, les gestes, la parole, les présents;
puis à l'attirer chez eux, à la séparer de son milieu, à s'imaginer qu'ils la transforment en une
chose de leur domaine. Alors, ils paradent, fiers
de soi, parce qu'une péronnelle empanachée semble leur appartenir. Aveugles et satisfaits, ils ne
soupçonnent rien de ce qu'elle trame, de ses tromperies et de ses marchandages secrets. Ils s'estiment supérieurs, parce qu'ils sont aptes à tenir
pour vérités les mensonges les plus évidents, jusqu'au jour où l'accident dénonce tout le mystère
des intrigues. Ils pleurent; et puis recommencent,
la saison suivante, sans répit.

Comment une âme occupée de ces pauvres drames, de ces piteux vaudevilles, saurait-elle se for-
tifier pour la lutte grave, entre les talents créateurs? Les coquetteries des maîtresses inquiètent trop. Elles s'attribuent toute la vie de leurs
amants, et ne permettent point qu'elle s'égare à
désirer autre chose que leurs petits luxes sots,
que leurs caresses vulgaires.

Jeunes gens, ne soyez pas amoureux ! Chassez
de votre intelligence toutes les tentations sentimentales. Soyez donc des voluptueux savants

et raffinés qui n'érigent point de temple aux servantes de leurs joies, qui ne s'endorment point à
leurs pieds oisifs, mais qui veulent, pour chaque
instant de plaisir, une convive nouvelle.

Les jeunesses du Nord ont sur la nôtre ce grand
avantage qu'elles s'oublient moins dans le rêve
malsain de l'amour. Plus vicieuses, peut-être, elles
n'embarrassent pas leur avenir en traînant avec
elles ces petites compagnes inutiles qui répètent sans cesse la même grimace de leur minois,
le même sourire de leur piètre fausseté. Là-bas,
ces inhibitions sont l'apanage de la populace, des
êtres inférieurs. Le Germain courageux, le Yan-
kee avisé, le Viking confiant, se lancent dans la
vie, libres de toute attache. Ou bien, ils se marient de bonne heure avec une fille à caractère
viril qui se fait vite l'associée de leurs efforts, qui
combat à leurs côtés pour l'honneur de la maison, pour l'aise commune, pour la respectabilité
du nom. En Amérique, la jeune bourgeoise, souvent plus instruite que son mari, guide le ménage,
l'aide de ses relations, le mène au triomphe, par
son adresse et son génie social.

Si un homme estime ne pouvoir vivre solitaire, s'il constate le besoin d'être secouru par
une amie sûre, alors, qu'il n'hésite point: qu'il
préfère le mariage à la liaison. Le sens de la du-

rée qui préside aux affections conjugales leur
vaut un caractère très différent. Les époux dignes
de leur rôle conçoivent vite qu'ils composent avec
leurs deux âmes une nouvelle âme en deux corps,
une seule force à deux moyens. Ils se communiquent leurs qualités. Ils atténuent leurs défauts.
Ils méditent la perfection nécessaire pour préparer à la descendance une vie favorable. Il y a une
œuvre là, une chose perpétuelle qui leur survivra.
Passé les premiers temps des caresses, les époux
intelligents deviennent les prêtres d'un devoir.
Et cela les grandit étrangement. Ils sont la famille, le type social, par excellence, dans notre
ère de civilisation, le noyau de l'expansion spirituelle, sur la planète.

Au cours d'un admirable livre, *L'Associée*, le
grand écrivain mort tout jeune, Lucien Mühlfeld,
a démontré quelle puissance pouvait acquérir
dans le monde moderne un couple d'époux la-
borieux, avides de faire triompher, avec ses chances particulières, les idées dont il est l'expression humaine. Cette bible du mariage est utile à
lire. Elle enseigne aux sentimentaux, incapables
de vivre libres, solitaires et volages, quelle sorte
de tâche magistrale savent accomplir les maris et
les femmes dans un esprit de création. Le tenace
espoir de s'allier à une personne riche détourne

les jeunes gens des fiançailles prématurées. Ils
ont tort. La plupart des dots bourgeoises ne dé-
passent guère 100.000 francs, ce qui rapporte
3.000 francs de rente annuelle. Au prix de la vie
actuelle, cette somme n'est pas suffisante pour
payer l'ennui de cohabiter avec une créature
sans charme, ou de caractère inégal, ou trop jeune
pour l'homme qui crut devoir attendre les avantages pécuniaires de l'âge mûr afin de justifier
la requête d'une dot équivalente. Une enfant
curieuse de toute la vie s'accommode mal d'un
esprit sérieux, déjà blasé sur les plaisirs, et désireux de repos. L'incompatibilité des humeurs
apparaît promptement, puis les aventures fâ-
cheuses.

Bien que l'argent ne doive pas guider le choix,
n'allez point, pour cela, épouser votre concubine,
qui, malgré le titre, obtient rarement la place de
femme légitime dans la société. Elle gène son
mari, sans conquérir la place convoitée. Elle
écarte de lui les ménages rigoristes. Il n'est plus
le célibataire indépendant et qui n'a que lui-
même à faire valoir. Il porte la tare d'un passé
douteux. S'il atteint une haute situation, cette
tare s'affirme davantage. La médisance et la calomnie l'aggravent. Il en est de même lorsque
l'on a choisi une fille pour sa beauté, mais sans

.prendre garde à son éducation, à ses manières, à son savoir. Les gaffes de l'épouse mettent vite à rien les mérites du mari.

Le mieux, pour les sentimentaux incorrigibles, est certainement de s'unir à une jeune fille avenante et gracieuse, très instruite, élevée dans un milieu sévère, capable des petites vaillances qu'impose un revenu modeste, mais apte, un jour, à triompher par toutes les élégances, si le sort se déclare. Peu importe qu'elle ait ou non la dot. Son savoir et sa droiture permettront certainement d'acquérir ce qui manquera.

Donc, ne soyez pas amoureux, ou si vous l'êtes, mariez-vous incontinent. N'attendez point que les vices des liaisons aient amolli votre courage, détrempé le métal de votre énergie, accoutumé votre être à toutes les sottises des existences veules et bêtement vaniteuses, découragé votre vertu par toutes les trahisons et par tous les mensonges. C'est dans cette ordure que la jeunesse française noie l'efficace de ses qualités, et qu'elle se prépare des vies sans grandeur, celles aussi de la nation.

II

« MYSTÈRE ET SANG »

Car le sentiment ne désarme pas. Tel soir, sous le nom de Marcel Michel, mécanicien, il plantait, par deux fois, le couteau dans la poitrine de la jeune Blanche Bongard, qui s'était affranchie de ses délices ; ensuite, sous le nom d'Arthur Hardier, plombier, et pour les mêmes motifs, il défigurait, à coups de botte, Marguerite Guitton, gisant sur le trottoir de l'avenue du Maine auprès de sa mère frappée par surcroît, et qui vomissait le sang. Dans l'après-midi, le juge d'instruction avait entretenu de choses pénales le même Éros, qui, ayant eu l'art de séduire, aux eaux, sous les espèces d'un certain Joseph M..., telle brave dame chaleureuse, lui réclamait 10.000 francs pour ne pas avertir le mari de cette douce et charmante ivresse. Cependant, les conversations de cette semaine-là commentaient le

trépas d'une coquette octogénaire, parente d'un
général illustre, et assassinée par quelque chéru-
bin. Néanmoins, dans les cours des maisons, la
romance tenace suppliait quand même le ciel :
« Il nous faut de l'amour, n'en fût-il plus au
monde ! »

Ce n'est pas que la volupté ne vaille qu'on s'y
prête, à condition d'en demeurer là, de n'y pas
joindre la saloperie. Mais, à beaucoup, il semble
impossible de séparer l'amour du mensonge,
l'infamie du crime. Plus vertueuse que les siècles passés, notre époque, sur ce point, en reste
à la barbarie du moyen âge. Autour de la couche
à plaisir, toutes les immondices morales s'amas-
sent. Le général F... fut un brave soldat et un
homme d'honneur, sinon un chef adroit ; sa
nièce devint, par le fait de Cupidon, une gourgandine que les croupiers traînèrent de tripot en
tripot, pendant de longues années, puis une entremetteuse ridicule abouchant des hommes avec
les créatures en quête du louis. Enfin, elle meurt
dans la pourriture de ses mœurs, tuée par l'escogriffe qui la fit râler de plaisir avant de la faire
râler d'agonie, et de fouiller les cachettes. Voilà
ce qu'une existence passionnée comporte d'abjections, même lorsqu'elle fut brillante, voire spirituelle.

Sanglée, parée, parfumée, violemment ador-
née de sa perruque rousse, couverte de fards qui
charbonnaient les poches flétries de ses yeux,
rougissaient les lèvres flasques, plâtraient les
rides, recrépissaient à peine les joues blettes,
cette vieille bacchante semblait une apparition
symbolique : la statue chancelante de la vie sentimentale, aujourd'hui caduque chez les élites,
mais qui masqua tout un siècle de ses mots
vains et décoratifs, de ses rimes, de ses déclarations, la franchise de nos instincts, afin d'obtenir,
par sournoiserie, l'indulgence, le profit, l'aisance, parfois même la richesse et la considération.
La coutume du secret qu'imposent les liaisons
illicites avait conduit cette octogénaire aux manigances de louches entreprises. Cela devait
aboutir au drame ignoble, à la chute sur le coin
du meuble, contre quoi sa perruque protégea
mal la victime avant qu'elle fût achevée preste-
ment.

Mystère et sang.

C'est la devise du romantisme. A tort les esprits positifs nient l'influence de la littérature
sur les mœurs.

Lorsque le gouvernement de la Restauration
composa la gloire de l'école qu'illustra Victor
Hugo, cette école dut réhabiliter, à grand ren-

fort d'alexandrins, le moyen âge espagnol et allemand, les forfaits chevaleresques, les tragédies
de la princesse enlevée par le traître, de l'épouse
enfermée dans la tour par le mari répugnant et
sexagénaire, du bandit magnifique et loyal, des
amants suspendus à l'échelle de corde, des An-
tonys farouches, exemplaires et rhéteurs. Ainsi,
l'entourage de la duchesse de Berry pensait uniquement à faire chérir, par les lecteurs et les
spectateurs, l'ancien régime mis en opposition
avec l'esprit classique jacobin qui ressuscitait
partout, conspirait à Saumur, à Belfort, procla-
mait la République à Thouars, épanchait son
sang sur l'échafaud du général Berton et sur
celui des quatre sergents de La Rochelle. Le
résultat fut bien autre. Tout cet arsenal de
phrases splendides servit moins à transformer
les votes qu'à modifier les âmes. On cessa de vénérer le héros romain qui soumet ses passions au
devoir. On exalta l'admiration pour l'amant sanguinaire qui asservit les êtres à l'orgueil de ses
appétits génésiques. De 1825 à 1860, Antony guer-
roya contre Polyeucte, Horace, Tite, et Britan-
nicus. Il les vainquit. Le second Empire consacra cette victoire malfaisante. La passion égor-
geait le devoir dans toutes les fables à succès,
dans toutes les pièces triomphantes. George

Sand fut la mauvaise magicienne qui remua les âmes modestes des provinces. Elle et ses imitateurs détournèrent les Indianas de la mission conjugale et maternelle, fondèrent définitivement la religion de l'adultère, de la jalousie homicide, du « mystère-et-sang » qui depuis, éduqua trois ou quatre générations. Transmises par le roman feuilleton dans les masses, ces idées-là perdirent leur nouveauté, se propagèrent, se vulgarisèrent, devinrent des sentiments ataviques, innés, légués par nos aïeux à leur descendance. Aujourd'hui, le mécanicien qui tue la brunisseuse, rue Botzaris, ne cède à la sauvagerie médiévale que grâce aux drames de Théodore Barrière, d'Alexandre Dumas, de d'Ennery, et à l'influence de la littérature hugolienne. Il se voit ainsi pareil aux personnages de théâtre. Ignorant les poètes, il recherche la célébrité de l'acteur par les moyens qui la procurent aux lueurs de la rampe.

Avant le romantisme, l'amour était une chose joyeuse et libertine. La théorie de la nature prêchée par Rousseau, Bernardin de Saint-Pierre, Raynal, les encyclopédistes, avait prescrit aux amants le libre choix. Mais, les invitant à la volupté, elle ne leur prêchait ni l'hypocrisie, ni la farouche possession qui s'affirme le fer au poing.

Maris et amants usaient de tolérance. Leurs
amies les quittaient sans qu'ils résolussent de
les mettre incontinent à mort. Sourieurs, ils
cherchaient d'autres bergères. Ils respectaient le
libre arbitre de la belle volage qui se plaisait en
d'autres bras. Au temps de la Révolution, du Directoire, cette exquise complaisance régna. Bonaparte ne se fâche qu'à demi, lorsqu'il apprend les
frasques de Joséphine. Mme Tallien gouverne
dans les salons où les liens éphémères se nouent,
se dénouent à l'aise. De même parmi le peuple.
Les chansons de Béranger nous conservèrent, en
couplets, la morale courante de l'époque. Lisette
se trousse les cotillons où cela lui sied, sans
qu'intervienne un propriétaire acharné, le poignard à la main. Rare est le crime passionnel.
Les hommes évitent de paraître bêtement vaniteux au point de n'admettre pas que leurs maîtresses se lassent de leur commerce. La muse et
la vie restent de gaies polissonnes. On est « sensible », c'est-à-dire sujet à fléchir, lorsque le conseillent les forces de la nature qui conspirent
contre la vertu la plus solide. On n'est pas encore
sentimental. Werther n'a pas conquis la France
avec les Alliés de 1814 et de 1815. Inutilement,
l'Adolphe de Benjamin Constant pleurniche.
L'agrément du spasme n'est pas corrompu par

l'importance exagérée que, tout à l'heure, on lui
attribuera. On ne dissimule rien de ses plaisirs.
Les baisers s'échangent au glouglou des bouteilles.

Après Waterloo, les Allemands occupent la
France jusqu'en 1818. La Cour les fête. Ils ont
ramené le roi. Leur âme est imitée par les fas-
hionables. D'ailleurs, Gœthe et Schiller possèdent l'essentiel pour persuader le génie. Hugo
s'inspire de Wieland et d'Uhland. Il leur emprunte la ballade. L'appareil affreux du moyen
âge ressurgit. Voici venues toutes les fiancées de
la Mort. Du romantisme allemand naît le romantisme français qui s'adjoint le sens de la cruauté
maure, italienne et espagnole. Quand Alexandre
Dumas fils écrira sa brochure *Tue-la*, sans doute
ne saura-t-il plus guère les origines de son aphorisme brutal Pas plus que ne le savent les meur-
triers de nos boulevards et de nos hôtels garnis.

III

LA SENTIMENTALITÉ

Si le sentiment est, aujourd'hui, le mensonge
d'un mot sous lequel se dissimulent des appétits
très positifs, jadis, il fut, en soi, une réalité.
Nos aïeules purent se dire sentimentales, sincèrement. Cela ne représente pas grand'chose à
l'esprit contemporain. Il nous semble fort malaisé de définir ou d'expliquer la valeur du vo-
cable. Se tenir les mains à la lueur de la lune,
dans un parc ; croire au bonheur durable, éternel et sans mélange parce que deux épidermes
se vont frôler ; plaindre son cœur douloureux,
un mouchoir sur les lèvres ; s'enthousiasmer
d'espérances puérilement chimériques ; pleurer
sans causes ; s'émouvoir au son du piano, de la
rame frappant la rivière : voilà quelques caractères extérieurs de l'attitude sentimentale. Nous

rêvons différemment. Le clair de lune nous enchante pour ses harmonies colorées que nous spécifierons avec certitude. Nous croyons difficilement à l'éternité du bonheur procuré par la seule juxtaposition de deux goûts sexuels réciproques. Nous ne plaignons guère nos cœurs, mais les blâmons, connaissant les motifs de la jalousie qui est de l'orgueil outragé si notre besoin barbare de propriété sur l'amante paraît contredit. Nous n'espérons plus sans imaginer la série des obstacles, des calamités adversaires, des impossibilités évidentes ou probables. Notre émotion devant le piano se quantifie selon des théories d'acoustique et d'art. Nous savons. Le Sentiment était-il de l'ignorance ?

Les sociologues et les psychologues prétendent que le concept d'une élite adopté par la foule, puis devenu, en celle-ci, une puissance et, par l'atavisme de quelques générations, une manière d'instinct, d'appétit fort et irraisonné, se dénomme alors « sentiment ». Ainsi : quand il eut poussé le peuple de la première République hors des frontières et à la conquête de l'Europe, afin de défendre contre l'alliance des monarques l'Idée des encyclopédistes, l'essor de la liberté se transforma en ce sentiment vague et maître du patriotisme, besoin de dignité nationale em-

prunté par l'éloquence des Conventionnels au
souvenir des Romains. Car, autrefois, la haine
de l'envahisseur répondait seulement à ses dé-
prédations : le paysan s'armait par riposte envers
qui déterrait son trésor, emmenait son bétail,
houspillait sa femme. Les milices des communes
se formèrent dans cet esprit tout particulier de
protection couvrant l'objet de la richesse locale ;
tandis qu'aujourd'hui, le patriotisme est un
dogme d'honneur général dû à la coutume des
triomphes qui consacrèrent la gloire de la liberté. Une philosophie de l'élite est devenue le
sentiment obscur du peuple.

Le sentimentalisme des bourgeoises, très puissant au milieu du siècle, doit dépendre, lui
aussi, d'une idéologie modifiée. Laquelle?

Les romanciers du sentiment, George Sand,
Lamartine, Feuillet, Charles de Bernard, n'expliquent rien. Ils se soucient peu d'analyser. Indiana se lamente dans son castel, s'ennuie, rencontre la passion, souffre, sans que rien de son
âme intime se révèle. Nous la voyons extérieure,
agissante. Nous l'ignorons pensante. De même
pour Graziella. Je néglige, évidemment, les motifs grossiers des adultères : le mari butor, accablé
de maints défauts ; l'amant divin, paré de mille
vertus. Ce côté simpliste de la dialectique passée

offre à sourire. Il ne faut pas chercher sur cette façade la beauté des œuvres. Les caractères nous intriguent mieux. Ils existent. On en respecte d'admirables, comme Jocelyn. Ils sont des types d'humanité, en dehors même de l'art qui les présente, et quel que soit cet art, qu'on l'approuve ou non. Ces caractères s'expriment en action, en gestes, en pleurs, en rires, en mimiques enthousiastes. Leur âme demeure close. Ils exécutent les ordres du sentiment. Celui-ci commande, incognito.

Musset a fort bien compris ce vide de l'esprit romanesque. Il tenta de poser le problème dans une élégie célèbre : *Lucie* :

Nous étions seuls, pensifs, et nous avions quinze ans.

Pensifs ! Voilà le mot qu'il fallait soumettre à la plus minutieuse et savante des analyses. Quelle splendeur méditaient ces pensifs ? S'en tenir à l'épithète fut commode.

Les naturalistes répondraient à la question en affirmant que ces deux adolescences imaginaient leurs délires à la minute prochaine de s'étreindre. Le psychologue supputerait leurs espoirs d'argent, de situation et de vanité. Le poète assurerait que l'excellence de leurs formes, de leur image, de leur geste plastique enchantait les deux âmes, et qu'elles s'admiraient, artistes.

2

Telles seraient les principales explications du
contemporain. Je les admets difficilement. La
volupté amoureuse restait étrangère aux filles
de la bourgeoisie. Les couvents éducateurs de
la Restauration les persuadèrent de concevoir
la communion charnelle comme une incongruité.
On se rappelle le mot d'Henri Becque sorti
de cette caste. Le manager d'un théâtre reprochait au dramaturge d'avoir, dans sa pièce,
laissé l'ingénue céder au séducteur ; et il alléguait
que le public bourgeois, n'admettant point tant
de vice, sifflerait la comédie. L'auteur ne transi-
geait pas. « Mais enfin, s'écria l'autre, votre ingénue est bien élevée, par conséquent très sur-
veillée, jamais seule ; où diable voulez-vous que
la chose ait pu se faire ? — Dans les water-closets,
comme toujours ! » répondit Becque. Je crois
que cette riposte n'était pas une simple boutade.
Paul de Kock et les chansons du Caveau mêlaient
souvent le stercoraire à l'amour. L'exclamation
qui protestait contre une parole leste ou une ordure de langage, se proférait sur le même ton.
Le nu, qui de nos jours semble indispensable aux
jeux de Vénus, n'était point de mode alors, dans
le lit conjugal ou adultérin. Une femme ne refusant rien s'indignait si la prière de l'amant l'in-
citait à l'abandon du dernier voile : « Me prenez-

vous pour une fille ? » On cachait l'acte avec la même honte qui préside à d'autres humiliations naturelles. Les chansonnettes, les vaudevilles, les romans comiques de l'époque attestent continûment cette parité entre les deux fonctions.

Certes, je parle de la bourgeoisie, de ses mœurs propres. Courtisanes et lorettes s'exécutaient d'autre façon. Les grandes dames de Balzac aimaient à la manière de leur aïeules, celles des Porcherons, celles habituées de la loge maçonnique du comte de Saint-Germain. Exactement se renouaient les fils d'une tradition rompue par le couperet de la guillotine.

Mes bourgeoises, préparées à la vie dans les couvents, retrouvaient chez elles la même sévérité de la dévotion. Il était interdit de se baigner sans peignoir, de s'essuyer tout le corps à la fois. Point de vierge qui eût la vision de ses formes. Elle s'ignorait comme nymphe. L'incongruité du désir demeura longtemps un dogme indiscutable, indiscuté. On se gardait de devenir malpropre en y songeant. Ainsi fut parfaite l'innocence angélique tant rythmée par les élégiaques. Donc, les naturalistes se tromperaient dans leur dissertation moderne. Eugénie Grandet, Elvire, Lucie, Ursule Mirouët n'imaginaient pas la réalisation de leurs désirs, quand elles se promenaient au

clair de lune avec le jeune homme en pantalon
de nankin.

La solution des psychologues ne vaut guère
mieux. Au temps de Charles X et de Louis-Philippe, voire même de Napoléon III, le père de famille gardait encore jalousement son autorité ;
il ne tolérait point qu'une enfant la discutât. Le
père Goriot et ses filles sont des personnages
exceptionnels. D'ailleurs, il ne se laisse reléguer
qu'après leurs mariages. Des manifestations de
cette autorité, la plus effective, le maniement de
la fortune, était sacro-sainte. Peu de parents mettaient leurs fils, et encore moins leurs filles, au
courant de leurs finances. On ne parlait pas des
choses graves en présence des enfants considérés
encore comme des incapables, des mineurs et
des niais. Au reste, ils l'étaient réellement, par
suite de cette éducation même. Elvire ne calcu-
lait pas durant ses rêveries aux côtés du cousin
doctrinaire, libéral ou carbonaro.

L'argument esthétique ne saurait prévaloir contre le dogme de l'incongruité, de la pudeur excessive ; et mieux encore contre l'ignominie du luxe
en vogue, de 1825 à 1850. A parcourir les journaux de modes féminines, on s'étonne de la hideur des toilettes. Les femmes y paraissent
comme des cloches d'oripeaux barbares, gros-

sièrement alourdies de soutaches, ballonnées de
ressorts et de boudins, parfois flanquées de manteaux ridiculement romantiques, à collets monstrueux et tailladés, chargés de broderies pesantes:
Le cou s'engonce dans les collerettes tuyautées
et rêches. Les cheveux tirés en arrière, lissés par
d'ignobles pommades, découvrent la rondeur
niaise des visages, les font paraître quasi chau-
ves, malgré les coques échafaudées à la cime de
l'occiput, liées avec des tresses, des rubans, des
chaines en chrysocale, des ferronières en cail-
loux.

C'est le règne de l'horrible et du faux. La ta-
pisserie en papier imite laidement le panneau de
marbre, les colonnes. Un vert dur recouvre le
plâtre des statues afin qu'elles semblent de bronze.
On se coiffe à la chinoise devant une pendule
soutenant un Voltaire sous globe. Le gracieux
mobilier du dix-huitième siècle est traité de *ro-
coco*, délaissé. Il encombre les chambres d'hôtel
garni. Devant le foyer, un paravent de laine
verte, muni de choux en laine rose régulièrement
espacés, veut rappeler le gazon et les fleurs. La
brique de la façade est plâtrée afin de singer la
pierre. Et par toute cette hideur, la bourgeoise
prétend évoquer le marbre des palais romains,
l'exotisme grec ou algérien marqués par des

2.

glands multicolores aux embrasses des rideaux
et sur la calotte du propriétaire. Cela pêle-mêle.
La cage chinoise, le fez turc et le fauteuil Empire
voisinent dans les meilleures maisons de l'aristocratie bourgeoise sans offenser l'esthétique
d'aucun. Un bahut romantique tient dans le salon
la place d'honneur entre deux bergères Louis XVI
dont furent soigneusement noircis et vernis les
bois, parce que l'ébène est une matière coûteuse.
On vit dans la crasse, très à l'aise, par économie,
pour obéir à la fameuse parole de Guizot : « En-
richissez-vous ! »

Comment soutenir qu'une enfant élevée dans
ce milieu pût méditer l'esthétique et la plasticité
de ses poses amoureuses?

La sentimentale ne pensait essentiellement ni
au vice de nos demi-vierges, ni aux intérêts de
nos petites rosses, ni à l'esthétique de nos femmes
nouvelles. A quoi pensait-elle? Qu'était sa méditation?

Si on l'eût interrogée, elle eût raillé celui qui
cherche midi à quatorze heures. Elle eût dit :
« Pour ça, comme ça ! » avec un frisson gêné des
épaules, un sourire gauche, une rougeur subite ;
et se fût dérobée.

On peut s'acharner à lire, à relire les œuvres
de George Sand. Rien. Elle n'explique rien.

Musset tente de savoir. Il se heurte, renonce :

Mais je croyais l'aimer comme on aime une sœur,
Tout ce qui venait d'elle était plein de pudeur !
Nous nous tûmes longtemps ; ma main touchait la sienne,
Je regardais *rêver* son front triste et charmant...

Mais sapristi, à quoi rêvait-elle ? A quoi ?... A quoi ?

Son sourire semblait d'un ange : elle chanta...

Peut-être ce chant va-t-il nous instruire... Erreur. Il y a, dans le texte, deux lignes de points ; puis une belle déclamation vide : « Harmonie ! Harmonie !... »

Cependant, il s'obstine :

Qui sait ce qu'un enfant peut entendre et peut dire,
Dans les soupirs divins nés de l'air qu'il respire !
Tristes comme son cœur et doux comme sa voix ?
On surprend un regard, une larme qui coule,
Le reste est un *mystère* ignoré de la foule...

Parfaitement, et de Musset lui-même ; et qu'il lui appartenait, comme à George Sand, d'élucider. Ou bien que signifie l'œuvre du romancier, du poète ?

Nos écrivains cherchent assidument « midi à quatorze heures ». Ils trouvent parfois ; et il en est qui travaillent au souci de la sincérité jusqu'à mourir de leur tâche. Naguère, le livre posthume de Maurice Léon nous apprit son cou-

rage de surhomme pour découvrir enfin la véritable sincérité. Et ce fut une haute et splendide
révélation du caractère nouveau de la conscience
artistique, chez un enfant de vingt ans tué par
ses travaux, mort au champ d'honneur de l'expérience littéraire.

Ernest Lajeunesse dans l'*Inimitable*, Charles-
Louis Philippe dans *Croquignole*, Hugues Rebell
dans la *Câlineuse*, Eugène Vernon dans la *Demeure enchantée*, Eugène Monfort dans la *Turque*,
Edmond Jaloux dans l'*Agonie de l'amour*, Gaston
Volnay dans l'*Iris noir*, Albert Delacour dans le
Roi, Camille Mauclair dans l'*Ennemie des rêves*,
dans le *Mystère du Visage*, et dans ses belles
épopées romanesques, tout une jeunesse merveilleuse peine afin de découvrir ce mystère
de l'âme qu'elle ne se contente plus de men-
tionner à l'exemple des anciens poètes. On
la veut savoir toute, elle et ses arcanes. Il faut
regretter que les écrivains de jadis n'aient pas
eu la même conscience, la même force. Par leur
faute, un type humain disparaît qui ne sera jamais connu : la Sentimentale.

D'ailleurs, on comprend leur méprise, leur
renoncement. L'homme n'était guère alors plus
sentimental qu'aujourd'hui. Ce qui survivait de
grandeur en son effort, il le devait à l'époque

révolutionnaire, à la magnanimité romaine res-
suscitée par l'exemple latin, et qui produisit, de
1792 à 1810, des caractères copiant les vertus de
Caton, de Cincinnatus. Les carbonari de Juillet
possédaient encore l'âme cornélienne. Cette âme
s'évanouit après les Trois Glorieuses. L'esprit du
Nord, l'esprit pratique du Germain écarta la
magnanimité. Bismarck est le prototype de la génération d'hommes qui multiplièrent l'industrie,
la spéculation, la puissance des Bourses et des
Parlements, les guerres à résultats franchement
économiques. Ce genre d'intelligence repoussa
l'illusion, vit net et réel, agit en conséquence,
dépouilla les masques d'héroïsme, rejeta les mé-
taphores éloquentes, et donna pour idéal aux
peuples l'aise sociale engendrée par les forces de
production, et non par les gloires. Les amants de
la Sentimentale ne la pouvaient pas mieux comprendre que son mari. Par le moyen de l'adultère,
elle se retourna sur le gril rougi, mais elle
demeura sur l'instrument de supplice. Musset ne
la pouvait savoir. Mais George Sand est impar-
donnable de ne l'avoir pas révélée.

Les « ce je ne sais quoi » et les « indéfinissa-
bles émotions » restent de piteuses défaites littéraires.

Dans les vers de Lamartine, cependant, émer-

gent des indications. La prestigieuse harmonie de
la nature évoquée sur les eaux du *Lac*, n'est pas
loin de signifier une partie de la vérité. La religion de la nature, inaugurée par Jean-Jacques
en tant qu'idéologie, semble être devenue un
des facteurs du sentiment. La dévotion envers
les forêts, la mer, les rocs, les parcs, les chênes antiques, le ciel et la douceur lunaire, illustrent
abondamment la phrase amoureuse. En outre,
la maternité fut aussi la grande occupation des
sentimentales. Elles eurent, inconsciemment et
même consciemment, le sens de la race à perpétuer dans la vigueur physique et morale de la descendance. Assiduité pour l'intrigue, avidité pour
la richesse de la famille, pour le trésor, respect
des honneurs officiels, du fonctionnarisme,
astuce dans la « démarche », réinstallation du
népotisme monarchique, culte des relations utiles,
fermeté pour la constitution des castes : telles
paraissent leurs qualités évidentes et l'essentiel
de leurs existences conjugales. Mères, elles thé-
saurisent et préparent le meilleur destin de la
lignée, sans dépenser en leur faveur rien que le
strict nécessaire. Elles-mêmes jouissent peu et
s'en moquent. Elles subissent, dans leurs cœurs,
l'effort de la nature qui perpétue l'élan de la race
par-delà les individus. Les sentimentales se sacri-

fient à l'avenir, sans héroïsme, sans conscience de
leur rôle de victimes, sociales. L'idéologie de
Rousseau a quitté la forme philosophique, verbale et déclamatoire pour animer le sentiment
obscur de trois générations féminines. Se penchant sur l'épaule du poète, Lucie pleure sans le
comprendre, peut-être, ce dévouement fatal.
Iphigénie pleure avant l'immolation.

Bernardin de Saint-Pierre décrivit le mieux
l'influence du Retour de la Nature sur Paul et
Virginie. Cette idylle procura des impressions
déterminantes à toute la jeunesse, jusqu'au milieu
du XIXe siècle. L'auteur cependant n'avait rien
expliqué de la crise amoureuse qu'il conta. Mais
le résultat de cette lecture fut considérable. Ce
qui prouve, encore une fois, que les livres font
les races, les caractères et l'histoire, depuis trois
ou quatre siècles.

La religion de la nature, de sa fatalité, de sa
dynamique, semble donc bien avoir, en s'ignorant elle-même, inspiré le thème de la sentimentalité. La doctrine des couvents dicta de plus,
aux écolières, cette pitié larmoyante à l'égard du
faible, et qui rendit la mort, la maladie si pénibles,
les deuils si douloureux aux sentimentales. D'autre part, le souvenir immédiat des gloires militaires et des reconstitutions romaines favorisa les

enthousiasmes, la conception du « généreux ».
Ma grand'mère répétait toujours, parlant d'une
femme séduisante : « Noble et généreuse comme
moi, à dix-huit ans. »

Nous possédons trois facteurs de la sentimentalité, trois idéologies transformées en sentiment : l'idée franchement naturiste de Jean-
Jacques, l'idée chrétienne de la pitié, l'idée romaine de la gloire. Je ne pense pas qu'aucun de
ces facteurs soit le principal. Aussi, je fais appel
à mes lectrices, en les priant de vouloir bien
relire le Lac, de Lamartine; Lucie, d'Alfred de
Musset; Indiana, de George Sand, dans l'espoir
que certaines consentiront,s'étant ausculté l'âme,
à résoudre le problème : « A quoi rêvait la sentimentale ? »

Cela n'est pas une devinette, mais une très
grave question historique. Le type de la sentimentale disparaît. Il convient de fixer sa psychologie.

Beaucoup de femmes très modernes proposent
déjà cette solution : « la sentimentale ne pensait
à rien; c'était une bébête, une oie blanche ». Par
là, mes interlocutrices admettent pour définition :
Le sentiment est une ignorance. Je repousse cette
thèse. Une force qui anima la société française
entière, la littérature et le métier dramatique,
pendant trois quarts de siècle, n'est pas une pure

négation. La sentimentale fut un type de puissance sociale et morale. Il s'agit de reconstituer son âme vraie.

Dans la correspondance que beaucoup de personnes voulurent très gracieusement m'adresser, à ce propos, certaines lettres expriment l'horreur du temps actuel et l'indulgence pour l'époque antérieure. Réfléchir plutôt que s'enthousiasmer semble une déchéance. On assure que le calcul, la cupidité, la soif de luxe tuèrent les beaux élans. Une dame, fort avisée, écrivit que l'on est moins sentimental parce que les factures du tapissier et du couturier, maintenant considérables dans la classe moyenne, préoccupent surtout les femmes, ne permettent plus les loisirs du rêve. Nos grand'mères vivaient avec trois ou quatre robes, qui duraient chacune un lustre entier, pour le moins. Hors des palais, les meubles ne valaient pas grand'chose. Le logis était sordide et noir. On pouvait tenir son rang, dans ces conditions. Aujourd'hui, c'est impossible. Un extérieur inélégant et une demeure malpropre desservent les talents, le génie même. Cette opinion paraît judicieuse. Nous souffrons bien davantage du manque d'argent. Le souci de nous le procurer remplit les heures. C'est une cause évidente de la disparition des sentimentaux.

L'Oriental qui s'épuce au coin d'une maison en ruines, dans Bagdad, au soleil, et qu'une écuelle de lait rassasiera, produit du rêve à foison. Cela vaut-il mieux ? Cela donne-t-il le bonheur qu'on imagine ? Une preuve le conteste. La cruauté témoigne de la haine intérieure accumulée. Qui hait souffre. Or, les massacres d'Arménie signifient bien la cruauté d'hommes vengeant tout à coup leur douleur sur le type de l'ennemi, type présenté au hasard par l'événement. En une bagarre, ils assouvissent les rancunes de leurs songes insatisfaits. Ainsi ne saurait-on les dire heureux.

Je n'entends pas défendre l'Argent, si l'on attache à cette expression le sens défavorable, au lieu de l'apercevoir comme une force de l'évolution sociale. Sans oublier les bassesses et les trafics qu'il conseille, les défauts innombrables, classés par les pamphlétaires, constatés par le roman, jugés par les tribunaux, j'hésite à condamner le besoin de luxe au bénéfice du besoin de rêve. Une femme élégante fait de soi une œuvre statuaire. Elle est artiste au même titre que le créateur de formes peintes ou sculptées. Concevoir les nuances qui s'adaptent au teint, les étoffes qui corrigent, par la souplesse de leurs plis, quelques tares de l'allure, c'est

chérir la beauté tout aussi bien que si l'on médite,
devant la nature, sur la brièveté de l'amour et la
grandeur de l'infini. Ceci ressort à la littérature;
cela dépend de la plastique. On peut dire que
nos grand'mères furent plutôt des poètes, et que
nos contemporaines sont plutôt des artistes. Voilà
toute la querelle. Littérature ou plastique? Puvis
de Chavannes ou Victor Hugo? Quoi préférer?...
On écrirait des tomes compacts sur le litige. Et
il subsisterait. « *Ut pictura poesis* », notaient déjà
les Latins.

Chacun fait du songe avec rien. Mais, pour
construire une statue ou brosser une toile, des
matériaux sont nécessaires et coûteux. Parce
que nos aïeules espérèrent, nos femmes veulent
réaliser ce que le sang nous légua de tendances
inassouvies. L'atavisme leur passe la dette contractée envers la nature par des ancêtres qui lui
empruntèrent du virtuel sans le payer par des
actes. L'univers nourrit le corps et l'esprit, à
condition de rendre ce prêt sous forme d'énergie
croissante. Nos épouses, nos sœurs et nos filles
acquittent les charges de la succession. Elles
formulent, par les moyens de l'art cosmétique,
les splendeurs imaginées jadis. En sorte que les
économies des parents sont dilapidées, selon
leurs vices, peut-être autant que selon les nôtres.

Donc, il est inique d'imputer à notre temps le
total des péchés.

Nous accomplissons une œuvre que louera l'histoire. Nous anéantissons l'hypocrisie. Les sociétés
usèrent de sagesse en la protégeant, tant qu'on
put espérer convertir les peuples au culte sincère
de l'ascétisme, tenu pour réel et général. Maintenant, l'impossibilité de cette tâche se marque. Le
bien et le mal vivent en mêmes quantités dans
toutes les nations, à travers les siècles, la diversité des coutumes, des politiques, des religions et
des climats. Dans le corps social, chaque vice oblige
à sa vertu. La débauche développe le sens des
arts, la cruauté celui du courage, l'avarice celui
de la spéculation, de l'industrie, de la science,
de l'aise augmentée, de l'altruisme social, économie bien entendue des forces productrices. La
vanité engendre le sacrifice des héros, les travaux
des philosophes, l'enthousiasme des patriotes.
La paresse détermine les évocations du poète et
l'appétit violent de la Beauté. Favorisant leurs
vices avec intelligence, les peuples atteindront
toutes les vertus et toutes les grandeurs. Ainsi
parle le nouvel Evangile. Il ne le cède à nul
autre, pour la magnificence de ses conceptions ou
la moralité de son but.

L'exemple d'une jolie femme, noblement élé-

gante, que sertissent les courbes eurythmiques
d'une victoria enlevée par de superbes chevaux,
communique à tous les promeneurs la convoitise
de la posséder, à toutes les promeneuses l'envie
de l'égaler. Cela donne de l'éperon aux initiatives des unes et des autres. L'inventeur calcule
avec plus de fièvre. Le négociant pense aux
améliorations de ses échanges. Les jeunes filles
modifient les défauts de leur gentillesse, afin
d'être elles-mêmes de pareils motifs de séduction
pour l'effort des mâles. L'artiste cherche de nouvelles combinaisons de formes, le poète une
harmonie suprême. Voilà l'utilité sociale du luxe.
Il excite la ferveur des intelligences. Il est un
merveilleux tonique de la mentalité.

Les maîtres de l'enseignement le constatent. A
comparer les devoirs des lycéens éduqués aux
spectacles des capitales, avec les devoirs des
collégiens de province, les examinateurs notent
une suprématie en faveur des citadins. Sans
doute les enfants exceptionnels se développent
également parmi les décors de la nature et ceux
des grandes villes. Mais les esprits scolaires
moyens sont très différemment incités par ces
milieux. Le luxe captive l'attention de l'enfant,
l'invite à désirer, à s'instruire des causes, des
mécanismes, à soigner ses appétits, à poursuivre

ses réflexions curieuses d'apprendre. Tandis
qu'il faut un organisme miraculeux pour différencier, par soi-même, les aspects des campagnes
où l'on vit d'habitude, une intelligence douée de
moyens simplement normaux s'enrichit quand
elle recueille, à la ville, la multiplicité des sensations que vaut la foule d'un boulevard, que
présentent les trésors des vitrines marchandes ,
que renouvellent les caractères de mille êtres
défilant, ridicules, magnifiques, odieux ou
neutres. Sur la page de l'atmosphère, cette humanité marchante trace d'innombrables hiéro-
glyphes que l'on peut lire, et qui révèlent les
intimités probables des âmes à l'observation.

Le luxe n'est donc pas uniquement un fauteur
de mal, de bestialité, d'égoïsme. Il éduque. Il
tourne plus de pages au livre de la vie devant
les yeux naïfs de l'ignorance. Il excite puissam-
ment à l'effort. Il prétend réaliser l'espoir somnolent des générations sentimentales. Il veut
illustrer leur œuvre par de belles images dispen-
dieuses. Pour ce besoin de plastique très ré-
pandu dans la classe bourgeoise après avoir été
réservé à de petites aristocraties, nos contemporains hâtent l'intelligence de leur travail. Le
goût de la fortune semble devenir un mode du
goût artistique au lieu de persister dans la forme

de l'âpre économie qui rendait le thésauriseur
féroce envers l'insolvable, et fier de sa richesse
obscure, tout égoïste. L'amour de l'argent s'ennoblit sans cesse. Le maniement des banques
modernes exige des aptitudes intellectuelles
aussi magistrales que la pratique des hautes philosophies. Certainement les manœuvres de la
spéculation concentrèrent en quelques mains
heureuses les capitaux des demi-fortunes ; mais
l'histoire doit à ce phénomène économique le
prodigieux développement des voies ferrées, du
machinisme, de l'industrialisme, de la production à bon marché, et de l'essor colonial qui va
défricher les deux tiers du globe inconnus encore il y a soixante ans. La haine des gens à
demi-fortunes relégués au second plan social,
amoindris, ruinés même, ne saurait établir la
négation de ces immenses bienfaits.

Si les types sentimentaux disparaissent des
capitales, avant de s'évanouir définitivement
dans la province, imputons la faute cependant
aux charges préoccupantes du budget familial.
Il n'est plus de vrais riches. Il n'y a que des
pauvres. On ne connaît plus, dans la bourgeoisie, le ménage d'autrefois, sordide et content,
sûr de son bas de laine. Tel qui possède un
revenu de cinq cent mille francs est poursuivi

judiciairement sur la requête du maquignon et
du joaillier. Vingt-cinq mille livres de rente
comblaient les vœux de nos pères. Cette somme
ne permet pas aux fils de vivre en paix ; parce
qu'il convient de se mettre à table dans un appartement palatial loué sept ou huit mille francs,
d'être servi par un maître d'hôtel qui en coûte
trois mille, d'allouer six mille à la toilette de
madame, et huit mille au loueur du coupé. Il ne
reste point de quoi payer comptant la nourri-
ture, après ces dépenses essentielles. A chaque
fin de semestre il manque trois cents louis, et
l'huissier dépose la feuille verte. La peur du
créancier remplace fréquemment l'appétit du
bonheur amoureux dans les méditations des son-
geuses. L'art coûte plus que la poésie. Les peines
du cœur se chiffrent.

Cette classe comprend la plupart des proprié-
taires, des négociants et industriels à chances
normales, des fonctionnaires convenablement
mariés, des magistrats, des notaires des grandes
villes, des officiers supérieurs, des protagonistes
favorisés de la littérature, nombre de peintres et
sculpteurs, des coulissiers, quelques autres.
Immédiatement après elle, et férue de l'imiter
vient la foule des populations urbaines, commis
et comptables, commerçants, professeurs, em-

ployés, dont les mères, jadis, formaient la multitude des sentimentales instinctives. Celles-ci s'habituaient à peupler savamment d'espoirs vagues, irréalisables le silence de leurs demeures que ne visitaient pas les amies de nos jours, entrées comme le vent, assises à l'angle de la chaise, pour conter vite les aventures récentes des filles publiques, humer une goutte de porto et s'enfuir vers une autre station de la tournée mondaine. La sécurité des vies médiocres et solitaires, mais sûrement rentées, encourageait les poèmes de l'imagination, au coin de l'âtre. En elles le sentiment fleurit.

« Nos aïeules d'alors, constate à peu près, dans une très belle lettre, Mlle Judith Cladel, nos aïeules d'alors, ces filles de Napoléon chez lesquelles l'héroïsme d'action se transformait en héroïsme de pensée, participaient à cette noble et séduisante qualité : l'amour du chevaleresque, c'est-à-dire du dévouement uni à la tendresse. C'est cet esprit généreux qui colorait les affections de la Romantique... Auguste Comte n'avait pas encore vulgarisé les règles des recherches scientifiques embrassant le monde extérieur et le monde intérieur... Mais le besoin de les pénétrer tourmentait toute l'humanité de l'époque. C'était une phase de l'évolution cérébrale an-

3.

noncée par Jean-Jacques et Bernardin de Saint-Pierre, qui sentirent et traduisirent dans leurs œuvres le besoin de ce progrès vers la connais-sance de la nature... »

Ainsi, Mlle Judith Cladel reconstitue parfaite-ment l'atmosphère mentale de la sentimentalité. Voici l'atmosphère historique :

« Sous l'ancien régime, m'écrivit un autre cor-respondant, l'âme française et, en particulier, l'âme de la bourgeoisie française, est circon-scrite de toutes parts : monarchie de droit divin, système social des castes héréditaires, vie pro-vinciale restreinte, esprit traditionnel, philoso-phie cartésienne, tout tend à encadrer l'individu et à l'asservir. Partout il rencontre la certitude, partout il se sent fondu parmi des collectivités dont l'origine se perd dans les siècles et qui sem-blent sans fin. 1789 arrive et, d'un bloc, tout le passé s'abolit. La monarchie s'est effondrée, les castes se sont dispersées, les armées révolution-naires et impériales se projettent à travers l'Eu-rope, découvrant, d'un coup, tant de mœurs et de pays nouveaux, et, par la trouée qu'elles ont faite, coule la philosophie germanique, le dogme de l'instabilité universelle 'et du perpétuel deve-nir... Tout s'est modifié à la fois... et l'individu se trouve d'autant plus seul qu'il avait l'habitud d'être encadré... Que cette idée de solitude ait engendré bientôt un état affectif, rien de plus humain... Elle l'a fait d'autant plus qu'elle s'aggravait de l'idée de fatalité trop naturelle chez ceux qui, après avoir suivi le prodigieux élan de l'épopée impériale et s'être imbus de la toute-puissance de l'énergie individuelle, ont vu tout s'effondrer d'un coup dans la ruine de César... Nos grand'mères furent donc des « exilées ». L'émotion née de leur exil produisit l'exaltation sentimentale... »

Une dame ajouta :

« De quelque côté que la sentimentale tournât sa pensée, tout lui devait être un sujet de tristesse, soit au spectacle des ruines de ce qui n'était plus, soit en face de l'abîme d'où devait surgir ce qui n'était pas encore. De là, le vague et la mélancolie de ses rêveries. Elle fut un type de transition, c'est-à-dire un type douloureux. »

Un docteur expliquait :

« C'était, avant tout, une anémique et, de plus, une hypocondriaque, en un mot une malade dont le mal avait deux origines : 1º les terreurs et les secousses morales, les chagrins et les deuils de la Révolution et de l'Empire : 2º et principalement la médecine de Broussais, qui a épuisé les sources du sang de deux générations, si bien que

n'ayant plus la force physique intégrale, nos
mères vivaient dans un état d'âme flottant entre
l'hystérie mystique et la chlorose mélanco-
lique... »

Rappelons, à ce propos, l'apothéose du poitri-
naire qui intéresse tant les salons de 1835, et qui
tousse élégamment parmi les batistes de ses mouchoirs. Goûts de malades pour le malade. Atten-
drissement des faibles pour le plus faible en qui
souffre comme leur souffrance. Broussais, on
s'en souvient, soigna la société de 1810 à 1838. Il
attribuait à l'inflammation des tissus presque
tous les phénomènes pathologiques. Ses disciples
puisèrent aux veines françaises des fleuves de
sang, et débilitèrent la race des villes qui devait,
par conséquent, vivre avec une intelligence passive de convalescents. De là cet apitoiement perpétuel, l'immense compassion de la sentimentale,
le désir de consoler, de sauver, de réhabiliter.

« Son type de beauté, — enregistre une excellente observatrice, — était la plus excessive mai-
greur. L'Hercule Farnèse, Apollon en frac, s'il eût
été gras, eût fait horreur à la sentimentale... On
n'engageait, chez nous, les filles de service qu'en-
ceintes, ou pires : des créatures perdues. Car
grand'maman avait la passion de réhabiliter. Les
amants s'introduisaient par le jardin. On recom-

mençait de nouveaux essais... Rodolphe était
vieux, un grand vieux osseux, ankylosé, avec des
cheveux en calotte de loutre, des yeux bleus et
clairs dans un teint noirâtre. Mais grand'maman,
son ancienne fiancée, le jugeait beau d'une
beauté *distinguée.* »

Grillus est le pseudonyme d'un signataire
(Grillus latet ut quiescat) qui conclut à merveille
de ces précédentes missives inconnues pour lui :

« L'état sentimental résulte de la comparaison
le plus souvent involontaire et presque inconsciente, mais puissante et obsédante, qui se fait
entre nous, l'individu et la nature, c'est-à-dire
entre la brièveté lamentable de chaque partie en
face de la durée immuable du tout. *La Tristesse
d'Olympio,* voilà le poème que se disent à elles-
mêmes les âmes sentimentales. L'extase mélanco-
lique est faite de cette idée que, dans le bonheur
dont la grandeur écrase, il y a malgré tout quelque-
chose de fluent, de provisoire, d'horriblement ra-
pide comme la vie... Le bonheur doit fatalement finir... Et cela, alors même que l'amoureuse le dit,
elle s'imagine, peut-être, qu'il durera toujours...
Avez-vous aussi remarqué que l'état sentimental
se manifeste justement en face d'une nature pai-
sible et qui semble, par cela même, comme arrêtée dans son cours ? Ou encore, au bruit mono-

tone des rames dont le rythme cadencé et régulier évoque aussi une idée d'arrêt et de durée ?
L'impossibilité de s'arrêter (*stare*) dans le bonheur conquis ou espéré, l'impuissance de l'être
fini qui rêve l'infini, sans pouvoir l'atteindre, la
tristesse d'être seuls à souffrir au milieu des
choses heureuses (ou du moins qui semblaient
l'être), et insensibles à nos maux ; voilà ce que je
vois au fond de la rêverie de Lucie ; voilà ce qui
fait qu'elle est pensive, et que sa tête appesantie
finit par s'abattre sur l'épaule de son ami. »

Le sens de la faiblesse nationale, et la peur de
la mort expliqueraient donc le vers de Musset :

Nous étions seuls, pensifs, et nous avions quinze ans.

Il semble mieux éclairé déjà par les commen-
taires qu'on vient de lire.

En 1899, les Boers suscitèrent en Europe un
enthousiasme presque semblable à celui qui, par
la voix de nos aïeules, acclamait les Grecs de Botzaris et d'Ypsilanti. Comme au temps de Byron,
plusieurs de nous allèrent rejoindre le peuple
combattant pour sa liberté. Un colonel d'état-
major français guida la stratégie des républi-
cains, et infligea même aux Anglais des échecs.
Allemands, Autrichiens, Russes furent renforcer
les rangs des fédéraux. De toutes parts, on sous-

crivit en faveur de leur victoire. Seul, au XIXᵉ siècle, le Napoléon de 1813 excita une réprobation aussi grande que celle hostile à l'Angleterre de 1900. Au Soudan même, les soldats égyptiens le constatèrent et menacèrent de leur révolte la suprématie britannique. Sans difficultés, les troupes du tsar avançaient vers la frontière indo-afghane ; ses diplomates obtenaient le libre passage de leurs bataillons à travers le territoire persan. On agissait partout comme si le colosse anglo-saxon gisait déjà sous l'épitaphe de l'histoire. Même on assura que l'alliance continentale allait se parfaire, parce que l'opinion des peuples virait entièrement, parce qu'elle abandonnait les problèmes de ses tenaces rancunes et de ses politiques consacrées, afin de vouloir le châtiment de l'impérialisme britannique et la liberté des Boers.

Quelques-uns répètent que notre caractère est incapable des élans et des générosités anciens. Cet enthousiasme donna le démenti le plus clair. L'homme du Transvaal nous séduisit ainsi que le type de l'opprimé. Il fut une manière d'abstraction. La plupart des gens l'ignoraient en 1895. La foule ne savait rien des questions économiques capables de motiver les hésitations des gouvernements continentaux : elle ne devinait pas la lutte occulte entre les commerces de Liverpool et de

Hambourg, ni les appréhensions des porteurs de
titres miniers dans les bourses de Paris, de
Vienne, de Berlin. Et, cependant, l'entreprise
contre l'Angleterre parut, un instant, l'objet de
toutes les approbations, car la foule estima simplement l'autre cause juste et digne de sacrifices.

L'humanité ne vaut pas moins que jadis. Nos
femmes logiciennes pensent à l'unisson des
aïeules sentimentales. Canaris et Krüger les
séduisent, de même façon, encore que pour des
idées différentes, et à des dates espacées. L'héri-
tage moral des ancêtres oblige à des enthousiasmes analogues les contemporaines. Donc, il
importe de connaître un peu la teneur de ce legs,
en terminant notre réflexion sur la sentimentalité.

Il ne faut pas la confondre avec le sentiment
en général, c'est-à-dire avec l'idée philosophique, vulgarisée par la connivence approbatrice
de plusieurs générations, admise parmi les
autres maximes traditionnelles, dépouillée de
ses raisons premières, et devenue une sorte d'instinct, comme le patriotisme, la soif de liberté, ou
le goût du luxe de caste. L'état sentimental fut
une période relativement courte de la psychologie française, 1816-1860. Lamartine et George
Sand, entre leurs imitateurs, en sont les types.

A tort, certainement, beaucoup de mes amies affirment l'éternité de l'état sentimental. L'une invoque le témoignage même de Lucrèce et de Virgile. Je regrette d'y contredire. Les anciens ne concevaient de l'amour que la passion très vive et très naturelle. Didon, par exemple, désire l'embrassement d'Enée. Nous avons vu qu'Elvire et Lucie éludaient le rêve de l'amour charnel. Le paganisme accédait à la sollicitation des forces divinisées. La chose est établie solidement. Vénus et Priape eurent des autels révérés par les vierges mêmes. Passons aux temps français. Le roman de la Rose renferme les indices d'un état sentimental analogue à celui de 1830. Cependant, je ne crains pas de lui attribuer une vision exclusivement artistique et intellectuelle de l'amour. Ce poème personnifie les vertus, les vices, les dogmes, en apparences de déesses philosophiques. Que cette mentalité diffère du symbolisme actuel, je ne le nie pas. Mais la tendance d'inscrire des dogmes sous des symboles forme l'essentiel de l'œuvre médiévale.

Peu de traces de sentimentalité chez Rabelais, Montaigne, Ronsard ou Marot, adorateurs de plastique et de volupté. Auparavant, les dames des tournois ne concédaient leur tendresse qu'à l'homme fort, au vainqueur. Idée brutale et simple. Corneille perpétue cela. La femme aime le fort, Chimène aime le Cid. L'amour est la récompense du citoyen vertueux ou héroïque. L'amante reste le butin du triomphateur. Racine excuse la passion fougueuse. Hermione et Phèdre « brûlent » ardemment. Esther s'offre pour la délivrance d'un peuple.

On pourrait sans doute objecter l'aventure de Tite et Bérénice. Toutefois la violence des douleurs animant la tragédie, est l'opposé même de la méditation passive propre à l'état sentimental du dix-neuvième siècle. Quant à la princesse de Clèves, elle désire nettement se livrer à l'homme qu'elle distingue. Le devoir et l'instinct luttent.

Il y avait eu la carte de Tendre. Voilà que protestent Honoré d'Urfé, Mlle de Scudéry. Le duc de Saint-Simon démasque, en montrant les gros appétits de la Cour, cette parade littéraire toute factice. Goût italien, parvenu en France, dans les coffrets des Médicis, avec la vogue des loups de velours, des concetti, de la pompe byzantine. C'est du fard.

Fard que les descendants se mettront sur l'âme jusqu'à ce qu'elle en soit imprégnée au point de vivre telle dans le naturisme de Jean-Jacques, de Bernardin de Saint-Pierre, dans l' « Homme sensible » de Mackensie.

Et c'est l'origine de la sentimentalité véritable.
Une mode mensongère, une attitude de rhétorique, un rythme de madrigal, à force de se continuer, à force de se répéter, constituent, dans la
suite, une puissante vérité psychique et nationale. Aux feintises littéraires de Mlle de Scudéry, vous devrez, Elvire, Lucie, votre sincère
douleur, et dont vous êtes mortes.

Un mensonge mondain répété trois siècles
peut devenir la réalité de l'âme sociale. Aussi,
l'Eglise pensait-elle que l'hypocrisie prépare la
vertu. De la littérature la meilleure ou la pire,
tout le psychisme national naquit, naît, naîtra.

Le lecteur n'attend pas que j'épuise la série des
arguments et des objections. Un gros volume
contiendrait, à peine, cette histoire d'une mode
et de son idée. J'essaye de marquer le som-
maire.

L'état sentimental ne semble donc pas éternel.
En tant que philosophie il prend conscience de
soi vers le milieu du dix-huitième siècle, après
être apparu, en tant que mode, aux seizième et
dix-septième. Il n'atteint l'apogée qu'au moment
où la Révolution eut à demi sanctionné les théories
de Rousseau jusqu'à les servir par l'élan des
gloires impériales. Alors, les ruines consom-
mées, il constate sa puissance et sa faiblesse, ses

grandeurs et ses désastres. Il se médite dans les
cerveaux alanguis des jeunes femmes,tandis que
les énergies des mâles le traduisent par les actes
généreux qui se nomment l'indépendance de la
Grèce, les révolutions de 1830 et 1848, la fonda-
tion de l'unité italienne, de l'unité allemande et
de la République française, espoirs des Carbonari, espoirs de la Jeune Europe, dès 1820.

Distinguons la Sentimentale de la Romanesque. Celle-ci cherche les aventures. Si elle
rêve c'est à l'enlèvement. Sa pensée n'est point
chaste. La Romanesque demeure une façon de
rouée, fille des salons du Directoire. Elle aime les
officiers, les pirates, les brigands de la Calabre,
et les drames à poignards. La Sentimentale uti-
lise mieux son esprit. Elève du classicisme jacobin et de la religion du Père Loriquet, elle imi-
terait cette Eloa d'Alfred de Vigny, l'ange quit-
tant le ciel, afin de descendre jusqu'à la peine de
Satan, du déchu qu'elle veut consoler, relever,
réhabiliter. Elle admire le sacrifice de Decius et
la pitié de sainte Radegonde. Tous les martyrs la
séduisent d'abord. Quand on exécute les con-
spirateurs de la charbonnerie,elle se croirait libérale, malgré l'éducation du couvent. Car voici
les suppliciés de l'heure : le général Berton, les
quatre sergents de La Rochelle, les victimes de

Juillet, celles de la rue Transnonain. A moins
que la famille royaliste n'oppose à ces images,
celles rappelant l'échafaud de la Terreur, la mort
d'André Chénier, de Marie-Antoinette, le dévouement de La Rochejaquelein et de ses Chouans.

Silencieuse, la Sentimentale tait les motifs de
ses préférences cornéliènnes ou catholiques.

Cela fait elle engendre son Idéal. J'emprunte
à une lettre remarquable de Mme Renéé d'Ul-
mès, la romancière, les lignes qui suivent :

« Un idéal c'était « lui », un type fait de Her-
nani, de Lafayette, de tous les « Fred », de tous
les « William » des romans anglais, de Maxime,
le « jeune homme pauvre ». Que faisait-on de
l'Idéal ? En voiture, on fermait les yeux, on s'ac-
cotait aux durs capitons qui représentaient
« son » épaule, et si d'aventure une de vos boucles effleurait votre joue, on songeait à « sa »
moustache, avec un frisson rougissant. A table,
dans la fumée du pot-au-feu familial, en évo-
quait « le dîner à deux ». Chaque fois qu'on en-
trait à l'église, on sonnait à toutes volées sa messe
de mariage avec « Lui ». Enfin on vivait ma-
ritalement avec un fantôme. Cela semble puéril ?
Songez à l'existence recluse de la Sentimentale
dans l'appartement meublé de palissandre. Une
broderie occupait les doigts et les rêves éclo-

saient en fleurs fragiles sur la toile. De l'amour
proprement dit ou plutôt salement dit, elle ne se
doutait pas. Les romans d'alors n'y faisaient que
de vagues allusions : « Ils échangèrent leurs âmes
dans un baiser ». Pour la sentimentale c'était
tout. Les très voluptueuses, parfois, contemplant
leurs bras blancs, se figuraient des lèvres les
effleurant ; mais elles éloignaient vite cette pensée... »

« Une vieille femme » témoigne : « Il n'était pas
rare que les jeunes filles ignorassent très longtemps la différence des sexes. A dix-huit ans,
chargée d'habiller un petit cousin, bébé de deux
à trois ans, j'appelai ma mère un peu effarée :
« Viens donc voir, lui dis-je, ce pauvre petit,
comme il est infirme ! » Une autre personne assure que pour un baiser, elle se serait crue enceinte. Une troisième prétend que, mariées, bien
des femmes répugnaient à l'amour, et restaient
à demi vierges dans un sens opposé à celui que
consacra le célèbre livre de Marcel Prévost.

La romanesque ne pouvait certainement pas
conserver le réel de cette pudeur. Différencions
les caractères :

De tout cela, concluons que la sentimentale
était, bien autrement que la femme moderne,
saisie par les fièvres mêmes de la nation. Elle

réfléchissait moins à l'amour qu'au type d'héroïsme sacré ou militaire, dont elle ferait soit
l'exemple de sa vie, soit l'objet de sa compassion, de son admiration. Ce type, elle le compo-
sait selon les données de la religion ou de l'histoire. Elle ne cherchait point à se séparer de la
race, pour affirmer son individu, but évident des
existences féminines nouvelles. Anémique silencieuse et passive, gardant à la mémoire le
souvenir immédiat des catastrophes révolution-
naires et impériales, elle ne distrayait pas sa
personne des intentions collectives. Tantôt consciemment, tantôt inconsciemment, elle subissait
toute l'influence des accidents sociaux.

Aujourd'hui la femme, éprise d'art, et non plus
de poésie, choisit le fiancé pour sa prestance qui
promet des vigueurs voluptueuses, ou pour une
situation qui leur créera le décor estimé nécessaire au Beau. L'individu se distrait de la masse
et de ses aspirations.

La contemporaine veut.

La sentimentale espérait.

« Cœur altéré, cœur lassé d'espérance », chanta
justement Musset en son honneur. Oui. Elle espérait le bonheur après les ruines, le bonheur
général. L'amant devait être le modèle d'héroïsme moral, un type martyr pour les pessi-

mistes, c'est-à-dire pour la plupart, exténuées
de contemplation, et comparant l'éternel de la
nature avec la brièveté des satisfactions humaines.
Le bonheur c'était la fusion de deux chagrins
égaux, de deux âmes-sœurs s'alliant pour un espoir commun perpétué, puis un jour, réalisé par
la descendance. Ainsi la sentimentale produisit
la mère catholique et cornélienne que connut la
bourgeoisie de Louis-Philippe, la mère économe,
riche en prévoyances, préparant le triomphe des
générations égoïstes, les nôtres.

Lamartine fut le poète de la nature édu-
catrice. Musset fut le chantre du pessimisme
intérieur qui concevait sa faiblesse. Tous deux
révélèrent les deux pôles de l'âme sentimentale.

Cependant, Victor Hugo exalta l'espoir humain.
Son poème-dieu, le Satyre, invoque la fusion spi-
noziste de l'Homme avec l'Ensemble des Forces.
Venu d'Allemagne dans les bagages de Mme de
Staël et les fourgons de l'étranger, le romantisme
transfusa dans la résignation nationale le sang
victorieux du Tugend-Bund ramenant les Bourbons, leur catholicisme et le goût du moyen âge.
De cette littérature la Restauration fit un moyen
politique pour exalter, en « style troubadour »,
le pittoresque de l'ancien temps.

Après les Trois Glorieuses, Auguste Blanqui, ivre de la victoire libérale, rentra dans sa famille, le fusil fumant à la main, pour crier d'abord : « Enfoncés les romantiques! » Donc les poètes du moyen âge étaient les gens du roi, tandis que les classiques jacobins servaient toujours l'idée romaine de la liberté populaire.

Si l'on se demande pourquoi peu de ces choses paraissent dans les héroïnes dues aux écrivains du sentiment, il convient d'écouter cette réponse d'une romancière célèbre. Ayant constaté le plaisir des femmes à se créer un théâtre intérieur où elles s'occupent de mener à la catastrophe ou à l'apothéose l'idéal qui un moment intéresse leur imagination, l'observatrice remarque : « Si pourtant on interrompait le déroulement de leurs imageries mentales en leur posant une question bien nette sur la nature du sentiment qu'elles éprouvent à l'endroit des personnages dont elles regardent les gestes *in the mind's eye*, on pourrait être à peu près certain de n'obtenir que les plus confuses et même les plus contradictoires explications : et sans qu'elles y mettent ni mauvaise foi, ni goût de secret. On croit généralement que la femme a du plaisir au mensonge et que, se sentant faible, elle désire se cacher, point : elle ne pense pas précisément, et elle a une dif-

4

ficulté infinie à se servir de la netteté, du direct,
des mots précis.

« Cela s'aperçoit singulièrement dans sa colère,
quelles bizarres raisons elle en va chercher à
droite et à gauche... ailleurs, hors du sujet ; et
quelle explosion recrudescente marque le moment où, après des tâtonnements éperdus sur
toute la surface de sa sensibilité, elle a enfin mis
la main sur son motif réel et sur la parole qui
l'exprime clairement... »

A ce défaut de verbalisme facile, ajoutez la pudeur extrême acquise pendant l'éducation con-
ventuelle qui n'autorisait point l'échange des
pensées intimes.

« Pas plus que sa taille, note joliment une dame,
l'âme de la jeune fille ne devait paraître sans
corset. » La nudité de l'âme semblait aussi indé-
cente que la nudité du corps, affirme une autre.
Tels sont les motifs du silence qui nous interdit de
savoir, par leurs bouches, ce qu'elles appelaient
religieusement le « cœur ». D'autre part l'instruction très insuffisante n'avait pas habitué les
femmes à l'observation, à la documentation. Il
pouvait fort bien arriver ceci qu'assure l'auteur
d'une lettre : « La sentimentale ne savait pas plus
ce qui se passait en elle que le miroir ne sait les
images qu'il reflète. »

L'appétit scientifique nous a rendus autrement indiscrets. Qu'elles nous excusent !

Une très ancienne amie que je trouvai lisant près du premier feu de novembre, sous la douce lueur de l'abat-jour en soie pâle, répondit à mes questions non sans railler nos jeunes filles audacieuses par leurs flirts : « Certes, de mon temps, vers 1859, on se fût gardée en province, d'écrire aux jeunes gens. Cependant mes petites amies et moi nous faillîmes envoyer des missives imprudentes au noble Alexandre Andryane, le compagnon de Silvio Pellico, et qui avait souffert dans les cachots, pour l'indépendance du Piémont soumis au joug de l'Autriche. Mais nous n'osâmes point expédier le message. Je ne me rappelle plus si nous apprimes jamais l'adresse de sa résidence. Nos descendantes ont moins d'hypocrisie ou de retenue. Elles ne reculent pas devant l'opinion du monde. Sans parler des demi-vierges, qui sont, tout de même, des exceptionnelles de caravansérail et de villes d'eaux, il semble que la liberté des mœurs modifie les âmes des écolières définitivement. En intelligence, elles gagnent ce qu'elles perdent en pudeur. Personne de nous n'aurait, en 1859, écrit avec tant de facilité psychologique ses lettres de pensionnaire. Nos parents n'avaient point de bibliothèques garnies de

même sorte que celle rassemblée chez vous.
L'une de nous eût-elle péché, je crois que la
splendeur du paysage, la santé de l'air océanique,
l'instinct d'un tempérament fort, ne l'eussent pas
moins conseillée que les sollicitations précises
d'un séducteur. Mais nous étions toutes des
Eugénie Grandet, dociles et peureuses, crain-
tives du confesseur, remplies d'orgueil secret
pour nos vertus. Nous acceptions, simples, le
sacrifice à un idéal pieux et sain, à l'honneur
familial, au sens de la race. Mlle de La Môle était
déjà grand'mère alors ; et ce plat Julien Sorel
nous eût difficilement persuadées de chérir son
vice à calculs. Moins intelligentes, nous ne man-
quions pas de finesse intuitive. Nous méprisions
la jouissance individuelle. Nous voulions la pureté du sang filial. Cela nous semblait valoir
largement toutes les abnégations. Ni les gour-
mandises de l'instinct, ni les déclamations des
opéras ne nous eussent portées à faiblir. Nous
avons sacrifié à l'avenir nos appétits passionnés.
Voilà quelle fut l'élite féminine éduquée sous
Louis-Philippe. La reine Marie-Amélie donnait
l'exemple ; et, trente ans, la province l'imita.
Est-ce à dire que nous fûmes insensibles ou
bêtasses ? J'ai vu souvent ma pauvre mère verser
des larmes en jouant, au piano, les mélodies

de Clapisson, en levant des yeux humides vers
le Chateaubriand de bronze qui, les cheveux au
vent, et le pied caressé par les vagues, dominait
le cadran d'émail. Elle souffrit. Mais elle accepta
la douleur de la médiocrité afin de consolider,
par le témoignage d'une vie probe, le caractère
noble de ses enfants.

« De telles mères offrirent à la bourgeoisie
française bien des âmes stoïques, malgré le ridicule, les âmes qui formèrent les libertés en 1848,
et les imposèrent.

« Malheureusement la frivolité du second Empire succéda. La joie de Tortoni, du Café Anglais,
les excentricités de la Metternich, la haute situation des cocottes acceptée, vantée, anéantit
les intentions peut-être géniales du Hollandais
flegmatique que fut Napoléon III. Quand les suivantes de l'impératrice, les « Cochonnette », les
« Salopette », comme elles se dénommaient entre
elles, eurent mis en loques, à force de sauter
dessus, les meubles du palais de Saint-Cloud,
elles eurent fini de déchirer en même temps
l'honnêteté solide de cette bourgeoisie économe,
un peu sordide, dédaignant de paraître, et récitant les phrases vertueuses de Robespierre à
peine bénites par les prédicateurs de la Restauration. Là-dessus, Alexandre Dumas fils survint.

qui réhabilita la fille-mère, la courtisane amoureuse et l'adultère sympathique. Obéir à l'instinct parut courageux. Au théâtre, toutes les ingé-
nues préférèrent, devant les bravos des loges, un
gaillard râblé à l'homme intelligent qui, par son
activité, eût agrandi le domaine familial et le
prestige du nom. L'instinct l'emporta sur le devoir de la race à parfaire ; l'individu sur la famille, et sur l'Etat.

« Ensuite, le naturalisme a poursuivi l'œuvre
que la philosophie anglaise consacrait. Partout
l'individu s'émancipa ; homme, femme, fille.
Est-ce un bien, est-un mal ? L'avenir élucidera.
En dépouillant le prêtre, le financier, le magistrat, le général de leurs prestiges, nos romanciers naturalistes abolirent, en outre, la sanction
morale de l'opinion. On ne redoute plus guère
l'avis de l'entourage. « Faire parler de soi »,
n'est plus, comme de mon temps, un mauvais
qualificatif. Nous jugeons très mal, peut-être avec
équité, peut-être avec exagération, les gens de
notre monde, et ceux des autres groupements. Peu
importe d'obtenir leur approbation. Dans mon
enfance, le préfet, le chanoine, le procureur et le
colonel imposaient toujours leur exemple de probité certaine. Maintenant le voleur sorti de prison
retrouve, dans les quartiers populaires et même

au boulevard, les sympathies de ses anciens camarades. Voyez ce député qui fut, pour quelques centaines de mille francs, ministre concus-
sionnaire au temps du Panama, qui l'avoua, que
n'excusaient ni la sottise du prolétaire, ni la
pauvreté, ni le manque d'affections, ni l'amer-
tume du raté. On le travestit en martyr touchant.
Je n'approuve ni ne désapprouve. Je constate.
Mais comment ma petite fille, naïve, craindra-t-
elle de faillir à l'honnêteté si les personnes qui
s'en passent font bonne figure dans le monde
trompeur, adultère ou voleur ? Voilà pourquoi
les jeunes filles ne sont plus des Eugénie Grandet. Elles frôlent trop l'âme un peu brutale du
boulevardier, les singuliers illogismes des Parisiennes aventureuses. En ce milieu de la grande
capitale, se ruent tous les êtres avides de jouir,
sans délicatesse excessive, de l'amour, du cirque,
du théâtre, de la notoriété, de l'argent qu'on
dépense ostensiblement aux côtés des « acteuses »
dans les cabarets illustres, aux côtés des élégants
qui savent tout et des avocats spirituels. Milieu
de médiocrité brillante, tumultueuse, un peu
stupide et moutonnière. Milieu qui fait la mode
et le succès. Milieu un peu navrant où se fussent
plu, ressuscités, Gil Blas, Casanova, Figaro.

« C'est cela qui gâte la morale, ce Tout-Paris

des Premières, borné et interlope, crapuleux au besoin, chemineaux en habits noirs ou en jaquettes anglaises, catins mariées ou libres, troupeau dé porcs à demi éveillés vers le savoir et qui grogne des calembours. De lui dépend votre réputation, la mienne, celle de la cocotte, de la danseuse, du recordman, aussi bien que celle du génie le plus pur.

« Et puis que sait-on de ses amis, de ses proches, même de ses enfants ? Qui peut se vanter de pénétrer leurs esprits ?

« J'élève très soigneusement mes petites filles. A leur naissance je les ai reçues dans mes bras. Pas une m'est connue autant que la *Chérie* de Goncourt. Vingt-cinq ans mon mari a fait de la politique réactionnaire. J'ai tenu salon pour les électeurs, les conseillers généraux, les députés, les ministres, les ducs de l'Académie. La gigantesque épopée de Catulle Mendès, *Gog*, m'a plus instruite sur leurs menées que toute mon observation. De même, *l'Assommoir*, *Germinal*, *la Terre* et *Travail* m'apprirent entièrement le peuple de France que de longs séjours à Paris, à la campagne et en province m'avaient permis à peine de soupçonner. Dans *la Guerre et la Paix*, Tolstoï entasse plus de vérité, de vie et de leçons que, dans leurs récits personnels, n'en assemblè-

rent jamais mon beau-père le général d'Empire,
ni ses fils valeureux en Afrique, en Crimée,
à Rezonville. Grâce à *la Peur de la mort* et à
François de Nion, j'ai compris les raisons de
toutes mes angoisses. *Madame Bovary*, se dé-
menant dans le bourg d'Yonville, m'a fait connaître l'âme véritable de la petite bourgeoise pro-
vinciale, éprise du médiocre et satisfaite de sa
pauvre vanité. La *Tentation de saint Antoine*.
m'éclaire sur la beauté des religions, bien autrement que le catéchisme de persévérance. *Manon
Lescaut* et les *Liaisons dangereuses* ont rassasié
d'abord mon appétit du vice, et je suis restée honnête pour cela. Mon esprit s'est enrichi de toutes
ces trouvailles d'écrivains. Avec les *Moralités légendaires* de Laforgue, j'appris à rire délicatement
des forces fatales. Rémy de Gourmont a peuplé
mes songeries de figures savamment belles. Aussi
je ne m'ennuie jamais seule. Les livres causent
avec moi. Quelle conversation vaut un livre ?...
Oui, il y a des causeurs ; et, par ce mot, j'entends non pas les anecdotiers, ni les faiseurs de
calembours, mais ceux qui parlent avec génie..
M. de Boisjolain, le poète Gustave Kahn, le peintre Hawkins, le voyageur Jehan Soudan savent
montrer, sous leurs propos, le lien qui noue l'univers à l'homme. Mais, ceux-là exceptés, quelle

visite nous apporta jamais la distraction et l'enseignement d'un volume, si nous le lisons mieux
qu'afin de parvenir aux pages où les amants
s'embrassent.

« Pensez-vous que si j'avais rencontré cent fois
Mme Gervaisais, j'aurais appris sur son âme le
centième de ce que Goncourt nous en révéla ?

« Résignons-nous donc à découvrir la multiplicité de la vie par les livres seuls.

« D'ailleurs quelle volupté plus grande que
d'être ainsi, dans un vêtement commode, sur sa
chaise-longue, entre mes jolis meubles Louis XVI,
au milieu de mes pastels. Le parc obscur se dépouille dans les perspectives de la fenêtre. Le
feu pétille activement. Je ferme un instant le
livre, j'imagine la figure de l'héroïne. Elle paraît ;
je la plains. Nous bavardons mollement. Voici
les rois et les princes inquiets, d'Elemir Bour-
ges, de Robert Scheffer, ce peuple barbare de
Zola, la vive société de Balzac, les débauchés de
Laclos, les seigneurs affairés de Saint-Simon,
les philosophes spadassins de Montaigne, les
joyeux moines de Rabelais.... Toute l'humanité
défile. Qu'ai-je besoin de relations, ou des sor-
nettes chères aux conteurs de potins ? Que m'importe l'adultère de Mme X..., la fugue de Mlle Y...
et la couardise de quelques bruyants parlemen-

taires devant l'arrogance allemande ? La leçon des
romans profite mieux à mon intelligence. Asseyez-
vous, mon cher ami, prenez, dans la bibliothèque,
ce volume, un des chapitres de la *Comédie humaine*. Amusons-nous des hommes. »

Or, contre la rêverie du sentimentalisme et
contre le splendide cauchemar du romantisme,
maintenant le naturalisme a combattu. Contre
l'école grandiloquente du sentiment, l'école observatrice de l'instinct s'est dressée. Contre la
poésie se lève la franchise. Le docteur Pascal rit
au nez d'Indiana qui cachait Mme Bovary. Protes-
tation peut-être trop violente, trop simpliste, trop
bornée. Evolution nécessaire puisque Balzac et
Stendhal ont marqué l'importance de l'intrigue
et de l'ambition dans la vie des élites ; puisqu'Henri Becque a gravé sur un airain immortel
la tragédie de l'argent, et remis le sentiment au
point en traçant le caractère de *La Parisienne* ;
œuvre de scepticisme moqueur qui berne la son-
geuse définitivement.

Nous pouvons dire maintenant d'une façon générale que l'élite intellectuelle française pense à
la manière de Stendhal, de Flaubert et de Becque,
sur l'amour sentimental du monde, que l'on s'en
tient aux leçons de Balzac, pour le considérer
comme moyen de briller ou de parvenir. La bour-

geoisie nouvelle, séduite par le gros mot de science, aime selon ce que Zola lui apprit. Elle cède à l'impétuosité des instincts avides, tandis que le peuple adore ses maîtresses d'après le goût romantique, un couteau dans la manche, les yeux en boules furieuses, et la bouche pleine de refrains languissants. Quant à la crapule, pour elle, la femme vaut une marchandise précieuse que l'on accapare, que l'on défend à coups de surin et de revolver, qu'on loue et qu'on vend, selon la mode antique des marchands d'esclaves.

Eclairés par la transformation d'Indiana en Emma Bovary et en « La Parisienne », souhaitons que notre jeunesse ne se laisse plus leurrer par les fausses amoureuses des salons, ni par les maîtresses sentimentales. Tout a été révélé, sur le mensonge actuel du cœur, par les romanciers du XIXᵉ siècle.

IV

L'EXEMPLE DU PRINCE

L'histoire relate à foison les débauches des souveraines. Sémiramis, Théodora, Isabeau de Bavière, Catherine de Russie et Caroline de Naples étonnèrent le monde par l'insolence de leurs plaisirs sexuels. Malgré son intelligence virile, Élisabeth d'Angleterre le stupéfia par la niaiserie de ses faiblesses sentimentales. Étant traditionnelles et banales, les voluptés scandaleuses des princesses contemporaines n'auraient pas le don de nous distraire, si le besoin d'une obscure médiocrité n'était venu se joindre à celui d'amours illicites. Avant qu'un anarchiste à poignard la travestît en symbole imposant de revendications sociales, feu l'impératrice d'Autriche avait d'abord déserté les pompes de sa cour pour l'intimité des écuyères et de quelques grimauds insuffi-

5

sants. L'archiduc Rodolphe ensevelit son existence dans des orgies secrètes où lui-même trouva
sa fin, massacré, dit-on, à coups de bouteilles par
les convives devant lesquels il venait d'assassiner
sa maîtresse, la baronne de Vescera. La veuve de
cet hystérique a répudié les grandeurs, afin
d'épouser un militaire qu'elle a depuis lâché. Jean
Orth s'est sauvé loin du palais ancestral sur un
yacht introuvable, et feint d'être noyé, par crainte
d'être rappelé en son rang protocolaire. Don Car-
los a vu sa fille échapper à leurs espérances royales et suivre un barbouilleur dans les péripéties
d'un adultère misérable dont elle s'est promple-
ment dégoûtée. Ces enfants d'Autriche, de Belgique et d'Espagne, répugnent aux dignités et aux
devoirs de leur état. Le neveu de Jean Orth, Léopold-Ferdinand de Toscane, protégea la fuite de
sa sœur, Louise de Saxe, partie avec le précep-
teur des enfants. Lui-même, alors, fuyait avec
Mlle Adamovitch.

Chacun, avec sa chacune, s'évada, courut les
guinguettes des auberges. Telle la jeunesse du commerce s'égaye, le dimanche, par les banlieues des
capitales. En trotteuse courte et en paletot anglais,
un boléro de feutre sur le bouffant des cheveux,
l'héritière du trône saxon fureta dans les bouti-
ques de Genève, se divertit à de petites emplettes,

renouvela son trousseau, marchanda la modiste et la cordonnière avec une joie de jeune bourgeoise que favorise la gratification annuelle reçue par son époux à la caisse du ministère ou de la banque. Aux devoirs et aux honneurs d'une Altesse, l'archiduc Léopold préféra les fonctions de timonier sur un bateau de cabotage, puisqu'on lui refusait les 40.000 francs de rente dévolus d'ordinaire à son titre.

Ainsi les potentats insultèrent la sagesse vieille et proverbiale des nations. Ils substituèrent à l'adage : « Heureux comme un roi ! » celui de : « Heureux comme un bourgeois ». César envia Joseph Prudhomme, et non par figure de rhétorique, mais le plus sincèrement qu'il se pût. Apparemment, cela tient-il à ce que Joseph est devenu député parlementaire, qu'il pérore et fait le coup de poing dans les Chambres de Londres, Paris, Vienne, Berlin, et qu'au bout du compte, il y commande ? Parce qu'il semble détenir la véritable autorité, les monarques dépourvus le jalousent. Ils proposent à leurs ambitions de l'imiter dans ses menues habitudes, faute de réussir à partager sa puissance effective. Et ils se font tels que les décrivit la verve de notre Abel Hermant, sur la scène des Variétés.

Ç'eût été pour nos vies médiocres un bel encou-

ragement à se résigner. Sachant son rôle souhaité
par Léopold de Saxe, le moindre second à bord
d'un caboteur put estimer que ses rêves de richesse et de triomphe étaient folies, en comparaison de sa félicité d'alors. Pour avoir expérimenté le réel des vœux chimériques, un grand
de la terre souhaita les préoccupations de la pas-
serelle, quand les embruns giflent le timonier
guidant le vapeur vers les feux rouges et verts
du port indistinct qu'enveloppe la nuit de la mer.
Ignore-t-on moins que les milliardaires yankees
vivent d'une façon relativement modeste ? La famille Rockfeller a l'horreur du faste, bien que
son pouvoir financier régisse l'économie des
trusts. Vanderbilt et Carnegie distribuent leurs
millions aux bibliothèques et aux Universités,
loin de goûter, par le moyen de cet argent, des
vanités d'apparat. Quel pauvre commis, aspirant,
derrière son comptoir, souhaiterait à la couronne
impériale, ou bien à l'opulence des rois yankees,
l'usage qu'en font tel Jean Orth ou tel Rockfeller ? A toutes félicités, Léopold-Ferdinand préféra
l'amour de sa mie, ô gué! comme le conseillait
Henri IV encore qu'il se gardât de perdre Paris,
afin de contenter sa conscience religieuse. Pour
les princes de notre temps, ni Vienne, ni Dresde
ne valent une messe, encore moins un baiser de

la Vescera, de Mlle Adamovitch ou de M. André Giron.

Or, l'expérience du sentiment les a déçus. Léopold-Ferdinand et Mlle Adamovitch ont divorcé naguère, las de leurs humeurs. Délivré de sa maîtresse princière, M. André Giron épousa, récemment, une brave Belge. Néanmoins, l'aventure amoureuse avait tenté les grands.

Il demeure malaisé de dire si l'on doit imputer le goût passager à la sagesse ou bien à la sottise. Le rôle du souverain tente l'intelligence, non pour les orgueils qu'il justifie, mais pour les œuvres qu'il permet d'entreprendre. D'un pays vaincu, mutilé, l'admirable roi de Danemark a su faire un État modèle dont les économistes révèrent l'organisation sociale, les coopératives et les mutualités, dont les agronomes citent en exemple les syndicats de cultivateurs qui vendent, en concurrence, avec nos produits normands, sur le marché de Londres, leurs volailles, leurs légumes, leurs beurres et leurs œufs. A la cour de Copenhague, les héritiers des empires viennent solliciter la main d'épouses érudites et dignes entre toutes. Le critique danois Brandès impose ses goûts littéraires à l'Europe du Nord et de l'Occident. Un Hamlet merveilleux, plein de vigueur créatrice, se promène sur

la terrasse d'Elseneur, en réparant les calamités
de la force par les adresses de l'esprit. A la vérité, ce roi mérite plus nos sympathies que s'il
avait quitté son pays malheureux et ravalé pour
courir les auberges de Suisse avec une demoiselle complaisante. Défions-nous de la romance.
Elle nous conseille d'admirer de bien lamentables
instincts et de leur subordonner les plus hautes
visées de l'esprit. Elle exalte les penchants mesquins de l'individu égoïste au détriment des belles
œuvres. Quand le roi de Danemark pénètre seul
dans une réunion publique de grévistes, pour
monter à la tribune et défendre son opinion de
citoyen ; quand il écoute respectueusement ses
contradicteurs aux mains noires, et quand il s'in-
cline en saluant le vote qui condamne son avis,
je me sens ému davantage qu'à l'heure de penser
aux embrassements d'une flirteuse et d'un céla-
don qui se gaussent des grandes choses au nom
de leur passionnette.

Un archiduc Rodolphe, instruit par les lectures, secondé par une mentalité secourable, eût
pu, s'il eût mis en jeu des influences, accroître
singulièrement les droits de ses concitoyens à
l'aise meilleure. Mais il aima mieux jouer les
Othellos et les Werthers, périr bassement dans
une querelle de souper. Les mêmes devoirs in-

combaient à Léopold-Ferdinand, à Louise de
Saxe. Ces princes ont soumis la grandeur de
leur destin royal à la honte de leurs caprices
sexuels. Temporairement ils sacrifièrent leur
mission à leurs copulations. Ce fut pitoyable.
Quel chapitre vengeur Joseph de Maistre eût
écrit sur ces déchéances et sur ces désertions !

Aujourd'hui qu'ils ont reconnu leur erreur et
la stupidité du sentiment, l'exemple de ces princes
un instant dévoyés doit instruire leurs pareils et
le monde.

De tout le métier royal, les jeunes générations
héraldiques considèrent seulement le cabotinage.
Ils abandonnent la cour parce qu'ils se lassent
d'y parader uniquement, à la façon d'acteurs
obligés aux récitations et aux grimaces présentées d'avance. Privés d'énergie, ils se dérobent au
souci de prévoir combien leur nom munirait de
prestige, et, sans doute, de triomphe efficace
les idées hautes. Si les conceptions souveraines
leur semblent ridicules ou mauvaises, le mérite serait de faire face au péril, de lutter
contre les préjugés, contre les philosophies
cruelles, contre les thèses de l'injustice. Fuir le
combat et se reposer dans une chambre d'hôtel,
c'est de la pure lâcheté. Loin d'offrir au monde
l'exemple d'un affranchissement illustre, ils lui

prêchent le dédain des actions généreuses et le
goût de l'asservissement à l'instinct. Soucieux
de ne pas être acteurs de tragédie, ils se font ca-
botins de vaudeville et d'opérette. Ils furent héros du reportage, émules du tzigane et de la go-
ton américaine anoblie par mégarde. L'aristocratie de l'Europe chut là. Lavedan et Abel Hermant
avaient exactement prévu la débâcle dans leurs
satires dramatiques. Et l'on ne saurait plus comprendre comment les filles de marchands peuvent encore se promettre d'acheter, avec les
millions dotaux, un protecteur à couronne fermée. Désormais, dans ces mariages, ce seront les
familles de la finance qui s'encanailleront.

Un homme, par son génie propre, par sa connaissance de la nature humaine, par son adresse
à saisir les occasions heureuses, s'est enrichi,
puis affiné, instruit. Il domine. Pourquoi, soudain, abdique-t-il l'orgueil de son œuvre en mariant sa fille à un de ces barbares dont les fiefs
furent acquis par le pillage de colonies romaines,
la brutalité féodale, ou certaines complaisances
interlopes de courtisans? A l'origine de toutes
ces races, il y a le meurtre et le pillage quand
elles prouvent une ancienneté véritable. En
quelle manière l'union avec la descendance de
ces malandrins rehausse-t-elle les valeurs d'une

fortune acquise dans des transactions pacifiques
et, partant, moins nuisibles aux peuples ? A tout
prendre, en quoi la fille du filou se décrasse-t-
elle si elle épouse l'arrière-neveu du bandit ? La
déroute actuelle des caractères armoriés finira-
t-elle par persuader aux filles de négoce combien
leur état est moins humiliant qu'elles ne pensent.

Cette grève sentimentale des princes témoigna
encore de la poussée d'égoïsme individualiste
qui pourrit le vieux monde, qui précipite la
ruine de ses institutions. Jadis par dignité souveraine, pour montrer aux peuples l'exemple de
la famille intangible et solidaire, une princesse
de Saxe eût héroïquement supporté les inconvénients de l'union mal assortie. Elle eût immolé
ses chances de bonheur à la raison d'État qui
veut ses foules confiantes dans la sainteté du
mariage, dans la santé d'une lignée pure, d'atavismes certains, total des courages et des vertus
accumulés en un même sang par d'innombrables
générations. Et cela n'eût pas manqué de grandeur. Aujourd'hui, la même princesse se moque
de l'exemple à fournir. Qu'importe à son caprice si des bourgeoises, si des ouvrières, si des
paysannes l'imitent et rompent le pacte matri-
monial. Et, partout, les égoïsmes de chacun

5.

l'emportent sur le souci du rite familial. Même
dans la race allemande, servile et disciplinée,
le sens de la responsabilité se perd. Ceux-là
surtout la négligent qui en ont la garde ex-
presse. Finie la famille, fini le foyer, finie la
croyance à la lignée pure de toute intrusion
étrangère ! S'il en croit les princes, l'anarchiste
a raison qui réclame la communauté des femmes
et la remise des enfants à l'État. L'individu
s'émancipe même quand vingt siècles de traditions ancestrales éduquèrent son sang, ses nerfs,
ses fibres. Toute la vieille écorce sociale craque,
se fendille et les chênes de légende s'abattent
bruyamment dans la forêt fabuleuse. Les princes
se sont mis en grève comme les mineurs et les
matelots. Néanmoins, ayant fait l'expérience de
la liberté sentimentale, ils sont revenus à l'esprit, étant dégoûtés du cœur.

V

LE FORFAIT DE CLITANDRE

Avec obstination Clitandre est dur pour Sganarelle. Il s'installe chez lui, mange son rôti,
boit son vin, fume ses havanes, use de la maison, du confort de la table, des amis et de l'épouse,
vise peut-être à s'adjuger, en outre, la fille innocente ; et puis, simplement il fusille l'infortuné mari que ce jeu déçut à la longue, et qui
s'en fâche. Là-dessus, le public éduqué par les
romances plaint qui ? — L'assassiné ? — Non
pas : l'assassin !

Pensez donc : il a fait la petite saleté à la
dame ! Cela ne lui donne-t-il pas incontestable-
ment le droit d'exploiter la situation et de tuer
qui s'oppose ? Une malheureuse affamée ramasse
le louis que je laisse choir par mégarde et s'es-
quive. On la condamne à l'infamie de la prison,

pour des temps. Clitandre sortira de l'audience applaudi par deux cents femmes enthousiastes qui lui jetteront des fleurs. Ce sera fort ignoble, fort stupide et fort odieux. Mais ce qu'on nomme le « Sentiment » est digne de toutes ces épithètes.

Imaginez, cependant, que l'attentat se fût passé non loin d'un domicile où la femme ne préside point. Supposez que l'amant eût convoité le portefeuille et non la moitié de son ami, et qu'après s'être fait nourrir, héberger, recommander, presque enrichir, il ait tué son hôte pour avoir suspendu ces effets de la générosité au seuil du coffre-fort, comme ils le furent aux alentours de l'alcôve. La conscience publique vilipenderait le larron du portefeuille. Or, personne ne conteste que la victime de Clitandre eût préféré certainement gratifier son commensal de quelques mille francs plutôt que de l'épouse. Car, le malheureux la chérissait au point de ne pas l'abandonner le lendemain d'un soupçon assez grand pour être exprimé par des coups de canne sur l'échine de l'étalon. Exigeant la femme ou la vie, Clitandre nuisit autant pour le moins qu'en exigeant la bourse ou la vie. Pourquoi la même peine qui frappe le hère à bout de souffrances, affolé par la faim et tuant pour la satisfaire, pourquoi la même peine ne frapperait-elle pas

le héros des chansons, des opérettes et des livres
sentimentaux ? Les deux crimes ne diffèrent point.
A tout prendre, on peut excuser la faim mieux
que l'adultère quand le meurtre aide l'une et
l'autre. Et puis, le brigand n'a-t-il pas été, de
même, le ténor des scènes lyriques ? Néanmoins,
on l'incarcère encore et, parfois, on l'exécute.

La vie d'un citoyen est plus précieuse que tous
les instincts particuliers de ses rivaux et cela
sur le domaine de l'amour, comme sur le domaine de l'argent. Celui qui supprime une existence mérite toujours le châtiment suprême. A
l'égard d'une société établie justement pour
combattre la mort, il accomplit le forfait immédiatement contradictoire. Quand donc cesse-
rons-nous de croire que le jeu de se frotter l'épi-
derme contre celui de la voisine pallie toutes les
infamies commises autour de l'acte génésique ?
Si la loi le permettait, ah qu'il serait courageux et intéressant le procès civil intenté par
la famille du Sganarelle assassiné contre les
jurés de la Seine. Depuis vingt ans, ces bourgeois
en acquittant tant de lâches bourreaux à la suite
des drames passionnels, encouragent, par cette
idiote mansuétude, toutes espèces de Clitandres
à vivre dans l'état de bestialité.

Et cette bestialité rehausse-t-elle, comme l'as-

surent les rimeurs, le caractère du passionné? Je
ne sais lequel de ces galants reçut du mari une
volée de coups de canne. Son ami lui conseilla
d'envoyer des témoins à l'agresseur. Pour refuser,
il allégua le vague prétexte de ne pas vouloir
compromettre par un scandale la créature en
litige. Mais, incontinent, il perpétra le scandale,
quand il fut sûr qu'aux six coups de son revolver
aucune arme ne répondrait. Ce sont bien là les
grandeurs et les beautés de la passion... Sus à
l'amour, de grâce, s'il ravale ainsi l'âme d'un
garçon instruit, éduqué, vivant au milieu d'une
civilisation délicate !

Un tel résultat moral ne dément guère la logi-
gique. L'adultère devient, par nécessité, déloyal.
Il est essentiellement le mensonge.

L'amant trahit l'homme dont il serre la main,
dont il reçoit les bienfaits, dont il s'affiche l'as-
sidu. Son occupation, c'est mentir, c'est se dérober, c'est fuir, c'est se masquer, c'est accepter
toutes les humiliations de la conscience. Entraî-
nement quotidien à l'ignominie.

Un seul adultère me semble admissible. Celui
que la franchise ne rebute pas. Avant de sceller
son affection pour le séducteur par le don de soi,
la dame en rut devrait avertir son mari au moyen
d'une lettre, le quitter, puis gagner, pourvue

de son mâle nouveau, un pays propice aux ébats.
La sagesse ne peut rien reprocher à celui des
conjoints capable d'avouer : « Une passion plus
puissante que ma volonté me domine. Je n'ai
point la force de résister à cet asservissement.
Mais, je n'entends pas trahir. Je n'introduirai pas
chez vous l'infamie de tromper. Je pars avec qui
j'aime. Adieu. »

À se conduire ainsi, en toute noblesse, la dame
demeurerait une personne loyale, vaillante, acceptant les conséquences de sa passion. Elle
serait rarement la cause d'abominables forfaits.
Hélas, presque toutes ses pareilles préfèrent les
détours infects de la ruse. Comédiennes, les unes
déclarent qu'elles ne peuvent abandonner leurs
enfants, comme si la faute d'avoir exposé le nom
de la famille aux ridicules des instincts animaux
n'était pas l'abdication même de la maternité.
Fates, les autres insinuent que révéler loyalement leurs désirs illégitimes au mari le désespé-
rerait trop, comme si elles savaient d'avance s'il
ne sera pas ravi de reconquérir une liberté soumise jusqu'alors aux scrupules du traité conjugal. Ces deux arguments ressassés à l'envi n'in-
firment en rien la seule solution propre : la rupture préalable et franche, au grand jour.

En vérité, les femmes refusent de la choisir,

parce que leurs intérêts matériels et leur désir de
considération bourgeoise les attachent à l'aisance
du mari, souvent meilleure que celle du galant.
Clitandre ne souhaite pas d'habitude que sa
maîtresse le vienne obliger de l'entretenir convenablement. De là ce compromis entre la pratique du vice et l apparence de la vertu. Effet
malpropre de causes dégoûtantes.

D'autre part, les maris deviennent indulgents
à l'excès. Ils encouragent tous les flirts, toutes
les excentricités, toutes les camaraderies entre
leurs femmes et les tiers. Fatalement, la nature
opère le contact de fluides qui, de par les lois
scientifiques, s'attirent. Mettez l'épouse la plus
chaste en rapports fréquents avec un joli garçon,
il lui faudra lutter beaucoup pour vaincre ses
appétences charnelles. Peut-être triomphera-t-
elle, mais parce que le hasard l'aura secondée.
Que le hasard passe à l'autre parti, et la vertu
comme on le disait jadis, devient une question
de canapé que l'on rencontre ou que l'on ne rencontre pas, de fiacre qui, tout à coup, apparaît ou
non.

Enfin, on accueille avec trop de facilités les
personnes de mœurs équivoques dans les salons.
Maintes créatures mariées, mères de famille,
mais prêtes à tomber dans tous les bras, encom-

brent les milieux anciennement honnêtes. Leur
exemple déprave, parce que les hommages des
mâles les assaillent ouvertement. Leur vice
triomphe. A leur débauche vont les amabilités,
les petits soins, les congratulations, les dévoue-
ments, les respects mêmes. Quiconque espère un
rendez-vous s'ingénie à flatter ces gourgandines.
On satisfait les ambitions des leurs. On les comble de toutes façons. C'est à croire que rien au
monde ne vaut le plaisir de voir un corset
s'ouvrir indûment sur des seins qu'autrui se
réserve. Néanmoins, pour dix francs, voire un
louis, de plus belles poitrines s'offrent complaisantes dans les boudoirs innombrables de Paris.

Si les sénateurs que guide M. Bérenger désiraient sincèrement une atténuation du vice dans
les familles françaises, il leur faudrait d'abord
proscrire du monde ces fausses courtisanes.

Le moyen est simple.

Au lieu de ne rechercher les adultères que sur la
requête des maris, la justice devrait, spontanément, mettre aux trousses des amours illicites ses
limiers de police, faire constater les flagrants
délits, et prononcer, d'office, les divorces légalement consécutifs à ces sortes de procès-verbaux.
L'adultère sournois ne lèse pas seulement les
Sganarelles.

Il donne aux jeunes gens la défiance du mariage.

Il abaisse la moralité publique.

Il justifie, par l'élégance admise de ces fautes, la trahison dans les ménages plus humbles qui l'imitent.

Son action est autrement dévastatrice que celle des publications pornographiques. Elle nie la probité du contrat conjugal solennellement juré, sur quoi repose la certitude d'une lignée, qu'aucun sang étranger ne doit corrompre, et sur quoi reposent les principes de la famille, c'est-à-dire toute l'ossature sociale contemporaine.

Le divorce prononcé d'office, après le pourchas des adultères, serait une mesure efficace. Elle épurerait les salons en un tour de main. La crainte de voir diminuer leur aisance, par l'application de la loi, retiendrait dans le devoir beaucoup de jeunes femmes moins passionnées que naïvement curieuses d'insolite, ou que sottement imitatrices des catins armoriées.

Equitablement, on rejetterait les courtisanes hypocrites dans le clan des filles déclarées. N'étant plus contraintes aux mille gênes de la dissimulation, ces nouvelles recrues y vivraient, d'ailleurs, heureuses, choyées, triomphantes. Le monde se fermerait aux demi-castors; et les Clitandres y perdraient leur temps. Ils n'auraient plus à y préparer l'assassinat sensationnel qui les rend illustres, sympathiques et acclamés, encore qu'ils soient, au réel, les plus vils des malfaiteurs.

VI

LES TUEUSES

Il en est de menues et légères. La souplesse de leurs pieds étroits soulève leur sautillement. Il en fut de couvertes par la mante étrécie sur leurs épaules graciles, ainsi que par un lys noir renversé découvrant les chevilles comme ses pistils agités à la brise. Il en apparaît de nues et robustes sous telles robes collées à la peau, marquées par les boutons durs de' seins oscillants. On en voit tout en visages pâles troués de vastes yeux tristes à reflets d'opale et d'onyx. Des spirales de couleurs que terminent des plumes impudentes montent sur les coiffures d'autres joviales, cyniques et maigres. Quelques-unes s'épanouissent à la façon de roses grasses et bonasses. Certaines portent la mine d'institutrices malheureuses, plates, fort déçues, orgueilleuses

à peine de leurs mains fluettes. Celle-ci sait à
merveille sangler sa croupe dans la cheviotte de
la jupe et montrer la bulbe épaisse de sa croupe
plantureuse, potagère. Celle-là ricane à la manière d'un gamin chétif, glorieuse de comprendre
l'exact espoir de vices que suscite le geste crapuleux de ses doigts. Peut-être se flatterait-
elle de ressusciter le mystère de l'hermaphrodite
ancien pour la curiosité d'un mâle érudit. Beaucoup passent semblables à de petites ombres du
Styx, la tête chargée de leurs bandeaux sombres,
de leurs auréoles en feutre écarlate ; l'allure ac-
cablée, chagrine. D'une gorge à deux sphères
lourdes dans le glissement du linon caché sous
le satin de la blouse, la grande fille est vaniteuse.
Elle pénètre de son regard affirmatif l'œil du
faune ému et qui sent frémir ses os. Par leurs
grimaces les petites promettent toutes les espiè-
gleries des gambades, et le crissement des bas
noirs haut tirés sur une jambe nerveuse. Dans
la boîte du fiacre, les ambitieuses raides et sévères montrent de quelle noblesse leurs profils
s'estiment capables pour peu que les largesses
des amants commanditent un luxe digne du
coupé futur.

Ce sont les charmeuses de Montmartre et du
Quartier Latin. Elles poussent les portes des

brasseries enfumées. Elles grimpent les étages
des garnis, elles se visitent, fument assises au
bord du lit défait où croupit la paresse de la camarade à la tignasse déteinte, à la langue râ-
peuse, à la voix enrouée, quand les mâles repus
sont partis, quand le garçon de l'hôtel a changé
les dix francs de volupté contre la charcuterie
mangée dans le carton, contre la canette de bière
maintenant à demi-vide, contre le petit pain émietté
sur la table de nuit toujours bancale. Elles s'enseignent les rêves de leurs convoitises. Elles étu-
dient les tactiques pour capter les fructueux hommages des fils de notaires qui dépensent à Paris
l'argent des économies rustiques conquises par les
adroits calculs de leur parenté provinciale. Elles
citent des exemples. Margot-Flamme-de-Punch
a pu se faire offrir un mobilier de six mille par
le gros Dupont de Limoges. Yvonne plume à plaisir le joli petit Durand qui menace de son suicide toute une famille de Caudebec, si l'on ne
pourvoit aux avidités de l'amoureuse éprise de
fourrures claires, de bijoux énormes, et de paris
aux courses. Herminie-la-Cauchoise qui fut
amenée par le neveu du juge chez qui elle repri-
sait les torchons, habite maintenant un hôtel de
la rue Weber, et se promène en automobile, louée
1.200 francs le mois ; car le neveu du juge l'a

laissée pour compte à un Roumain, lequel la flan-
qua dehors quand elle l'eut trompé avec Hubert
Hot, le garçon si chic et si laid dont toutes étaient
folles et qui s'embête à Clairvaux pour l'affaire
de ses traites fausses ; or, le jour même, comme
elle arpentait le Boulmich sous la pluie, cherchant
le payeur d'une consommation, par un temps où
pas un chien ne jappait dehors, un monsieur
timide l'appela dans son fiacre. « Eh bien, il lui
a loué pour un mois la chambre où ils ont joué
pendant la première heure. Après, il lui installe
un appartement, et, au bout du trimestre, un
hôtel. Le passant était un député du centre qui
gagne tout plein de galette en vendant les votes
de son groupe, tantôt à la droite, tantôt à la
gauche. En voilà, de la veine, ma chère ! »

Et les cupidités s'excitent. « Quoi donc ! on
n'a pas tant d'années pour se faire du bon sang !
Ma cousine Stéphanie, qui dansait à l'Opéra-Co-
mique, est aujourd'hui obligée, à moins de quarante ans, de faire des ménages pour six sous de
l'heure, dans le faubourg Poissonnière ! Tu pen-
ses ! Voilà comme ils vous laissent, les hommes ;
alors c'est vraiment pas la peine de se gêner
quand on en tient un, au temps des lilas ! Pas
vrai ? »

Irréfutable logique, et si, d'aventure, quelque

jouvenceau naïf, gâté par l'usage des ouvrages sentimentaux, par l'audition des opéras comiques, se permet l'erreur de croire au prestige rare de la camarade, s'il la pare benoîtement des excellences que procure la mémoire littéraire et musicale, s'il estime son tempérament incapable de se complaire au toucher d'autres épidermes, s'il laisse connaître le chiffre important des rentes allouées par le destin social à son ascendance, cette fille l'étreint de ses avidités furieuses. Elle épuise sa volonté virile. Elle l'anéantit et l'hypnotise. Elle le dépouille en le menaçant d'abandon. Parfois le drame suit.

Telle cette épouvantable histoire. Deux garçons, l'un comptable, l'autre étudiant, perdirent en l'honneur d'une péripatéticienne, celui-ci la vie, celui-là l'honnêteté. Célèbre dans les brasseries des rues Monsieur-le-Prince et Vaugirard, la donzelle vendit du plaisir au bachelier qui voulut ensuite lui donner sa vie. Un fils de vingt ans ignore l'art de masquer comment il est éperdu d'amour, comment son instinct l'affole, comment il devient une chose passive et douloureuse, sans faculté de résistance. Moqueuse, cruellement l'amie le dévalisa de son mieux. Quand il eut fini de lasser la générosité possible des siens, l'étudiant pria la fille de restreindre la

bêtise de leurs joies coûteuses. En réponse, elle
le prévint qu'un galant lui offrait un voyage dont
il payerait les distractions avec l'argent du coffre-
fort commercial commis à sa garde. Puis, le bachelier avouant le vide de ses poches, elle invita
le comptable à choisir entre le devoir et la volupté. Les angoisses d'une longue hésitation
n'avaient pu fléchir cette goule. Il en fut ainsi.
Elle contraignit au vol le délire de ce garçon.
Apprenant leur départ, le bachelier se tua.

Deux vies s'abolirent donc selon le caprice
d'une fille à plaisir. Deux êtres aptes à devenir
des forces sociales précieuses disparurent au
gré d'une imbécile soigneuse d'étonner les ser-
veurs de restaurant par la prodigalité de sa dépense, les badauds du turf par l'audace de ses
paris, les bourgeoises de la rue par le faste barbare
de ses toilettes. Deux cérébralités importantes
s'anéantirent pour le triomphe mesquin d'une
péronnelle convoitant un succès de carnaval
entre la rue Soufflot et le théâtre des Variétés.

Ce n'est pas que je l'accuse très sévèrement.
Sa responsabilité me semble indiscernable. Il a
suffi de la pauvreté, de parents trop sévères ou
trop indulgents, d'une circonstance sur le trottoir,
d'une camaraderie funeste à l'école, pour qu'elle
se démoralisât. D'ailleurs, le crime ne consiste

6

point à faire commerce de satisfactions sexuelles ;
à louer son corps. Nous ne blâmons pas le propriétaire qui loue sa maison et qui vend les
satisfactions du home, ni le négociant qui tra-
fique des voluptés gustatives, ni le musicien qui
dévoile les qualités de son cerveau à un public
d'opéra, ni l'artiste qui prostitue la beauté du
tableau, de la statue, du poème, qui offre à tout
venant l'intimité même de son émotion. La
belle fille réclame les mêmes droits qu'eux.
C'est logique. Mais l'ignoble péché, c'est d'utiliser son influence consciemment et directement
pour conduire le faible au malheur, à la mort et
au crime.

Les jurys n'usent pas d'une sévérité terrifiante
envers ces instigatrices. La plupart du temps
elles échappent à la sanction légale. Poursuivies
sous le chef de complicité, quelquefois elles ont
peu de mal à conquérir le verdict d'acquitte-
ment que demande l'éloquence sentimentale de
l'avocat, tandis que chacun des douze jurés
s'imagine pouvoir réclamer, en échange de sa
composition, une séance de ce plaisir extrême,
dont le goût poussa jusqu'aux forfaits un cœur
simple.

L'erreur des magistrats et des urés résulte
de la vieille illusion qui considère l'homme en

tant que force active, lucide, consciente et responsable, au contraire de la femme, passive, inconsciente et irresponsable, type de l'ancienne
esclave. Cette façon de jauger les caractères des
sexes devient, à notre époque, fort défectueuse.
Tous les hommes ne personnifient pas des principes actifs, ni toutes les femmes des natures
passives. Dans le cas de cette double catastrophe,
il apparaît bien que la donzelle fut l'action, la
pensée criminelle et l'être responsable. Les
adolescents n'accomplirent le suicide et le vol
que sous l'empire d'une maladie commune aux
garçons de vingt ans. Maladie connue, expli-
quée, commentée par des milliers de livres;
maladie étudiée, classée, pourvue de ses dia-
gnostics mais non de sa thérapeutique. Les
passifs étaient ces malades, plutôt que la saine
bête de proie qui sut exploiter les délires de la
puberté.

En vérité, nous demeurons doués d'une indulgence illogique envers les femmes. Édouard
Drumont s'indigna justement contre cette demoiselle Véra Gelo qui fit feu tout à coup sur
un professeur au Collège de France. Jamais une
logique ne saura justifier un attentat de cette
sorte, fût-il réel qu'un vieillard eût proposé les
jeux du lit à cette chaste virago. On ne tue pas

les gens parce qu'ils vous invitent à déjeuner
par mégarde, sans observer le rituel des convenances mondaines. On n'a pas un droit meilleur
à l'assassinat parce qu'un monsieur, se trom-
pant, invite aux gymnastiques de la reproduction une fille qui lui semble agréable. L'honneur
de la jeune personne n'est offensé que de manière superficielle. Il lui appartient de refuser
ironiquement ou sèchement la partie de plaisir.
C'est tout. Au reste, si, par leurs coquetteries
audacieuses, par ce qu'elles nomment le flirt,
par des amabilités intempestives, les femmes ne
donnaient, la plupart du temps, prétexte aux
offres priapiques, bien moins d'hommes s'amu-
seraient d'elles. Souvent la femme galante ré-
clama d'avance l'outrage, au moyen du sourire,
du geste et de l'attitude aimable. Une créature
décidée fermement à ne pas faillir y réussira tant
qu'elle observera les règles des convenances, en
évitant de rester seule avec un visiteur plus
d'une minute, en se gardant d'essayer le pouvoir
de ses œillades et de sa voix émue. Une jeune fille
qui choisit la vie d'étudiante court mille
risques dont elle n'a plus à se révolter. Presque
toujours il lui suffira de réfuter brutalement les
premières tentatives des faunes pour obtenir
le respect. Mais si vraiment ces jeunes étran-

gères tiennent tant au respect des mâles, il leur
faut rester dans la famille, et ne pas courir le
monde, toutes seules, en allant sonner chez les
professeurs célibataires.

J'entends bien qu'une fille désireuse de science
voudrait pouvoir librement aller et venir, sans
craindre les attaques à sa vertu. Dans les pays
latins, cela me semble encore impossible. Il convient que l'étudiante se résigne à subir les pro-
positions amoureuses. Qu'elle choisisse entre la
science et la chasteté ! Le mâle de race latine n'a
pas encore réfrigéré son instinct des temps primitifs. Il ne le glace que devant les femmes
signalées comme intangibles par la présence
tutélaire des parents. Ce n'est, d'ailleurs, point
la personne qu'il vénère, mais l'institution sociale de la famille; et encore ce respect saute
vite les bornes. Mlle Véra Gélo ne pouvait guère
ignorer ces mœurs. A l'Université d'Upsal, parmi
de froids Norvégiens, elle n'eût pas connu d'inconvénients analogues. Son tort fut de courir
seule les villes de France, et, courant ainsi, de
s'offenser qu'un monsieur lui vantât les charmes
de certains abandons. L'incartade ne méritait
point la peine de mort. Rien de plus précieux
que la vie humaine, que la vie des cerveaux.
Ne permettons pas à la première toquée venue de

les supprimer à sa guise, sous le prétexte de venger une injure anodine.

Pas mieux que l'excès de vice, l'excès de vertu n'excuse le meurtre. J'estime également coupables la fille du Quartier qui contraignit le bachelier au suicide et l'étudiante étrangère qui faillit abolir une des plus lumineuses intelligences. Les motifs divers sont pareillement inadmissibles. L'État ne peut autoriser personne à tuer ; et les jurys doivent sanctionner ce précepte.

Favoriser la vie, tel est le principal devoir de la civilisation.

VII

LE MASSACRE

« Plutôt laide que jolie, m'écrivait à peu près
une lectrice, je n'aurais jamais cru pouvoir
susciter des passions meurtrières. J'ai une
figure quelconque, de petits yeux gris, des sourcils blonds, une taille plate, des cheveux abondants, de la poitrine et de grandes jambes, mais un
teint pâle, parfois verdâtre, et souvent gâté par
de petits boutons. Pourtant, je n'avais pas atteint
ma seizième année, déjà les garçons me suivaient
dans la rue, m'offraient des fleurs, me récitaient
des phrases de chansons, puis disaient des bêtises.
Malgré mon envie de m'amuser, je les éconduisis.
Mon parrain, un veuf, assez bel homme, manifes-
tait alors l'intention de m'épouser. Marchand de
faïence, il mène bien ses affaires. Il promettait
de prendre ma mère « chez nous », et de donner

à mon père un bon emploi dans le magasin.
Nous aurions été, enfin, tranquilles. Plus de
termes à payer. Du dessert à chaque repas ; et un
petit voyage à la mer l'été. Je me voyais déjà
patronne, à la caisse. Mon pauvre papa n'eût plus
été remercié tous les mois dans les maisons où il
trouve du travail, parce que ses yeux se fatiguent.
Moi, j'aurais pu me payer des toilettes...

« Ce n'était qu'un rêve. Et l'amour donc ? Il
me guettait,... l'amour ! Il me suivait quand je
rentrais, le soir, de l'atelier. Un grand garçon
maigre, efflanqué, dont les vilaines dents pourries
et les hauts faux-cols sales me répugnaient. Il
m'en racontait, il m'en racontait, comme les
acteurs à l'Ambigu ! Il m'adorait. Il voulait
mourir pour moi, et il me récitait des vers qu'il
avait appris par cœur dans la journée à son bureau. Moi, ça m'agaçait. De temps en temps, je
me dégageais en l'appelant « espèce d'imbécile »,
quand il voulait me prendre le bras. Et je mar-
chais devant, je courais presque, je changeais de
trottoir... Enfin, je me donnais l'air d'une fille
qui ne veut rien entendre... Et puis, voilà mon
Arthur qui me montre son revolver, un soir où
nous avions veillé tard, où je rentrais. Il pleuvait.
Personne dans la rue des Dames. Tout de même
j'eus peur. Mes genoux tremblèrent. Jamais je

n'ai rien vu de si méchant que sa figure à ce moment-là. Il grognait : « Monte chez moi, ou je te
tue ! » Sa voix s'enrouait. Moi, je ramasse mes
jupes, je ferme mon parapluie, et je prends mon
élan pour courir... J'ai senti la chaleur de la
flamme dans mon cou. La balle a traversé la paille
de mon chapeau. Même une plume a été coupée
en deux... Je criai : « Monsieur l'agent... monsieur
l'agent ! » Faut croire qu'il ne s'en promenait pas
dans le quartier. D'ailleurs, l'eau tombait à verse,
on ne pouvait rien entendre. Un tombereau
chargé qui passait dans l'autre rue, faisait aussi
tant de vacarme, en cahotant, que mes appels
furent étouffés. Et puis, les gens s'habituent aux
disputes. Ça ne leur fait pas mettre le nez à la
fenêtre, surtout par un temps pareil, passé onze
heures du soir. Alors, je me suis arrêtée. La terreur m'étouffait. On tient à sa vie, quand même.
Je sanglotais. Je sanglotais. Arthur m'a rejointe.
Il m'a pris la taille. Il m'embrassait. Il me
demandait pardon. Mais il gardait toujours le
revolver dans sa main. Il m'a conduite à la porte
d'un hôtel. Il a sonné. Je n'avais plus de force. Mes
jambes chancelaient. Voilà comment il m'a eue...

« Triomphalement, il a conté partout que
j'étais sa maîtresse. Mon tuteur, l'ayant su, m'a
repris notre bague de fiançailles. Maman a dû se

résoudre à faire des ménages, parce que papa
n'y voit plus du tout... Et ce n'est pas les trente-
six sous que je gagne dans la couture qui nour-
rissent et qui logent trois personnes. Mais un
camarade d'Arthur qui est revenu du régiment,
il y a six mois, s'avise de me courtiser. Naturellement, Arthur est jaloux. S'est-il aperçu de la
chose ? Devant moi, dimanche il a rechargé son
revolver, en me promettant de me loger les six
balles dans la peau s'il soupçonnait seulement des
coquetteries. Hier matin, au moment où nous
entrions à l'atelier, voilà l'autre qui s'approche. Il
me jure que, si je refuse d'aller avec lui, il m'ar-
rosera de vitriol, et qu'il ne me ratera pas, lui,
comme le sous-préfet de Fontainebleau a raté la
petite actrice de Montmartre. Il était si pâle, si
colère ! J'ai bien compris qu'il ne parlait pas pour
ne rien dire.

« Si je ne lui cède pas, il me défigure... Si je
lui cède, Arthur me tire dessus. C'est beau,
l'amour ! Déjà ma pauvre vie est gâchée. Ma
mère crève à la tâche. Maintenant, il faut que je
me laisse tuer ou vitrioler. Je n'ai pas le choix...
Et, quand je menace l'un ou l'autre de la justice,
ils me répondent qu'on acquitte toujours les auteurs de crimes passionnels. Me laissera-t-on
périr ?... »

Telle fut la confidence de ma lectrice. Son
effroyable aventure n'est malheureusement pas
rare. Trop souvent, le vitriol et le revolver
ponctuent les sonnets d'amour. Singulière frénésie ! Tel se laisserait mourir de faim plutôt
que de dérober un croissant dans la boutique du
boulanger, n'hésite point à tuer la fille qui ne
veut pas rassasier son appétit sexuel. Assassiner
une pauvre créature coupable de refuser ou de
reprendre son corps, la plus indiscutable des
propriétés, cela semble, non seulement excusable, mais héroïque et littéraire. De la plus lamentable pierreuse à la mondaine la plus raffinée ; du plus humble Apache au sous-préfet le
plus subtil, chaque amoureux exerce le droit
d'attenter à la vie, droit concédé par l'atroce indulgence du monde.

Sur les conseils de la misère, un loqueteux
s'introduit dans une villa, force les armoires,
s'approprie les bijoux et l'argenterie, puis assomme un peu la servante réveillée trop tôt, et
qui peut le livrer aux gendarmes. Il est sûr de
ne trouver aucune clémence chez les douze bourgeois assemblés pour le juger. Ni la mauvaise
éducation de la rue où il croupit enfant, ni les
exemples pitoyables de parents ivrognes et filous,
ni la succession des malchances qui accablent le

pauvre, ne lui seront comptés comme circons-
tances atténuantes. Il ira dans les bagnes accomplir de rudes corvées, sous les soleils tropicaux.
L'appétit de l'estomac n'est guère privilégié.

Au contraire, un monsieur sorti d'une famille
qui prodigua les leçons salutaires, et pourvu
d'un emploi qui lui assure largement les aises,
muni même d'une instruction qui lui démontre
les raisons majeures et sociales de respecter la
vie humaine, celui-là peut, sans presque rien
-craindre, tuer la personne qui se refuse soit à lui
accorder, soit à lui continuer ses faveurs. On ne
sait quelle aberration sentimentale consacre cette
rage d'assassinat passionnel. Quelques semaines
de prison spécialement hospitalière châtient à
peine le scélérat. Et encore faut-il que la victime
ait succombé. De cette condamnation, il retire
surtout une certaine gloire romanesque, gage
d'aventures prochaines et galantes, car les
femmes s'énamourent volontiers de ces Love-
laces sanguinaires. Elles leur savent gré d'avoir
risqué, au jeu d'amour, quelques mois de liberté.

Aussi, les émules de ces gaillards deviennent
légion. Femmes et hommes poignardent, fusil-
lent, brûlent à l'envi les partenaires de leurs
ébats réels ou seulement désirés. Comme les
jurys d'assises, les magistrats de correctionnelle

favorisent ces massacres en hésitant à sévir de manière terrible. Je pense que ma lectrice, si elle ne réussit point à s'enfuir promptement de Paris, sera bientôt la victime d'Arthur ou celle du cousin libidineux. En effet, de tels héros ne peuvent encourir qu'un châtiment anodin dont la publicité compensera largement les ennuis.

Pour moi, ces deux séducteurs à main armée sont infiniment plus coupables que le malheureux cambrioleur qui assomme un curieux, afin de ne pas être dénoncé au moment de ravir l'argenterie du bourgeois : promesse de repas plantureux, sous un toit sûr, après tant d'heures de famine à la belle étoile. La misère m'a toujours paru une excuse suffisante des délits ou des crimes. Qui ne mange pas meurt. Le famélique se trouve pour ainsi dire en état de légitime défense contre la société qui l'accule à la nécessité de voler pour ne point périr. Mais celui qui n'assouvit pas ses velléités priapiques, peut survivre à ce déboire. Le besoin n'est pas essentiel. A tout prendre, il ne manque pas de pourvoyeuses bénévoles et différentes de la femme rebelle aux prières. Tandis que le pauvre hère sans argent trouve visage de bois sur le seuil de toutes les gargotes.

L'indulgence pour ces crimes est odieuse. Elle

7

signifie que nous n'attachons point à la vie humaine le prix que socialement elle vaut. Plus il y a
d'idées qui naissent ou renaissent, plus les élites
se fortifient, et plus les talents sont par elles
engendrés. Détruire un élément de cette force
évolutive, dans un but de plaisir personnel, c'est
nuire au total des citoyens en les privant d'un
cerveau, c'est les corrompre par l'exemple du
plus ignoble égoïsme, c'est vouloir affirmer indûment sa cupidité propriétaire sur un être libre.
Il n'y a là rien de noble ni de tolérable.

Fût-ce contre les assassins, nous répugnons à
demander qu'on châtie. Il importerait, cependant, qu'une loi sévère épouvantât les gens qui
servent les intérêts de leur sexe par le vitriol, le
fer et le feu. Lorsqu'il y a flagrant délit de meurtre
ou de violences graves, lorsqu'aucun doute ne
s'élève sur la culpabilité de l'agresseur : vraiment,
il siérait que des magistrats éprouvés, bien choisis, condamnassent ces abominables canailles,
sans soumettre leurs décisions au sentimentalisme
niais des jurys. Ni le meurtre, ni la tentative
de meurtre ne devraient davantage demeurer
indemnes. Il n'est pas de crime plus lâche que
celui du tueur, quelle que soit la cause de l'assassinat.

D'ailleurs, comptez, durant un mois, le nom-

bre de meurtres relatés dans le journal, soit que
des voleurs aient poignardé de nombreux passants, soit que des amants aient affirmé leurs
passions en se supprimant les uns les autres, soit
que des maris aient vengé leur honneur, qu'ils
placent en un bien sale endroit, soit que des
rivaux aient stupidement témoigné de leur goût
à propager la vie en s'égorgeant. Ensuite,
cherchez dans les feuilles judiciaires, les sanctions apportées à ces actes par les arrêts des tribunaux. Vous serez ahuris du peu que paye un
de ces malandrins pour vous ouvrir le ventre.
Si le pante n'est pas mort, si l'art miraculeux des
médecins l'ont empêché de choir au cercueil,
l'assassinat est jugé sous la rubrique de « Coups
et Blessures ».

Le bandit passe deux ou trois mois dans une prison, agrémentée de tout le confort moderne et tel
que n'en offre aucun de nos appartements moyens
aux heures de liberté. En compagnie de gaillards sans soucis, il feint d'accomplir quelque
travail, en bavardant, et en préparant de bons
coups, pour les lendemains de la libération. Gras,
reposé, soigné, dispos, prêt aux mêmes sports
qui lui valurent cette villégiature salutaire, il sort,
et s'en va poignarder directement l'amie qui dis-
pensa les recettes de sa prostitution à un autre.

Aussi, l'on tue à foison. Sur le boulevard même passé minuit, en plein été, des lascars, le couteau dans le poing, dépouillent les flâneurs. On vit en état de guerre. A quoi bon, dès lors, les garanties sociales ? A quoi bon les lois, si une pauvre fille de dix-huit ans doit essuyer les feux du revolver, et se voir défigurer par le vitriol, parce que deux brutes veulent la prendre comme instrument de plaisir, malgré ses goûts ? A quoi bon la police que payent nos contributions ?

En vérité, avec la loi de Lynch, si la foule prenait coutume de pendre haut et court incontinent quiconque est surpris, l'arme à la main, et prêt à s'en servir, les satyres sanguinaires réfrèneraient les violences de leurs instincts. Il coule trop de sang sur les trottoirs de Paris. Et cela semble justifier la boutade habituelle aux apôtres de la guerre, lorsqu'ils répondent aux pacifistes vantant les douceurs de la fraternité humanitaire : « Quand on n'offre pas aux hommes le dérivatif des combats pour la patrie, c'est au sein des villes, et sous les symboles de la paix féconde, qu'ils s'entre-tuent : tant est naturel le besoin de vaincre, tant est puissante la volupté de faire souffrir ! »

VIII

LES RESPONSABILITÉS DE L'ATMOSPHÈRE

Par le moyen de statistiques médicales, judiciaires,, scolaires, un Américain établit des parallèles entre l'état de la température et le chiffre des maladies nerveuses, des punitions pédagogiques, des procès, crimes, délits. Les caractères se modifient selon les phénomènes atmosphériques. Telle semble la conclusion de son étude fort scientifiquement poursuivie. Déjà, quelques centaines de romanciers nous montrèrent leurs héroïnes consommant l'adultère à des heures d'orage. Cette observation ancienne se peut mêler aux plus récentes.

Nous possédons, chacun, une réserve d'énergie. Elle s'accroît en nous dans les ganglions, au long des fibres. Cette énergie peut dormir toujours chez certains ; elle peut aussi fréquemment s'éveiller, si des causes extérieures la stimulent. Un temps doux et pluvieux apaise, endort. Le vent brusque, inaccoutumé, exaspère. En ce dernier cas, les écoliers inattentifs méfont davantage ; ils manquent aux prescriptions de la discipline, n'écoutent point le maître. Dehors, le malandrin rosse le guet. De grandes chaleurs engagent à la paresse, par suite au larcin, qui procure le nécessaire et le superflu sans travail. Si les éléments nuisent à notre activité ordinaire et renforcent la peine du labeur, notre irritation augmente. Un homme en courses dont la bourrasque retourne le parapluie, enlève le chapeau, gifle le corps, concevra mieux à cet instant les misères de sa vie. De vieilles rancunes renaîtront en sa mémoire. La révolte sociale s'emparera de son esprit. Il sera prêt à maudire, à lutter et à vaincre. Que l'adversaire se présente alors. On ne se fera point grâce d'injures, voire de coups. Sur autrui l'individu assouvira sa haine des éléments, des choses et des hommes. De là surgissent les interminables querelles dont le badaud s'étonne, lorsque des cochers s'invectivent, par exemple.

Au lieu d'être violente comme la bourrasque, l'influence d'un état atmosphérique fâcheux et prolongé peut, sournoisement, provoquer mille petites résistances de l'être, chacune presque

insensible. Mais leur somme apporte à l'énergie
latente le même stimulant que lui vaut une inter-
vention brusque. Au bout de quelques jours, ce
stimulant agit. Les passions tout à coup bon-
dissent.

Pour cela, les hommes des pays brûlants ne
perdent pas leurs habitudes vindicatives et sanguinaires. Les premières civilisations paraissent,
au contraire, s'être développées au bord des
grands lacs, sur l'altitude des plateaux, sur les
rivages de la mer, en tous lieux où la variété
successive, normale des apparences climaté-
riques favorise mille sensations diverses et
moyennes. Les vapeurs nées dès eaux vastes, les
nuages arrêtés par les cimes, les brises changeantes de la mer, modifiaient sans cesse la figure
du pays, tour à tour pluvieux, ensoleillé, voilé
de pénombre, humide et chaud. Ce sont là, d'après
cet Américain, M. Dexter, les meilleures conditions qui puissent engendrer des caractères
observateurs, réfléchis, inventifs et moraux.

Ceux qui lurent un beau livre de Myriam
Harry, *Passage de Bédouins*, admirèrent la simplicité fougueuse des passions dues à l'inexorable constance du soleil arabique que leurs
ancêtres subirent. Leur vie est toute d'élans magnifiques, inconscients et unicolores que l'au-

teur sut rendre au mieux. Ceux qui lisent les pages
hollandaises que M. Demolder publie au *Mercure
de France*, se réjouissent autrement. Là, c'est
une multiplicité de sensations très observées
et analysées avant que d'être parfaitement con-
çues. L'œil batave perçoit des foules d'objets
à la fois, les reconnaît, les scrute, les case, les
étiquette dans son cerveau en un clin d'impression. Races opposées de façon surprenante.

L'atmosphère des Pays-Bas est inconstante. La
vie de l'idée s'y exalta de toutes sortes : indus-
trieuse, artiste, financière, philosophique, navi-
gatrice et politicienne. Les Maures étant demeu-
rés en Espagne, l'Andalousie s'endort parmi sa
poussière dès que les derniers ferments de l'esprit gothique se sont fondus dans la foule des
vainqueurs repus. Même histoire et plus évidente
pour l'Amérique. Deux siècles suffisent à peupler
le Nord d'une grande nation productrice. Quatre
siècles ne réussissent point à munir de cités
nombreuses les pays du Sud, seulement drainés
de leur or par les conquêtes espagnoles.

Aussi bien que les plantes, nous sommes les
fils du soleil et de la pluie, de la lumière et de la
ténèbre. Humilions un peu notre orgueil qui se
croit libre.

Ce genre d'études attire maintenant des obser-

vateurs ingénieux. En France, nous aurions
matière d'examen. Quelqu'un s'occuperait utile-
ment à noter la météorologie des jours où le
crime passionnel se donne carrière. Voici, pour
les philatélistes, un moyen de passer le temps
avec une niaiserie moindre. La complicité inex-
cusable des jurys, encourageant le massacre
mutuel des amoureux, offrira toujours une plus
abondante série de meurtres et d'attentats.

Dans plusieurs quartiers, la vitrioleuse et
l'assassin par amour sont des héros. Leur présence fait la vogue d'un cabaret, d'un café-concert. Amants, maîtresses se disputent leur couche.
L'admiration des fournisseurs offre à l'acquittée
de la cour d'assises tout crédit. Quelle ménagère
n'ira plutôt chercher son épicerie dans le magasin où l'on montre cette petite Irma qui sut
poignarder le commis naïf, jadis conquis par des
avances effrontées, puis las un jour des trahisons,
des exigences pécuniaires, des querelles ? Sans
vouloir connaître les vrais motifs du départ, nous
nous apitoyons sur Irma qui fut abandonnée par
le séducteur. Nous excusons, en outre, le vieux
monsieur qui déchargea son revolver sur une
fille de luxe le jour où sa bourse épuisée ne put
l'entretenir encore. Excuserions-nous le même
attentat commis sur le carrossier refusant de livrer

7.

victorias et landaus au client devenu insolvable ?
Pourquoi la marchande d'amour peut-elle être
impunément mise à mort, tandis que le tailleur
et le tapissier méritent, aux yeux du jury, la
revanche des lois ?

Je ne m'explique guère cette contradiction.
Tout le monde l'approuve. Il suffit, pour tuer
sans péril, d'appartenir au sexe dont ne jouissait
pas la victime. Le fait d'avoir échangé deux fan-
taisies volupteuses vous permet l'anéantissement
du ou de la partenaire. Or, si je déjeune plantu-
reusement avec mon ennemi, si j'échange avec
lui les plaisirs d'une conversation brillante et
curieuse, aucun jury ne m'acquittera parce qu'au
dessert ma main lui aura planté dans le cœur
un poignard vindicatif, cet homme eût-il calomnié ma vie, ruiné ma fortune, légalement volé
ma famille, ou trahi des convictions communes.
La vendeuse d'illusions sentimentales et de baisers réels ne veut point tant de mal au consom-
mateur. Créature d'art, elle peine, toute sa vie,
à faire de soi-même une œuvre plaisante. Elle
pare nos avenues de ses allures et de ses toilettes
comme le négociant les pare de sa devanture
bien disposée. Aux heures de notre repos, elle nous
vend un peu de sa vie somptueuse, ses parfums,
les saveurs de sa chair, le rythme de ses gestes,

la comédie de sa joie et même, pour peu qu'on
y tienne, la tragédie de ses serments. Il n'est
point de naïf qui, payant à l'heure, au mois ou
à l'année, puisse y croire, sauf par folie.

Évidemment, les jurés prononcent le mot de
folie, et cette expression prépare le verdict. Pour
tuer, sous prétexte d'amour, il faut accueillir la
démence. Le vulgaire sent bien, à cette occasion,
que le crime est une maladie et il traite l'assassin
en épileptique. Les magnétismes et les sugges-
tions que développe l'exercice du désir sexuel
rompent certainement l'équilibre cérébral de la
plupart. Ignorant les travaux pareils à ceux de
M. Dexter, on sait, toutefois, que les peuples latins se passionnent plus facilement que ceux du
Nord. On reconnaît, dans le crime passionnel,
une manière d'épidémie méridionale, centrale
aussi, dont la responsabilité revient aux atavismes et au climat.

Le danger de cette théorie est manifeste. Car,
si très sincèrement quelques frénétiques ne peuvent résister à la fureur, d'autres, encouragés
par l'indulgence habituelle, s'amusent de tuer
et d'avoir, ensuite, grâce à la presse, une gloire.
Redoutés, ils commandent au trottoir de leur
quartier, lorsqu'ils y rentrent. Les bonnes gens
craignent leur colère vengeresse, et les filles un

caprice sanguinaire. Leurs créanciers n'osent
plus de réclamations et les femmes, terrifiées,
ne se risquent point à leur refuser le droit de jam-
bage. La brutalité triomphe féodalement.

Je sais une dizaine d'endroits, à Paris, infestés
par de tels gaillards, de telles gaillardes. Acquittés, relâchés, ils échappent aux malveillances de
la police, vivent sans travailler, exploitant la ti-
midité publique. Avouons que ces héros furent
trop avisés.

Voilà pourquoi le temps viendra de compen-
ser, par des mesures, la bienveillance des jurés
envers les fous d'amour. Sincères ou facétieux,
ces malades méritent d'être guéris avant de reprendre place au milieu des gens sains. Exemp-
tés de la prison, ils pourraient appartenir aux colonies, y être employés à des travaux, sous l'œil
de gardiens, à moins qu'ils ne voulussent signer
un engagement perpétuel dans les troupes de
l'Afrique : leur manie de meurtre s'utiliserait
contre les barbares.

M. Dexter vient d'accroître les preuves innombrables déjà de l'irresponsabilité criminelle. Il
nous faut effacer du vocabulaire solennel les mots :
vindicte publique. On ne se venge pas des malades.
La justice n'est qu'une thérapeutique sociale.
Mais cependant il convient d'écarter de la masse

la contagion meurtrière. Nous la préservons du
contact avec les cholériques, les pestiférés. De
même, faut-il la mettre à l'abri des maniaques,
assassins. Un règlement qui, pour le reste de la
vie, confinerait dans certains avant-postes colo-
niaux les acquittés de l'amour, rendrait ainsi
quelque santé au peuple des villes. Il en a besoin.

IX

L'AMANT DE CŒUR

Certains jours très radieux de juin, les belles
lumières renforcent la magnificence des courtisanes dont le troupeau, trié dans les capitales
de toutes les patries, parade somptueusement
sur les champs de course, à la Fête des Fleurs.
Le soir, dans les restaurants d'été, parmi les
feuillages éclairés de lunes électriques, l'adolescent a vu des gestes délicats voltiger entre
les cristaux et les vaisselles, errer sur l'éclat des
nappes semées de chrysanthèmes et de roses, se
répondre entre les petits abat-jour de couleur
voilant les discrètes clartés des bougies. Les musiques amoureuses tintent là. Tout ce que con-
çoit la civilisation la plus raffinée, ces filles de
luxe se.l'approprient, vénérées par la dévotion
de leurs entreteneurs et par l'humilité bienveil-

lante des maîtres d'hôtel. Idoles sans pareilles et
savamment masquées de fards subtils ; réforma-
trices attentives de leurs prestiges physiques ;
créatrices de leurs teints, de leurs lignes corporelles, de leurs ajustements légers, de leurs sou-
rires malins, de leur bagout cynique et tendre
contestant tout, hormis la puissance de l'argent
et la consolation de la volupté ; ironiques déesses
qu'amusent nos timides idées de l'Honnête et du
Juste, — ces gaillardes prouvent, à chaque heure,
comment le mépris de tous les devoirs est, pour
une jolie personne, le sûr moyen de gagner l'opulence, la joie, une voiture parfaitement attelée,
des toilettes d'art, le respect des passants, l'amour
des éphèbes et la protection des Lois.

Le jeune homme sans fortune, mais doué de
goût pour la beauté, ne peut aisément se soustraire à l'admiration et au désir que lui procurent ces êtres d'élection. Il flaire leurs parfums
aphrodisiaques. Il devine les membres statuaires
que recouvrent les souplesses des étoffes rares,
des linons nuageux. Il magine quelles virtuo-
sités érotiques payèrent ces joyaux dont les étin-
celles soulignent les mouvements des doigts, les
postures du cou et la respiration du corsage. Il
rêve des chambres palatiales où se prostituent
ces bacchantes dignes des accouplements fabu-

leux. Il espère, quelque jour, posséder l'une, au
-moins, dans le luxe du décor supposé. Demain,
:il essayera d'y réussir. Il s'évertuera même, si
quelque élégance lui fut concédée par la nature,
si quelque audace de caractère lui est échue, si
le hasard l'aide. A défaut de l'hétaïre souveraine,
il s'accommodera d'une fille entretenue suffisamment. Après un triomphe facile, le jeune homme
sera perdu : il deviendra l'amant de cœur.

. Car les ivresses d'une première, d'une seule
visite ne réussiront guère à calmer sa fringale.
· Il retournera chez l'amie de rencontre. Il l'invi-
.tera dans son modeste appartement. Il s'enor-
gueillira de lui plaire et de la croire amoureuse.
Il s'acoquinera. Dès lors, commenceront, pour
l'amant pauvre toutes les ignominies de la dissi-
-mulation. Il lui faudra se cacher du commandi-
-taire, mentir aux domestiques, se présenter chez
la belle pendant les absences du maître, avec la
crainte de le voir rentrer, gronder. sévir. Le
galant devra se faire hypocrite, se dire le com-
·mis du tapissier ou du maquignon. Cela nous
· amuse, au deuxième acte des vaudevilles. Dans
.la vie, c'est à faire pleurer. Que de braves gar-
.çons destinés à vaincre, à mener jusqu'au bout
.une existence noble et féconde, se sont, pour ja-
-mais, avilis en acceptant ce rôle ignoble ! Rien

n'abaisse autant les caractères. L'habitude prise
de mentir, de se cacher, de se dérober, de voler
un baiser payé par un tiers, c'est l'apprentissage
de l'indélicatesse, de la malhonnêteté, parfois
des tripotages, du vol et du crime.

A supposer que nous désirions vivement faire
une agréable promenade en voiture, il ne nous
arrive pas de séduire un cocher de bonne maison pour qu'il nous emmène, en cachette, dans
la victoria de son patron. Pareille ruse nous
semblerait du dol et de l'abjection. Or, une maîtresse est une personne à gages, dont le service
consiste à favoriser exclusivement le locataire de
son corps par ses complaisances sexuelles. Pourquoi donc agirions-nous sans bassesse en usant,
par subterfuge, de ce corps que paye autrui ?
Pourquoi nous offrir la volupté de sa maîtresse,
lorsque nous nous refusons, par probité, de séduire l'adresse de son cocher et la vigueur de
son attelage ? Mangerions-nous son dîner à son
insu ? Le monsieur paye pour jouir exclusivement des qualités particulières à son cuisinier,
à ses palefreniers, à sa concubine. En morale
stricte, il n'est pas plus honorable de débaucher
celle-ci que ceux-là. Nous commettons un larcin
identique mais dissimulé par de honteuses manigances, par de lâches attitudes.

Quoi qu'en aient dit le dramaturge et Benjamin Constant, l'amant de cœur est un larron. Il commet une grivèlerie à l'égard du locataire, et une vilenie à l'égard de sa conscience. Il gâte son âme et son honneur.

Avec une fille de luxe habituée à toutes les dépenses excessives, et qui ne comprend pas la vie hors du théâtre, des tavernes, des champs de courses, un pauvre garçon sans fortune en vient nécessairement à se laisser offrir les distractions prises en commun et auxquelles une maigre bourse d'étudiant ne saurait pourvoir.

Ils sont mille et mille, les jouvenceaux que leurs familles envoient de province à Paris pour se dégourdir, pour terminer leurs études littéraires, scientifiques ou commerciales, et qui, férus d'une gracieuse courtisane, commencent à s'instruire dans l'escroquerie au boudoir de leurs ébats délicieux. Fredonnant un couplet de romance, répétant deux répliques de vaudeville, même comparant Adolphe à Des Grieux, ils se permettent bientôt toutes les infamies réprouvées.

En dépit des poètes et des vaudevillistes, berner, au nom de l'amour, le maître d'une courtisane, fût-il vieux, laid, ridicule et grincheux, c'est un vol. Le preneur a loué un corps à bail. La propriétaire de ce corps a consenti ce marché. Pourquoi nous permettre d'embrasser ce corps, quand nous nous abstenons de pénétrer indûment au logis de ce monsieur, s'il ne nous y convie?

Cette simple logique n'est pas entendue par la jeunesse. Dès que le mot d'amour est prononcé, elle s'imagine que tous les crimes et que toutes les abjections, par magie, deviennent choses exquises. J'aime, donc je vole, donc je tue, donc j'accepte l'argent de la prostitution. Morale facile et que les jurys encouragent d'ailleurs en acquittant les auteurs d'assassinats passionnels, alors qu'ils condamnent, sans preuves, les malheureux soupçonnés de meurtre à l'instigation de la pauvreté. On a le droit d'escoffier quiconque échangea le baiser avec nous; mais si la misère nous accule à la faim mortelle, point de pardon. On a touché à l'argent. Il faut une victime expiatoire, innocente ou non, peu importe.

Nos mœurs latines demeurent trop indulgentes envers les déloyautés et même les délits perpétrés dans le commerce amoureux. Il semble que si deux êtres de sexe différent ont provoqué en leurs corps une agréable épilepsie de quelques minutes, cette action les a sanctifiés. Ils sont indemnes. Nous blâmerions celui qui subornerait le watman d'un chauffeur pour triompher au Bois

gratuitement, dans une automobile de dernier
modèle. Nous jugerions mal le monsieur qui
s'installerait spontanément au domicile du voisin en voyage. Nous qualifierions durement le
parasite qui, par des mensonges et des ruses,
obtiendrait des domestiques un bon repas en
l'absence de leur maître. Mais nous sourions
avec malice et douceur au célibataire qui nous
avoue profiter gratis de la fille entretenue
par son ami. Pourquoi? Quelle différence est-il
entre cette dernière grivèlerie et les autres? Je
mets au défi lecteurs et lectrices de fournir à
cette contradiction de nos avis une raison vraiment logique.

C'est rendre à la jeunesse le pire service que
de la choyer en ses défaillances morales. On la
convie, de la sorte, à se commettre avec des fri-
pouilles. L'étudiant, le lieutenant, le commis de
banque, l'artiste qui se prévalent de succès galants et gratuits auprès des courtisanes, sont con-
traints d'accepter leurs caprices et même les ami-
tiés de ceux qu'elles protègent. S'il est amant de
cœur et s'il adore la femme dont le luxe et les
vices le réjouissent, un honnête garçon ne pourra
guère éviter de voir les gens qu'elle protège. Il
coudoiera bientôt des aventuriers douteux, de
jolis hommes qui tirent de leur plastique trop

d'avantages, des aigrefins brillants qui s'entre-
mettent dans les combinaisons louches. A l'crdi-
naire, les courtisanes s'inquiètent peu de choisir
leurs assidus. Les nécessités de leur commerce
obligent même ces sortes de femmes à utiliser les
bons offices d'adroites canailles qui les chaperon-
nent, les promènent, les conseillent, trafiquent
avec le tapissier, le bijoutier, le maquignon,
l'huissier ; et qui, sous le veston, sous l'habit,
arborent des attitudes nobles. Les Pranzinis et
les Prados abondent autour des femmes entretenues. Il paraît douteux que leur voisinage puisse
développer le sens de la droiture dans les âmes de
la jeune élite trop fourvoyée en ces milieux
maintenant.

A vrai dire, pour l'honnête homme sans opulence, l'amour franc et noble n'est guère possible avant le mariage. Tout autre moyen est soumis à mille contingences honteuses. Les romans
nous enseignèrent les cruelles catastrophes du
concubinage, et comment sont sacrifiées les existences de malheureuses filles qui livrent tout le
charme de leur jeunesse pour être ensuite reje-
tées par l'amant qui les abandonne ; à moins
qu'elles ne l'abandonnent d'abord, attirées par
les chances des véritables courtisanes. Trahir ou
être trahi, c'est le sort commun des concubins.

Depuis des siècles, la littérature ressasse cette vérité, l'étaye de confessions et de documents innombrables.

Pour qui ne veut ni trahir, ni souffrir de trahisons, seule la volupté savante de l'orgie peut valoir des joies puissantes, en lesquelles s'exercera la force de l'imagination.

C'est au mariage qu'il faut demander l'union entière, parfaite, harmonieuse de deux vies sentimentales et confiantes. Il est vrai qu'en multipliant le nombre de leurs frasques, les épouses réussiront bien à persuader les jeunes gens de vivre célibataires. A force de faire craindre les ridicules qu'elles infligent à leurs maris, les mères finiront par ne plus trouver de naïfs pour épouser leurs filles. On se marie de moins en moins. Les économistes et les sociologues s'en indignent vainement. Le jeune homme ne veut plus être dupé par les anges du foyer qui jettent leurs candeurs au ruisseau après quelques années de sagesse précaire. Il devient amant de cœur. Ce qui est une autre duperie, et non moindre.

X

AUX MENTEUSES

Telles épouses aux complaisances fréquentes
pour le passant, et qui professent toute liberté
de mœurs, qui, avec le familier, la visiteuse, le
commensal, rient d'allusions à leurs incartades,
tout à coup deviennent tragiques si l'on crie ou
l'on imprime ce que chacun murmurait d'abord.
Je m'explique peu la raison de ces personnes. Incapables de courage et de loyauté, elles semblent
réclamer un droit à l'hypocrisie qui les met dans
le pire rang du troupeau. En quoi leur situation
change-t-elle ? L'épicier comme le coiffeur savaient aussi bien, la veille, qu'elles étaient pres-
tes à donner le plaisir.

Attraction pour hommes, c'était ce prestige qui
les magnifiait dans les fêtes. A cause de cela, le
fournisseur élargissait le crédit, la maîtresse

de maison les invitait aux galas. Leur élégance,
leur beauté seules n'eussent point valu le tiers de
leur succès mondain, si l'espoir justifié de les prendre, quelque jour, n'avait mis le sourire aux lèvres des flatteurs, des amuseurs et des payeurs.
Convoitises des faunes, jalousies des rivales, médisances des jeunes filles, tout ce qui forme leur
gloire dépendait expressément de, leur facilité à
promettre les trésors du décolletage, et la sucée
des lèvres. Elles ne l'ignoraient point.

Soit lassitude, scepticisme ou indifférence,
leurs maris toléraient. D'aucuns s'estiment fiers
de ces triomphes. Justes, d'autres se reprochent
certaines peccadilles découvertes qui autorisent,
en somme, les licences égales prises par l'épouse.
Le contrat violé du fait mâle ne peut plus lier la
partie. On écarte le divorce qui diviserait la fortune. Fidélité à part, on se plaît, amis. L'attitude
en vaut une autre. Pourquoi ne point avoir le
courage de cette opinion et affronter, la tête
haute, les racontars publics ?

Des gens sensibles objectent que cette révélation déconsidère l'avenir des enfants. L'argument est risible. La femme adultère revendique-
rait à tort la qualité maternelle. Son acte affirme
le plus grand crime social dont elle puisse affli-
ger fils ou fille. Puisqu'elle a cru devoir se libé-

rer de la tradition familiale, elle invoquerait stupidement les obligations de la race. Elle n'a pas
craint de mêler au sang et à l'âme choisie par
l'inclination de sa jeunesse, par les raisonne-
ments de sa foi, le sang et l'esprit d'un gaillard
qui, de la sorte, substitue aux atavismes pater-
nels, généralement nobles, ses propres atavismes
de menteur. Elle a donc, par avance, réduit à
rien, en échange d'une friandise, l'avenir moral
de la descendance. Comment cette femme peut-
elle se dire mère, sans raillerie ?

Ne lui reste-t-il pas d'autre allure qui l'anobli-
rait? Mais si. Nulle logique ne saurait contredire
celle qui, bravement, avouerait : « Créature
d'amour, j'offre la beauté de mon corps à qui
l'aime, comme l'artiste expose son œuvre devant
les yeux qui la prisent. Depuis mon lever jusqu'à
mon sommeil, je travaille devant les miroirs à
parfaire le chef-d'œuvre de ma personne, à m'in-
duire en une ligne sculpturale digne des statues
illustres. Je suis, à la fois, le Vinci qui anime de
son intelligence le sourire de ma face, le Houdon qui affine la sveltesse de mes jambes, le Wat-
teau qui colore de nuances heureuses les plis de
mes vêtements, le Whistler qui pare de mystère
la sobre élégance de mes manteaux. Ma démarche le cède-t-elle aux démarches des belles que

8

les Primitifs italiens peignirent ? Mon geste dé-
parerait-il l'harmonie d'un tableau que Puvis de
Chavannes eût dessiné ? Je me dénude, et me
voici pareille à toutes les Vénus des sculpteurs
grecs. Je te regarde, et tu reconnais en moi le
souvenir de Sandro Botticcelli. Je me couche.
Vois mes chairs savamment blanchies et affer-
mies par les lotions, les bains, les baisers de la
mer : Boucher fut-il plus génial en fixant sur la
toile le corps de ses grasses voluptueuses ? Moi
seule, usant de la matière de mon corps, j'ai accompli la tâche des artistes que vous glorifiez,
tous, critiques et maîtres. Pourquoi me décerne-
riez-vous l'ignominie ? Vous ne le pouvez sans
vous contredire, sans mentir. Je ne mens pas,
moi. Je m'enorgueillis de mon labeur qui résume
celui des sculpteurs et des peintres. Ma voix exprime les poèmes des littératures. Je suis une
artiste vaillante qui, chaque jour, retouche, modifie, améliore. Lequel de mes émules prouve-
rait autant d'obstination géniale au travail ? Pas
une de mes pensées qui ne vise à faire croître la
splendeur de l'être. Citez l'artisan, le politique,
le soldat qui soit autant soucieux de son métier,
de son idéal, de sa patrie ? Quel labeur égale mon
labeur ? Je dors les mains gantées de glycérine,
et le visage masqué de cold-cream. Je m'abstiens-

de boire en mangeant pour conserver la pure ligne de ma taille. Je m'exténue à d'interminables
parties de tennis afin que la proportion de mes
formes se garde indélébile. Telle que les ascètes
stylites, je demeure debout, des heures, malgré
la fatigue atroce de mon sexe, attentive à ne pas
contrarier le talent des essayeuses. Aux courses,
aux expositions, aux dîners, au théâtre, au bal,
au jeu, je parade sans faiblesse, consciente de
mon devoir qui instruit le peuple sur le type de
sa beauté. Quelquefois, dites-vous, je me vends?
Mais les sculpteurs vendent leurs statues, les
poètes leurs livres, les peintres leurs tableaux?
Comment cela me pourrait-il avilir, puisque
M. Bouguereau ne fut pas avili par le trafic de
ses œuvres?

« A l'exemple de mille industriels décorés et
ministrables, ai-je gagné ma fortune en massa-
crant des populations ouvrières que ma cupidité
contraignit à quinze heures de travail quotidien
dans des ateliers méphitiques, à l'anémie mortelle et sûre, contractée dans d'ignobles taudis
où les obligea de résider, avec leurs familles, la
modicité du salaire? Ma fortune est-elle faite de
ces cadavres qui rapportent à leurs assassins les
millions et l'honneur. J'ai pris une chose qui
m'appartenait, la seule chose qui, légitimement,

appartienne : mon corps, ma chair, mon goût ; et
j'ai travaillé. Me voici, merveille d'art, exposée
aux admirations des esprits. Le collectionneur
me choisit, mc prend à loyer afin de se repaître
de beauté. Il me possède ainsi que les musées
acquièrent et possèdent. Quel raisonnement
pourra m'abaisser ? Le professeur ne vend-il pas
sa science, l'ouvrier sa force, le militaire son
instinct de meurtre, l'écrivain son intelligence,
le commerçant sa ruse, le coureur de dot son
nom ? Qui ne se vend ? Celui qui vole, celui dont
les ancêtres volèrent.

« Il n'y a qu'une chose odieuse : le mensonge.
Je suis, moi, l'adultère loyale, la courtisane
éprise de son art, noblement. Réservez vos mépris et vos insultes, bonnes gens, à l'adultère dé-
loyale, à celle qui se cache, qui dissimule et qui
trahit, à celle qui court ; une voilette épaisse sur
le visage, mentir à l'amant, pour rentrer ensuite
mentir aux siens, à son mari, à ses enfants, au
monde et à soi-même ; à celle qui n'a pas le courage de son acte, à celle qui n'a point la bravoure
de mépriser l'assentiment du monde plus que le
conseil de sa passion. Moi je suis un être de
beauté et de loyauté. Je n'affiche pas de sentiments maternels qui sont étrangers à ma nature. Je ne sollicite pas l'approbation publique

de ceux qui me blâment en secret. Je désire être
moi-même pour ma conscience et pour tous,
devant tous. »

Bien peu de femmes galantes parlent ainsi.
Lâches, elles trompent. Compromises, elles reven-
diquent un respect et une discrétion auxquels leur
droit semble moindre que celui des franches
courtisanes. Pourquoi ? Interrogeons sur ce
point nos moralistes, M. Henry Fouquier, par
exemple, qui perpétua, en cette époque, avec
une fécondité ingénieuse, l'alerte clairvoyance
des Encyclopédistes. « La plupart du temps,
écrit-il, et même quand il s'agit d'autre chose
que d'amour, les femmes ont une tendance très
marquée à trouver dans la religion bien moins
un frein pour leurs passions qu'un excitant à ce
qu'elles veulent accomplir... Elles ont un confesseur pour réparer les désordres de leur conduite, comme elles ont une blanchisseuse pour
pallier le désordre de leur toilette. » La Roche-
foucauld et Champfort se fussent complu à
cette observation.

Ajoutons à l'aphorisme que la religion ne dé-
tient pas seule le privilège de stimuler le vice
féminin. Du moins, les institutions qu'elle consacra (le mariage, la vertu conventionnelle et
ses apparences) jouissent de la même faculté.

8.

Le plaisir de la trahison, les avatars du mensonge, les péripéties des aventures dissimulées,
les peurs qu'on y éprouve, les railleries intérieures de la gourgandine à l'égard de ceux qui
ne devinent point le secret de ses manèges, cet
ensemble d'idées puériles compose le plus grand
charme de l'inconduite. C'est le jeu de cache-
cache que la petite fille adorait déjà, en riant de
façon hystérique au fond des armoires, derrière
les portes. Ce ne change point, sinon qu'en
outre, l'amant, après les écolières, la chatouille.

Horreur de la franchise, crainte de la lumière,
jouissance de cacher, de tromper, et d'en rire ;
voilà, pauvres femmes, pauvres sœurs, la marque
trop longtemps ineffaçable de l'esclavage où
vous ont retenues les siècles de brutalité con-
quérante, alors que vous étiez allouées au solide
assassin, dans sa part de pillage, parmi neuf
moutons, un bœuf, quelques pièces d'argent,
une coupe de corne, trois tuniques sanglantes et
trouées, un cratère d'hydromel !

Quand viendra l'heure de briser vos chaînes
morales ? Elles vous ligottent mieux que les fers
de l'ancien vainqueur. Le comprendrez-vous
jamais : votre honte, votre faiblesse disparaîtront
seulement après l'effort révolutionnaire qui vous
transformera en franches et loyales. Comprendrez-

vous jamais que toute inclination vers le secret,
le mensonge, que tout retour aux habitudes des
esclaves, sont les « mauvais désirs » dont périssent vos âmes, vos MAUVAIS DÉSIRS, comme la jalousie est le mauvais désir de l'homme qui veut
posséder votre esprit, ainsi que le bétail du
butin. Menteuses, vous manifestez le vœu de redevenir les *choses* de la conquête, comme, jaloux,
il manifeste le vœu de redevenir l'assassin qui
vous maîtrisait.

« Jadis, je t'ai voulue, écrivait M. Lucien Muhlfeld, toi, ta bouche, tes seins, tes hanches, tes
jambes, ta peau. J'étais le désir de ton parfum.
Puis j'ai haleté dans tes bras et ton corps m'est
devenu sans surprise. Alors seulement j'ai commencé à souffrir... Un autre désir a germé, cruel
et triste... J'appelai jalousie ce bas désir... Ta jeunesse, ton éclat, ta beauté, ta gloire, ton souffle,
tout ce qui peut être aimé dans ton être, je languis de ne pouvoir t'en dépouiller... Voilà la
jalousie, voilà l'envie diabolique, voilà le mauvais désir... On commence par désirer l'amour
et puis on désire la mort... On ne possède jamais
assez quand on ne possède pas tout, quand on
ne possède pas la vie !... Et si l'amant est triste,
après le baiser, c'est que tu respires encore, que
tu ris, que tu es belle et qu'il ne t'a pris dans

l'étreinte, ni ta grâce, ni ta joie, ni ta vie. »

A la fin du livre subtil où cet excellent romancier.analyse les souffrances du jaloux, il le montre respirant à l'aise parce qu'il marche derrière le cercueil de sa maîtresse adorée, de celle qu'il voulait posséder entière, sans redouter l'approche d'aucun rival imaginaire, réel.

Voilà le mauvais désir de l'homme, l'envie de meurtre habituelle à l'anthropoïde et que nous parons du mot de jalousie. Elle est la simple survivance du mouvement sauvage qui portait l'ancêtre à étrangler, en la fécondant, la femelle surprise au détour de la roche.

Et le mauvais désir féminin, c'est aussi le regret de cette lutte dont elle sortait parfois victorieuse, grâce à la ruse.

- Détournons-nous du passé. Tout y est pire.

LE COUPLE

Félicien Rops fut connu du public à cause de
ses gravures érotiques, seules. En dépit de qualités puissantes, le reste de son œuvre demeurait
indifférent à l'acheteur. Il subit donc les inconvénients et les avantages de ce goût commun,
mais caché, pour la représentation des intimités
voluptueuses. Inconvénients, car il fut blâmé par
l'hypocrisie générale qu'éduqua le dogme chrétien en vue d'inapplicables ascétismes. Avantages,
car le vulgaire, rebelle à l'art, le connaît surtout
grâce à l'attrait de la pornographie.

Sans cette bienfaisante pornographie, cinq
cent mille personnes, pourvues aujourd'hui de
connaissances artistiques, ignoreraient encore
les plus simples beautés. Si l'on compare nos
journaux actuels à ceux publiés avant les trente

dernières années, le jugement est en tout
point favorable aux gazettes de notre époque.
L'éducation intellectuelle du public s'est faite.
Nous sommes libérés du vieux calembour, principal motif des chroniques dites spirituelles. La
pornographie naturaliste, parnassienne et sym-
boliste a merveilleusement instruit l'intelligence
des grandes villes. Il faut l'en remercier.

Au reste, depuis que la libre pensée détruisit
la rigueur de l'enseignement ecclésiastique dans
les âmes, on ne comprend plus la réprobation à
l'égard de l'artiste étudiant la luxure. Seul, le
dévot avait mission de le combattre. Au nom de
quoi le sceptique réclamerait-il l'obligation de
la chasteté?

La science moderne affirme qu'il existe trois
fonctions de la vie : la nutrition, la locomotion
et la reproduction ou l'amour. A méditer cet
aphorisme, on ne s'explique guère pourquoi
les lupanars paraissent des endroits plus honteux que les estaminets ou les stations d'omnibus, ni comment la description d'un baiser
semble pire que celle d'un déjeuner ou d'une
promenade. Cette pauvre secousse des nerfs ne
vaut point qu'on s'en occupe avec tant d'indignation.

Je regretterai toujours que l'œuvre entier de

Félicien Rops ne puisse prendre place dans un
musée national, sous prétexte que cette exposition dépraverait nos collégiens et nos modistes.
Ni celles-ci, ni ceux-là n'ont besoin de l'art pour
les mener au vice. Il suffit qu'ils causent entre
eux. Dans les faubourgs, les fillettes jouent, dès
dix-huit ans, à la prostituée. Les eaux-fortes de
Félicien Rops leur sembleraient banales.

Il faut s'habituer à considérer le pornographe
comme un historiographe, un démographe, ou
un géographe. S'il a du talent, son talent nous
doit réjouir ; s'il n'en a point, il nous doit attris-
ter. Mais, dira-t-on, pourquoi choisir de tels sujets, si on ne désire point tirer du vice beaucoup
d'argent ? La réponse est facile. Pour le sculpteur, l'aquafortiste, le peintre, la torsion des
corps frissonnant de volupté est un modèle de la
beauté musculaire, de la souplesse des attitudes.
L'expression des physionomies, à la fois radieuses
et douloureuses, offre un obstacle d'art admirable à surmonter. C'est la chose la plus difficile du monde que de ne point représenter, par
là, du grotesque ou du trivial. Qui parvient à
rendre belle cette posture acquiert déjà un génie
certain. Pour l'écrivain philosophe, le conflit
entre l'instinct de reproduction et les idées ad-
mises restera longtemps encore un des meilleurs

thèmes de la psychologie vivante. En effet, vingt
siècles de traditions familiales ou théocratiques
rendirent l'acte sexuel le plus souhaitable à
cause du mystère dont l'entourent les prohibi-
tions morales. Depuis le jour où l'enfant écoute
la romance de la nourrice jusqu'à celui où il
entre au théâtre, tout excite sa curiosité de
cette fonction exagérément louée par les refrains et mise en valeur par les ricanements,
les demi-mots, les calembours. Ainsi, chaque
heure, une gymnastique mentale de problèmes
successifs exerce assidument l'esprit au désir,
tandis que le catéchisme, les livres et les convenances interdisent d'y satisfaire. Mieux encore.
que les garçons, les filles de la bourgeoisie, contraintes à une plus grande hypocrisie, atteignent
le degré maximum d'exaspération mentale.
Toute leur vie se déformera pour cette hypertro-
phie d'un instinct faussé, auquel leur intelligence
quotidienne rapportera, comme à la mesure type,
les agréments et les malchances. La plupart des
hommes confessent que l'amour èst, avec l'argent,
le mobile. des actions. Pourquoi l'artiste évi-
terait-il, sans manquer à la conscience littéraire,
d'analyser les sensations précises qui augmentent
ou diminuent l'importance de ce motif dans
une vie humaine ?

Le roman n'est pas, comme on veut le croire et comme le laissent croire les écrivains médiocres, un seul moyen de délassement, à la manière du vaudeville. Il vise à mieux. Il se transforme, de plus en plus, en psychologie expérimentale. Grâce à lui, le siècle futur connaîtra la mécanique du sentiment et de la pensée, comme jamais ne la surent les époques finies. Actuellement, le romancier observe les cas des crises morales. Il les commente, les annote. Un philosophe se révèlera bientôt, qui classifiera ces nombreux documents. Dès lors, la morale sera une science pourvue de ses lois exactes, et l'on pourra remédier au vice, puis au malheur qu'il entraîne : suicides, crimes, démence.

La tâche du pornographe ne mérite donc point le mépris que, seul, se trouverait en droit de lui objecter un monde rigoureusement chaste. Le nôtre ne peut vraiment pas revendiquer ce titre.

Souvent de grands journaux parisiens m'ont adressé des questionnaires relatifs à la « faillite du mariage ». On invoquait la multiplicité des divorces et des adultères, la propagation du féminisme, les libres allures des jeunes ménages élégants, qui se mêlent au demi-monde dans les cabarets joyeux, pour demander si je ne croyais

pas à la disparition prochaine de l'union conjugale. Ce genre de question publique marque où en
sont les mœurs de notre société. Elle se juge lasse
d'une vertu qui, pour la moitié des ménages,
s'identifie avec l'hypocrisie. Mais, en tous temps,
les époux respectèrent aussi peu le contrat de
fidélité. Au siècle dernier, comme en celui de
Molière, les adultères foisonnaient allègrement.
Les deux tiers des familles nobles doivent un
blason à la complaisance de leurs aïeules pour
les caprices de grands seigneurs. Isabeau de Bavière et sa cour, après les filles de Charlemagne,
manquèrent à la chasteté non moins que Mme
Rigo. On s'amusait beaucoup, au moment de la
Convention, sous le Directoire. Et les dieux de
l'Olympe aimaient la fête. Devant ces allégations
de la mythologie, de l'histoire, les contempteurs
du mariage gagnent leur procès facilement. Les
mots sacramentels du prêtre et du maire ne suffisent pas à garantir contre la tentation les époux
qu'ils unissent; et ceux qui comptent sur le caractère officiel de leur liaison pour éviter la tromperie se la baillent belle.

Cependant, le remède n'est point de renoncer,
mais de se marier avec un idéal différent de celui que les opéras recommandent.

Il ne faut pas épouser uniquement par désir.

Cet appétit de l'instinct reproducteur, une fois rassasié, ne suffit plus à maintenir le bonheur dans la maison conjugale. Humble fonction de la vie, il n'a point d'autre importance que le manger ou l'exercice. C'est folie de construire le futur de son existence sur le goût immuable du gigot à l'anglaise, du cyclisme, ou du baiser.

Ramenant à cette vérité les mensonges sentimentaux, les pornographes seuls nous fourniront une morale nouvelle du mariage. Ils nous montreront comment ce sacrement dépasse la mesure des amours, jusqu'à quoi on le ravale. Ils nous indiqueront comment la secousse nerveuse et l'étreinte musculaire ne valent que par le mystère dont la morale les habille.

La fiancée qui espère réaliser des scènes d'opéra et chanter le duo avec un joli partenaire, verra sûrement s'éclipser l'idéal. Rien ne lui restera du rêve. Elle trahira donc pour réaliser la comédie de mœurs, ensuite pour réaliser le vaudeville, à moins qu'acariâtre et méchante, elle ne dégoûte le mari, qui, chez des maîtresses, ira chercher plus d'indulgence. Le mariage ne vaut rien pour les âmes sentimentales. Il ne les contente pas. Ceux qu'un gros tempérament tourmente n'y trouvent guère l'apaisement non plus. La trop fréquente pratique du même jeu émousse

vite la sensation que, seules, les aventures du dehors réhabilitent. Les unions passionnées se
flétrissent au premier cheveu blanc. Les gens
positifs, qui font du mariage un arrangement
d'affaires, sont encore les moins déçus. Ils savent
ce qu'ils prennent. Ils paient et ils reçoivent.
C'est de la comptabilité. Avec de la finesse et de
l'activité, on augmente le bilan. Cela peut donner de l'aise.

Or, le mariage doit être mieux que cela. Com-
poser avec l'autre et soi un seul caractère qui
s'éduque, s'instruit. Vouloir devenir à deux une
personne douée d'énergie meilleure. Souhaiter
d'être pour l'autre, l'exemple du bien. Lui sacrifier afin de lui apprendre la possibilité du sacrifice. L'aimer pour la science qu'il vous communique, et pour celle qu'on implante en lui. Com-
munier ensemble, non seulement par l'amour, ce
qui est peu, mais par l'identité de l'effort, la
même recherche du Vrai. Sentir que, si l'on
meurt, on continuera de vivre en l'autre. Tirer
de l'amour une amitié, une estime, une science,
un dévouement, une pensée, une émotion sincère. Se dépouiller peu à peu de l'amour sentimental, pour se revêtir d'une sagesse manifeste.
Fonder ensemble une œuvre utile aux hommes;
et la chérir de toutes ses forces, et lui consacrer

toute la puissance de deux cœurs exaltés par leur
passion mentale ; puis, le jour où l'œuvre atteint
son but, procréer l'enfant qui la perpétuera. Voilà
ce que le mariage peut offrir de grand.

- Aucune amitié virile ne permettrait cet espoir ;
parce que la femme s'interposerait entre les
amis, et détruirait leur confiance mutuelle.

L'amour, dans le mariage, n'apporte qu'un
prétexte. Il facilite la connaissance des esprits.
Il mêle en une vie matérielle deux existences. Il
n'est pas la fin, mais le moyen. C'est le tapis du
seuil, sur lequel on essuie la poussière de la
route. La maison du bonheur s'ouvre bien plus
large, et toute radieuse de pensée. Ainsi compris, le mariage assurera le bonheur, à condition
que l'amour tienne la petite place, celle d'un
geste gracieux et facile, sans durée.

La faute fut toujours de croire et d'enseigner
que l'amour semblait une sorte d'énergie assez
belle pour y tout asservir. Voilà le pire blas-
phème.

Par chance, le pornographe est venu. En re-
mettant l'amour au point, il agrandit le but de
nos intelligences. Il ôte le masque de l'instinct.
Il montre le simple jeu des forces animales. Non,
la passion seule ne réussit point à nous ennoblir.
Ils ont menti, ceux qui proclamèrent sa sainteté.

Quand le maître, dans l'école, démontrera d'abord à ses élèves l'anatomie de l'amour, les enfants perdront tout de suite le goût du secret sexuel. Ils négligeront le vice fardé de sentiment pour cultiver leur esprit. Plus de science alimentera leur curiosité, maintenant accaparée par l'espoir de la mystérieuse fête. Ils grandiront en santé morale. Délivrés de l'obsession érotique, les peuples loueront avec des actions de grâces les pornographes qui les auront affranchis du ridicule de la passion.

XII

MORALE JUDICIAIRE

J'estime abominable une législation qui n'au-
torise pas la famille ou les amis du défunt à
poursuivre les magistrats dont l'absurde et
inique caprice contraignit au suicide un citoyen
victime de chantage. On a lu jadis le récit de ce
fait. M. X... se promenait sur le boulevard.
Une dame et un petit garçon de dix ans l'ar-
rêtèrent, lui promirent les délices mytholo-
giques offertes aux mortels de l'antiquité par Vénus et Cupidon. Comme le passant jouait avec ces
charmants partenaires dans le logis du tenan-
cier, celui-ci fit irruption, récita quelque tirade
sur la morale, puis extorqua, pour prix de son
silence futur, vingt mille francs à l'amateur.
Naturellement, les réclamations d'Alphonse se
répétèrent. Le monsieur, les trouvant onéreuses,

se plaignit au parquet; et, chose admirable ! non
seulement les coupables furent renvoyés devant
la cour d'assises, mais encore le jobard qui
n'avait pas osé le refus de tout argent. Bon
bourgeois, frère de M. Desableau qui croyait,
selon M. Huysmans, « à l'intégrité des magistrats, et aux complots des Jésuites », l'apprécia-
teur de Cupidon, pour éviter le déshonneur,
se tua.

Ainsi la justice encourage de la meilleure
façon, les canailles. Point de filles ni de souteneurs qui ne puissent recommencer la tentative, en évoquant aux oreilles du dilettante
épouvanté le suicide de ce malheureux homme.
Paris demeure la proie des pires crapules. La
loi, les conseillers, les gendarmes et les sergents de ville protègent l'industrie des chevaliers du trottoir.

Cette milice, d'ailleurs, règne sur des quartiers, et non les plus excentriques. Tout un
mois, à Montmartre, des envahisseurs inexo-
rables, cernant les cafés, braquèrent le revolver
contre quiconque ne se souciait pas de suivre
leurs sirènes dans les garnis des environs.
Chaque matin les journaux analysent la série
des travailleurs attardés que les filles et leurs
amis assomment. Prudents et complices, les

gardiens de la paix arrivent à point pour contempler le cadavre. D'ailleurs, la connivence de
la police depuis longtemps est certaine. Il y a
quelques années, je traversais la rue Taitbout
avec un ami et sa femme. Deux nymphes de l'as-
phalte, en ébriété, nous bousculèrent, nous
injurièrent. D'abord, nous protestâmes mollement ; puis nous ripostâmes avec aigreur. A cet
instant, un colosse en paletot marron et en chapeau à la mode surgit de l'ombre. Ameutant la
foule par ses cris indignés, il déclama : « Vous
êtes des grecs, vous trichez au jeu ! » les badauds nous persiflèrent, persuadés par l'assurance du souteneur. On chercha le sergent de
ville, tout à l'heure présent, et qui s'évadait
parmi les groupes. Quand on put l'atteindre,
l'homme à la pèlerine numérotée fut grossier et
enjoignit de passer au large. Le Parisien, indul-
gent, oublie le lendemain l'offense de la veille. Il
néglige fréquemment de déposer une plainte par
peur de faire révoquer un pauvre diable, de
l'affamer. Il en fut ainsi.

Sûrs de l'impunité, le souteneur et son allié,
le sergent de ville, exploitent les Parisiens. En
échange de son appui, ce militaire accepte les
faveurs des gigolettes. Et tout est pour le mieux
dans le pire des mondes, puisque les conseillers

à la Cour, les juges d'instruction et les procu-
reurs forcent, par-dessus le marché, les victimes du chantage au suicide en les menaçant
du déshonneur:

: En multitudes, jeunes gens, célibataires ha-
bitent la capitale. La nature les contraint à satisfaire parfois l'instinct de conservation de l'espèce. Qu'ils apaisent leur fièvre comme il leur
plaît. La justice est ridicule qui défend certaines
façons de prendre du plaisir, et qui en tolère
d'autres. Se mêle-t-elle d'obliger les gens à ne
boire, dans les restaurants, que du champagne,
à repousser le bourgogne, à ne déguster que les
huîtres, à proscrire le homard ? Ce bon suicidé se
délassait du commerce des dentelles, en caress-
sant de petits anges joufflus, semblables à ceux
que les artistes du dix-huitième siècle peignirent en postures égrillardes sur les trumeaux.
Cela le regardait seul. C'est un goût bizarre et
imbécile. Mais on ne peut vraiment prétendre
une seconde que cet amateur dépravait l'élève
de la Vénus du boulevard. Cupidon, plutôt, dé-
bauchait là Silène. Drôle de métier que font les
messieurs en robes rouges, s'ils prêtent leur pouvoir de sanction à l'exercice du chantage. Pas
une seconde leur conscience n'a pu s'indigner
contre le défunt.

En province, certains de leurs collègues inquiètent même le voluptueux qui préfère à
la compagnie d'une hétaïre celle de deux masseuses invitées ensemble à le pourvoir de joie.
La casuistique du Code pénal admet qu'il y a
délit si l'une assiste pendant que l'autre agit.
La spectatrice est une victime, prétend le lé-
giste. Il importe de la protéger contre le vice
de l'amateur. Que, par hasard, la demoiselle ne
compte point vingt et un printemps; et le joyeux
suiveur des deux racoleuses tombe sous le coup
de la loi : excitation de mineure à la débauche.
Vous pensez quel beau motif d'énergie pour
l'aubergiste-maître-chanteur. Installé dans une
chambre voisine, il guette, par l'ouverture dissi-
mulée dans la cloison, l'instant précis du crime.
Il rédige ensuite sa dénonciation. La méthode
est excellente pour perdre un parti politique,
au moment de la période électorale. On l'em-
ploya naguère, maintes et maintes fois, sur
l'ordre des préfets. Le camelot de l'opposition,
pris au piège, était, à grand renfort de scandale,
poursuivi, jugé, condamné, entraînant toute
une idée sociale dans sa déchéance, grâce aux
généralisations de la presse. Là-dessus le parquet
départemental obtenait de l'avancement.

On se demande pourquoi le député néglige

les seuls remèdes à ces abus : la claustration des
prostituées, la relégation des souteneurs ou leur
enrôlement obligatoire dans les bataillons
d'Afrique. Quels bons héros pour la conquête
du Maroc ! Protégées contre la brusquerie des
ivrognes et l'escroquerie des clients malhon-
nêtes, grâce aux intendantes des lieux cythé-
réens, les filles n'auraient plus besoin de re-
mettre leur cause aux mains d'une chevalerie
meurtrière pour le promeneur sans appétits
comme pour les autres. Moins de cadavres seraient
découverts aux pieds des lampadaires, dans les
rues, vers l'aube. Les Cupidons, les Hébés en bas-
âge ne serviraient plus d'amorce aux gogos. Sergents de ville et magistrats n'auraient point à ma-
nifester leur complaisance à l'égard de vilaines
personnes. Cela semble fort simple. Mais la presse
politique ne l'entend pas ainsi. Dès qu'une râfle
est tentée, pour peu qu'on arrête un escogriffe,
jadis vaguement utilisé par un comité radical de
province, le journalisme de polémique proteste
avec ensemble. Entre les Alphonses malmenés,
un électeur se laisse toujours cueillir. Ce citoyen
d'hôtel garni devient le héros persécuté. L'encre
coule abondamment... La police relâche. Ruffians
et maîtres-chanteurs recommencent leur trafic,
sanctionné par les tribunaux. D'innocents ca-

davres continuent d'encombrer les ruisseaux des faubourgs ou des boulevards.

En effet, le personnel des réunions publiques et des manifestations ardentes se recrute presque entièrement parmi les souteneurs. Nul ne les égale pour acclamer ou bien abrutir proprement l'orateur, crier « vive ceci » ou « vive cela », jusqu'à se rompre le gosier moyennant une pièce de cent sous. Eux seuls, lisent, d'un bout à l'autre, les feuilles de haine et de calomnie. Eux seuls retiennent, sans omettre la moindre, les accusations infâmes et stupides. Ils n'ont rien d'autre à faire, durant que la même turbine. Aussi, quel beau tapage dans les gazettes aux opinions rageuses, si les policiers, une fois par hasard, pourchassent cette chevalerie errante. Et, comme soustraire les courtisanes à sa tutelle serait aussi ruiner son commerce, c'est un pareil cri d'indignation qui jaillit de toutes les basses officines politiques, dès qu'on parle de cloîtrer le négoce des hétaïres.

Dans les maisons closes, certainement, les pensionnaires s'endettent fort. La patronne les engage à se fournir d'oripeaux vendus sept ou huit fois plus chers par l'entremise de son courtage. Quelques écrivains naturalistes expliquèrent comment la seule façon d'éteindre la dette étant

de satisfaire les appétits du visiteur, cette nécessité enchaîne les prêtresses dans le temple.
Mais trois règlements de police suffiraient à les
affranchir.

La brutale erreur est de vouloir considérer la
prostitution comme une chose tellement honteuse
qu'il messied de la régir. Trêve d'hypocrisie ! Le
lupanar est aussi nécessaire à notre civilisation
que le restaurant et la gare. Une fille qui offre à
goûter sa chair, accomplit l'acte même du pâtis-
sier offrant à mordre ses gâteaux. On paye pour
admirer un tableau, une statue, sans blâmer
l'exposant. Pourquoi vouer à l'infamie celle qui
vend le spectacle de sa nudité ? Aucune logique
n'excuse cette aberration. Il ne s'agit pas d'em-
prisonner les entôleuses, mais de les soustraire
à la tutelle du souteneur. Tutelle dangereuse
pour les flâneurs qu'elle extermine. Ce qu'il
faut, c'est ne permettre d'exercer la prostitution
que dans certains lieux déterminés, tavernes,
maisons, jardins, bals ou palais, soumis à l'ins-
pection, afin que l'escarpe ne puisse apparaître
derrière la marchande de volupté.

Il s'agit de l'existence de nos fils. On me con-
tait, naguère, l'histoire d'un collégien que
deux agréables personnes, rencontrées aux environs de la gare Saint-Lazare, emmenèrent dans

une maison de bonne apparence. L'une des deux,
robuste gaillarde, exigea le salaire avant les faveurs. Le jeune homme s'exécuta, et déboursa son
louis, pendant que la comparse détachait sa ceinture. On lui demande une seconde pièce d'or.
On exige une troisième. Alors le collégien veut,
à ce prix, goûter quelque satisfaction. Nenni.
Les dames le repoussent, ouvrent la porte pour
s'en aller. L'enfant proteste. Elles crient, appel-
lent. Surgissent quelques personnages louches
devant qui l'une et l'autre proclament qu'elles
sont enfermées depuis une heure avec l'adolescent, et qu'elles ne lui doivent plus d'amabilités.
Il se fâche contre les menteuses. On l'assomme.
On l'empoigne. On le jette dehors. Les sergents
de ville rient aux éclats quand il narre sa mésa-
venture. Rentré chez lui, l'enfant constate que
son portefeuille renfermant des valeurs pater-
nelles a disparu. Furieux et bêtement sévères ses
parents l'expédient dans un port et le font em-
barquer comme aide-chauffeur sur un navire
marchand. Voilà toute une vie brisée de par
l'ignominie de deux catins, de par le crime im-
punissable de six aigrefins.

Nous apprenons quotidiennement la no men-
clature d'avanies semblables essuyées par des voya-
geurs que sollicitèrent les sirènes. Elles les em-

mènent dans une chambre, et pendant leur sommeil, les dépouillent. Ces mécomptes d'argent sont, après tout, petite affaire. Mais comment ne pas s'alarmer devant le nombre des meurtres qui couchent dans la boue froide de la nuit tant d'ouvriers rapportant leur paye à la maison où les attendent la ménagère et les petits toujours besogneux, les parents vieux et infirmes, une sœur phtisique et incapable de travail. Pourquoi livrer éternellement le peuple de Paris à l'assassinat ?

Voilà ce qui devrait plutôt inquiéter la police et la magistrature. Au lieu de rechercher si le Cupidon de la Vénus fut initié au vice par un Silène de rencontre, au lieu de forcer ce vieillard au suicide, pour une heure d'égarement érotique dont nul ne souffrit, ni dans l'âme, ni dans le corps, au lieu d'accorder aux maîtres-chanteurs la terrible sanction des lois, au lieu de faire guetter, par les trous des cloisons, si les deux masseuses agissent ensemble ou séparément sur l'amateur, au lieu de faire constater le délit politique d'excitation de mineure à la débauche, les gens de robe s'imposeraient une tâche plus saine et plus urgente en prévenant les crimes des souteneurs, et en cloîtrant la prostitution.

Un sot vaniteux a parfaitement le droit de transmettre à telle ou telle guenon haut cotée, si

un archiduc la connut auparavant, si elle chanta
des âneries sur un théâtre, quelques millions ga-
gnés dans les usines, par l'éreintement des générations ouvrières. Mais il demeure interdit à un
homme épris de plastique d'entretenir six jolies
filles dans sa maison afin de les voir paraître en
robes d'art et en attitudes eurythmiques, le long
des vestibules, par les pelouses des jardins.
Quand on songe à l'irruption de la police qui,
dans ce cas, envahirait le logis de l'esthète in-
sulté, calomnié, poursuivi, jugé, condamné sans
doute, la morale judiciaire relative aux choses de
débauche déçoit fortement l'esprit logique. Oui.
Dans le premier cas, la loi vous tient pour un
caractère noble et sentimental, non seulement
excusable, mais encore quasi louable. Dans le
second, vous passez pour un monstre de luxure
capable de dépraver les mœurs de la ville et d'attenter à la vertu des bourgeois voisins qui cul-
butent sans art, eux, leur bonne au fond de la
cave, à l'heure où l'épouse fait son marché.

Morale singulière, vraiment. Vers 1885, lorsque
les étudiants, exaspérés par les meurtres des
souteneurs, leur infligèrent la correction que l'on
sait, toute la police accourut, casse-têtes en
avant, pour secourir les chevaliers du trottoir,
qu'on baignait un peu rudement au bassin du

Luxembourg. Et la presse des polémistes ap-
prouva, tout attendrie sur le sort de ses hérauts
d'armes. Rien n'a changé depuis.

Ce n'est pas à l'honneur de la magistrature
française.

XIII

ÉVOLUTION DES PRINCIPES

Cette discussion amusante fut soumise à l'avis
de Thémis. Une dame avait, dans une honnête
maison à cinq étages, loué un appartement pour
y tenir les assises d'une agence matrimoniale.
Personne active, elle aimait que les choses fussent vite conclues. Dans le même quart d'heure,
le client, qu'avait prévenu, à son cercle, une invitation de haut style, pouvait voir la jeune fille,
s'entendre sur le prix du cadeau de fiançailles,
puis essayer les appas de la pensionnaire au long
d'un divan quasi nuptial préparé dans la chambre
voisine. L'expérience faite, libre à lui de consacrer, devant le maire, l'agrément de pareilles
relations, ou de renoncer à y joindre la contrainte
toujours fâcheuse du lien conjugal. Généralement, les visiteurs s'arrêtaient à cette seconde

opinion. Ils abandonnaient la valeur du cadeau à l'aimable hôtesse. Les jobards donnaient cinq louis; les malins en offraient deux qu'on acceptait; les sceptiques laissaient dix francs, et vingt sous à la bonne; car jamais entrevue amoureuse ne coûtera plus au sage de Paris.

Les locataires de l'immeuble apprirent, par les racontars des servantes, comment la dame du troisième réussissait mal à marier ses petites amies, pour complaisantes qu'elles fussent. En outre, les fiancées, de leurs parfums riches en effluves d'Orient, enodoraient les étages inférieurs et supérieurs. Des chapeaux mirobolants contrastaient parfois dans l'escalier avec la tenture sévère contre laquelle montaient lestement des jolies demoiselles discrètes, belles de taille et masquées de fard. Le piano du troisième retentissait trop continûment sous des doigts agiles épris d'un seul air algérien qui scande les frissons et les trémoussements propres à la danse du ventre. Des messieurs se trompèrent de porte, et, leur invitation à la main, prétendirent se marier impromptu chez un grave fonctionnaire. On se plaignit au gérant. Il pria le tribunal de résilier le bail qui permettait à la marieuse un long séjour dans l'immeuble.

Il faut remarquer le verdict des juges. Tandis

qu'ils autorisaient l'expulsion de la bonne hôtesse,
ils condamnaient le propriétaire à lui payer des
dommages et intérêts importants. Lui retirer le
bénéfice du contrat locatif après le lui avoir octroyé
sans informations suffisantes, parut au tribunal
une manière d'offense punissable. L'impré-
voyance du loueur fut blâmée, avec sanction
pécuniaire. Le riche et honorable capitaliste doit
expier son tort envers la pauvre dame galante.
. Avant ces dernières années, aucun tribunal
n'eût ainsi frappé le demandeur. Quiconque se
vouait aux entreprises de luxure était mis hors la
loi par les coutumes judiciaires. Jadis même, on
eût ordonné purement et simplement que la
volonté du propriétaire s'accomplît, et l'on eût
vertement rabroué les prétentions de la défende-
resse. Aujourd'hui, il y va d'autre façon. Les
gens, puis les magistrats se mettent à concevoir
que louer son corps pour le plaisir d'autrui n'est,
en somme, pas plus abject que de lui louer son
bras pour un travail manuel qui lui assure des
satisfactions, ou louer son esprit afin de le distraire par l'entremise du livre, de la partition, de
la gravure. A chacun de choisir sa profession
selon ses goûts, d'honorer l'une et de mépriser
l'autre, selon sa logique particulière. La justice
n'a point à prendre parti. Elle rend des arrêts au

nom du Droit. Il ne lui peut importer que ce
Droit agrée ou déplaise à telle caste, à telle autre.
Or, en droit strict, nul ne peut louer un local à
une négociante, puis la jeter brusquement dehors
si le commerce tout à coup paraît attentatoire aux
idées des colocataires, sans payer le coût de l'ins-
tallation et les frais de déménagement. Il convient
d'agir envers une entremetteuse comme envers
un traiteur ou une bijoutière.

Cette notion abstraite du Droit est excellente.
Il fallut des temps pour y atteindre. Certains
répètent à satiété que les mœurs d'abord guident
les sociétés ; que le Code est imposé par les sentiments publics à leurs mandataires dociles ;
que, sans l'apostille de la coutume, la loi reste
sans effet, demeure inapplicable. Comme toutes
les théories exclusives, celle-ci paraît fausse en
ce qu'elle généralise avec excès. Souvent l'application des articles à un fait délictueux ou liti-
gieux de la vie courante enseigne le principe
qu'ils formulent. Le public y songe. La crainte
de la peine le rend circonspect et modifie son
goût de suivre le penchant condamné.

A l'origine, l'anthropoïde ne croyait point mé-
faire s'il abattait son semblable pour lui dérober
une proie indispensable à la faim des deux rivaux,
ou même un ornement d'os et de fourrure utile

à leur orgueil. Tuer un homme ou tuer un ours semblait deux actes égaux. Puis le fort, l'ancêtre, le chef défendirent l'homicide sous peine de supplices. Alors le sens du crime naquit. L'assassin prit conscience d'être responsable. La peur du châtiment lui fit épargner le frère, le cousin de la même horde. Peu à peu, la raison de la loi, c'est-à-dire le bienfait de l'association, reposant sur la sécurité individuelle, sur la confiance, apparut aux barbares. Ils comprirent la divinité de la vie en tribu, en peuple, qui réalise un bonheur impossible au solitaire guetté par les fauves, traqué par les familles des cavernes. Or, la loi contre le meurtre fut promulguée par l'ancêtre qui prétendait ne point voir diminuer le nombre de ses fils, serviteurs, gardes et chasseurs parce qu'il ne voulait pas voir décroître son bien-être, ni sa quiétude relative, ni sa venaison. Un calcul égoïste et simple dictait la loi. Elle fut préalable aux mœurs adoptées d'une manière d'abord inconsciente et craintive, puis intelligente et consentante, par la famille, la horde, la tribu, le peuple. La loi, expression de la force, a précédé la morale chez les races carnassières.

Certes, les temps sont changés. Néanmoins la besogne législative dépend aujourd'hui encore des élites seules qui convainquent la masse de

les imiter, en acceptant leur code, en l'approu-
vant par ses mandataires. Au chef, à l'ancêtre,
une oligarchie succéda. Sa faculté de persuasion
n'est pas moindre. Elle peut aussi bien obliger
les foules à une conception plus abstraite de la
justice.

Les Illuminés d'Allemagne et les Encyclopédistes, élite à nombre restreint, ont fait admettre
par toute l'Europe les principes des Droits de
l'Homme, les codes rédigés sous la Convention
et le Consulat. La seule influence des collèges hié-
ratiques a, de tout temps, prescrit d'honorer et de
blâmer la luxure. A Babylone, une vierge pieuse
se faisait nécessairement déflorer par un inconnu,
au seuil du temple, et moyennant une aumône
qu'elle exigeait, sans quoi le rite n'eût pas été
accompli. Toutes les dévotes se prostituaient à
l'envi, par charité et par esprit de pénitence, dans
les bosquets des jardins environnants. Aux Indes,
ce mode de communion sexuelle persiste encore
dans les sanctuaires où les bayadères dansent
selon les rythmes traditionnels. Durant les deux
premiers siècles du christianisme, les agapes des
baptisés n'étaient que les préliminaires de la
débauche liturgique. Et les manichéens, qui
conservèrent les coutumes originelles de la foi,
perpétuèrent jusqu'au douzième siècle environ

ces sortes de cérémonies, clandestinement répé-
tées pendant tout le moyen âge, au sabbat des
sorcières. Vers le troisième siècle, les Pères de
l'Eglise, trompés par l'immense triomphe de leur
apostolat, crurent pouvoir obliger les fidèles à
l'ascétisme qui détourne l'âme des passions pour
la donner à la méditation, à l'intelligence spécu-
lative, au génie mystique. Les inconvénients de la
débauche religieuse, rivalités, rixes, meurtres, etc., avaient surpris les nations celtes, ger-
maines et scandinaves, à mesure que les prédicateurs gagnaient le Nord de l'empire romain. Le
rêve de la catholicité visait à unir en une seule
nation tous les peuples chrétiens, à leur apprendre une seule langue, à totaliser les patries
sous l'autorité des successeurs de saint Pierre, à
renouveler le miracle de Babel avant la colère de
Dieu, il fallait aussi diminuer les différences morales entre les races. L'Eglise ordonna la chasteté.
Et ce fut son élite de patriarches, de moines, de
saints, qui condamna la luxure par esprit d'opposition envers le paganisme, envers le passé
d'Aphrodite et de Dionysos, de Diane et de
Priape, par esprit de conciliation envers les
peuples du Nord.

Cet énorme changement dans les mœurs appa-
rentes des Latins, des Arméniens, des Grecs et

10

de toute la race littorale fut l'œuvre d'une loi
sacrée. Elle précéda de beaucoup les habitudes
pudiques de la chrétienté qui, d'ailleurs, jusqu'à
l'éclosion du protestantisme, paraissent avoir été
plus officielles que réelles. Les tragédies de palais
à Byzance, les drames survenus dans la demeure
des Papes, les plaisirs des Médicis, des Borgia,
des cardinaux italiens, avant et pendant la Re
naissance, révèlent assez comme l'élite obser-
vait peu la lettre de la règle. Cependant, dès
saint Augustin, la luxure était réprouvée par les
personnes pieuses. Bientôt elle entacha d'infamie
toute femme qui s'y adonnait, si elle était humble
de condition.

Les anciens ne notaient mal que les prostituées
de bas étage ou celles qui mêlaient des vilenies aux
nécessités de leur trafic. Mais Aspasie, Laïs, furent honorées à l'égal des meilleurs citoyens. La
fameuse Impéria jouissait, durant le quinzième
siècle, dans Rome même, de la déférence publique,
à l'exemple des grandes courtisanes de l'époque
des Césars, et de cette Théodora qui devint
l'épouse impériale de Justinien. Les mœurs des
élites ne furent donc jamais la cause des lois
ecclésiastiques, puis laïques, dirigées contre les
commerces de débauche. Une théorie pure de
gouvernement papal engendra la règle qui mo-

difia les instincts et les sentiments de la masse
sur ce point..

Maintenant, la bourgeoisie, dans les grandes
villes, recommence à penser comme les anciens
et les cardinaux du quinzième siècle. Actrices et
ballerines obtiennent des égards, bien que
presque toutes doivent leur luxe à la prostitution.
Certains salons, et non les moindres, s'ouvrent à
des femmes entretenues parce qu'elles savent
réciter les vers de Racine, chanter les passages
illustres des drames lyriques, ou faire comprendre
les beautés d'Ibsen. Venues en artistes dans une
maison, elles ne tardent pas à y être reçues en
amies, d'abord dans l'intimité, puis les soirs de
fêtes solennelles. On voit à présent les jeunes
femmes, arrière-petites-filles d'émigrés et por-
tant les plus grands noms historiques, compli-
menter une tragédienne ; elles rient avec elle,
s'acoquinent ou s'acoquineront bientôt. Aux funérailles d'une ingénue de la Comédie-Française
qui n'avait guère eu le temps, hélas ! de montrer
mieux que sa bonne volonté, le gouvernement
mena le cortège en la personne de ses membres
les plus officiels.

Dès lors, il seyait que le juge cessât de méconnaître les droits d'une industrie aussi parfaitement respectée. Dans les grandes villes, les com-

merces de luxe prospèrent grâce aux prostituées,
car elles forment une partie considérable de la
population, et la plus dépensière. Si elles ont
leur populace, à vrai dire fort abjecte et criminelle, qui exploite l'ivrogne des faubourgs, leur
petite bourgeoisie vit, probe et méticuleuse, ins-
tallée dans ses appartements aux quartiers du
centre mercantile ; leurs fonctionnaires travaillent dans les lupanars, où tout se règlemente
comme dans les administrations publiques ;
leurs boulevardières figurent avec élégance devant
les cafés, à partir de cinq heures après-midi, et
offrent aux promeneurs l'appât malicieusement
vêtu de leur nudité ou se plaquent de collantes
étoffes dont les frissons décèlent un vice spirituel, capable d'égayer par des sous-entendus, et
l'audace de ses promesses équivoques. Les artistes
font de leurs corps des statues peintes et merveilleusement drapées de nuances qui paraissent
dans les vitrines à la suite des plus beaux atte-
lages, de cinq à huit, aux Acacias. Ces aristo-
crates dansent, chantent et récitent, la nuit, sur
tous les tréteaux qu'illumine une rampe d'élec-
tricité.

A Paris, la plupart des jeunes filles pourvues
d'un frais visage et de formes passables, si le
milieu familial ne les cloître pas, demandent à

la bourse de l'homme, les dix ou vingt années de
satisfaction que leur peut valoir leur jeunesse
tentatrice. Elles n'en rougissent plus. De l'atelier de modes ou de couture, elles passent aux
restaurants où sonne la musique des tziganes.
Chez les bonnes hôtesses, dans les agences matri-
moniales et les instituts de massage, elles se dénu-
dent sans honte, présentent aux gourmets leurs
gorges pleines et les courbes de leurs hanches.
Sans déplaisir, elles enlacent et elles embrassent.
Consciencieuses, elles provoquent l'émoi de leur
mieux, en échange du louis nécessaire. Au soir,
elles retrouvent leur amoureux naïf. Avec lui,
elles fréquentent les théâtres et les cafés-concerts. Le dimanche, elles vont aux courses. Assez
vite, au commis et à l'étudiant, les chanceuses
font succéder un rastaquouère, un coulissier ou
un notable commerçant. Elles se parent de toilettes à vingt louis. Elles dorment dans la chambre
reconstituée de la Pompadour. Elles connaissent
les changements des voyages, les luxes des plages,
la vanité de sentir autour de soi naître, se propager les envies et les admirations. Quelques-
unes gagnent le coupé, et les diamants, le petit
hôtel. D'aucunes finissent par posséder un château
et vingt-cinq mille livres de rente. De trente à
quarante ans, lorsque tout a disparu de la jeu-

nesse, les trois quarts se résignent à être bonnes, concierges, ou reprennent leur premier état de couturière. Les moins heureuses vont battre le linge au lavoir.

Au moins elle effleurèrent pendant quelques années brèves ce que leur imagination d'adolescentes nommait le bonheur. On les a chéries, aimées, voire adorées. Des intrigues secouèrent leurs vies actives. Aux courses, tel jour, dans telle robe, elles triomphèrent. Au milieu de salles en fête, elles burent du champagne en criant des refrains sardoniques. Elles se rassasièrent dans les restaurants. Nul plat délicieux ne leur demeure inconnu. Elles expérimentèrent toutes les voluptés. Il leur reste des souvenirs à ressasser dans l'attente de la décrépitude et de la mort. Et quel juge leur reprocherait justement ces plaisirs, cette vie ? Une pareille existence ne vaut-elle pas mieux que celle où l'on peine sans répit, dans l'air méphitique de l'atelier, depuis l'aube jusqu'au soir, où l'on épouse un malheureux, où l'on allaite dans l'étroit logement d'un faubourg des enfants malingres, où l'on tousse, phtisique, sur un grabat, pendant que le mari noie son chagrin au cabaret ?

La vertu ? Le bon billet que la morale signe à la première communiante ! Qu'est la vertu sans

la foi, pour celle qui n'attend rien des hommes
que la loi du travail, pour celle qui n'espère plus
la récompense des paradis légendaires ?

A celles-là, il ne reste qu'une vertu sensible :
la bonté qui secoure autrui. En s'offrant, la beauté
s'apparente à la bonté fraternelle, à l'altruisme,
à notre seule vertu contemporaine, et la plus
haute, peut-être, qu'inventa jamais l'esprit des
peuples !

Gracieuses filles, donnez, louez, vendez les lis
de votre jeunesse, si cela vous fait rire ! Bonnes
filles, jetez vos fleurs au passant. C'est le seul
temps de félicité que la vie promette à vos âmes
simples et médiocres. Soyez belles de bonheur.
Soyez des statues de joie en attendant que vous
deveniez les sévères cariatides de la Vieillesse et
de la Douleur.

XIV

LES MŒURS ET LES ADOLESCENTS

Pressée par un butor qui la veut convaincre de satisfaire à son appétit sexuel, une jeune personne, certain jour, saute trop promptement du wagon où il la retenait de force. Elle se rompt les os. Et les juges d'hésiter entre la plaignante et le malfaiteur.

Naturellement les amateurs de gaudrioles s'esbaudissent. Quelle joie de plaisanter sur cet indice de la galanterie française ! Point de joueur d'estaminet, qui n'inaugure à cette occasion, deux ou trois calembours. Pour moi, j'estime l'aventure assez triste. Il est pitoyable qu'un citadin se livre à de pareilles fureurs dans un véhicule public, à notre époque. Autant il sied d'accueillir les sensations voluptueuses et de s'y aiguiser les nerfs, quand la dame s'y prête vo-

lontiers, autant imposer par la force son plaisir
à qui se rebelle me semble ignoble, lâche et
honteux.

Je ne sais quel galantin du second Empire
écrivit cette sottise animale : « Celui qui obtient
un baiser sans prendre tout le reste est indigne
de cette première faveur... Tout est permis en
amour. » Aucune logique ne justifie ces axiomes.
On dirait aussi bien : « L'enfant qui reçoit un
bonbon de la pâtissière sans piller tout l'étalage
est indigne de cette première gracieuseté » et
aussi bien encore : « Tout est permis en gourmandise », ce qui obligerait l'opinion à soutenir
le gaillard terrassant un infortuné mitron dans
la rue pour se repaître du gâteau conquis.

Le nouvelliste qui rapporte l'aventure du
wagon a soin de plaider en faveur du coupable.
La jeune fille aurait répondu d'abord aux premières paroles de la conversation qu'entama le
voyageur. Dans l'état des mœurs, une femme
qui répond aux obligeances par mieux qu'un
salut est donc tenue pour consentir à être immédiatement fécondée. Je n'ignore pas que c'est
l'avis ordinaire. Si je vous demande poliment,
madame, la permission d'ouvrir le vasistas et si
vous poussez l'audace incongrue jusqu'à me
dire : « Certainement, monsieur, car la chaleur

est grande », j'ai le droit acquis de vous faire,
séance tenante, un bébé, sans appel ni recours
de votre part. Protestez-vous, je vous enlace. Me
repoussez-vous, j'étreins, je terrasse, j'étrangle
et je brise. C'est mon droit absolu de citoyen
français, dans un pays libre. Regardez plutôt
le faîte des monuments publics et sa devise...

Beaucoup de jeunes femmes ne prennent jamais le train sans de vives appréhensions. Elles
inspectent chaque voiture; ne s'installent que dans
celle où plusieurs témoins gêneraient les entreprises priapiques. En cours de route ces témoins
descendent-ils, la voyageuse change de compar-
timent. Même certaines, si elles n'en trouvent
point d'apparence congrue, préfèrent attendre
dans une station intermédiaire le convoi suivant.
Cela finit par être intolérable. Les satyres des
chemins de fer nuisent trop à la liberté.

Ils assurent que leurs exploits plaisent aux
victimes et que, bourrant la récalcitrante, ils exau-
cent le secret de ses vœux. C'est probable. Nul
ne niera que chacune, comme chacun, n'appré-
cie les exercices de la volupté. Cependant d'autres mobiles, on le concédera, dirigent la vie.
Une dame peut se dire : « Voilà un gaillard solide
et animé dont la vigueur me mettrait à bien »,
sans vouloir risquer, contre l'agréable épilepsie

d'une seconde, les mille aventures tragiques ou
ridicules que nécessiteraient la présence subite
d'un contrôleur apparu dans le cadre du vasistas,
le rapport d'un espion de hasard guettant à la
vitre de la sonnette d'alarme, la chance d'une
maladie incurable gagnée dans la brusque ca-
resse d'un inconnu, ou même le chiffonnement
d'une robe fraîche et la débandade d'une coiffure
réussie. Le doute seul de savoir exactement si le
faune est bien lavé, au-dessous du visage justifie
les oppositions de la vertu. Célimène peut désirer
la secousse nerveuse et y renoncer toutefois
parce qu'elle ne se soucie point de faire craquer
sa jarretelle neuve. Et ce demeure un droit in-
contestable de préférer son élégance, sa santé, sa
réputation et sa propreté au plaisir bref de
l'amour, si plaisant que, par le langage de l'œil-
lade, on s'accorde à le prévoir.

Ce ne semble pas une question de vice ou de
vertu, mais une enquête « de commodo et incom-
modo », si j'ose dire. Le faune est un malade qui
croit l'univers atteint de sa vésanie. L'ivrogne
aussi compte que chacun aime vomir. L'escroc
vous affirme, en avouant ses malices : « Que
voulez-vous, mon cher ? tout le monde fait
comme ça. A quoi bon être honnête ? Personne
ne vous en sait gré. » Il ne se doute pas qu'il

existe, hors sa bande, des milieux sociaux où l'on
préfère l'intelligence à la richesse et la probité
à l'apparat. De même le priapique. Il nie que des
multitudes de femmes concèdent aux récréations
sexuelles l importance des plaisirs gastronomi-
ques. Il se trompe. Beaucoup ne gâteront pas
leur toilette pour un sorbet ni pour une étreinte.
Et, si elles prétendent à ce que le passant ne
leur impose pas son appétit, elles restent dans
leur droit strict.

Souvent il arrive qu'une femme domptée par
une brute, à l'écart, adopte la résolution du silence. La plainte susciterait un scandale capable
de détruire toute sa vie, qui repose, ordinaire-
ment, sur le préjugé naïf d'un amant, d'un mari,
d'un père, d'un parentage. Elle ne souffle mot,
évite d'exaspérer le lyrisme de l'imbécile, et lui
promet un rendez-vous. Voilà l'autre en stupidité triomphante. A son café, l'œil vif, la joue
lumineuse, il étonne ses partenaires de la manille
par un récit outrecuidant. Eux l'admirent. Eux
l'envient. Ils se persuadent que la dame a cédé
par vice et plaisir. A leur tour, ils tenteront la
même violence, après avoir colporté partout la
légende et ses axiomes saugrenus. Dans ce
groupe et dans les groupes voisins, les sentences
prendront force de loi. Religieusement, les

éphèbes l'admettront. L'erreur s'établira d'autant plus solide qu'elle flatte une manie commune. La plupart cesseront de respecter je ne dis pas la vertu (ce qui porterait les farceurs à sourire), mais la liberté des femmes. Abus moins tolérable. Et voyez où nous en sommes. Il faut qu'une fille forcée se jette à bas d'un train et se brise les jambes pour que la justice intervienne. Mieux eût valu que la police prît les devants.

Le mal réside en partie dans une opinion très fausse que propagea le christianisme des temps primitifs, lorsque ses prophètes espéraient, vainement, conduire les peuples à l'ascétisme : on continue de réprouver la visite aux hôtelleries de l'amour. La reproduction étant un besoin naturel, comme la nutrition et la locomotion, rien n'explique pourquoi le célibataire peut encourir le blâme s'il pénètre, en plein jour, dans un lieu de débauche, alors qu'il n'encourt pas de mésestime s'il franchit les portes d'un restaurant, d'une gare. Les anciens calmaient leurs appétits dans les temples à la dédicace de cette force naturelle divinisée sous les noms d'Astarté, de Bonne-Déesse, de Vénus. On révérait Priape au même titre que Cybèle, et Neptune. Les mystères d'Eleusis, ceux de Babylone, ceux d'Egypte comprenaient des initiations à la volupté, servies par

11

des cohortes de prêtresses, comme dans les temples de l'Inde actuelle servent les bayadères. La
perpétuation de l'espèce méritait les mêmes honneurs que l'agriculture, l'art nautique et l'astro_
nomie. Il n'y avait point de honte en cela. La
posture définitive étant assez fâcheuse, on la prenait à huis clos. C'était toute la restriction.

Aujourd'hui la maison de plaisir se cache dans
un bouge, au fond des rues fétides. L'avilissement de la fonction entraîna l'avilissement des
prêtresses. L'ignominie des propos crapuleux a
remplacé les hymnes à la Fécondité Universelle.
Au lieu d'offrir une volupté savante et noble, les
nymphes rivalisent en abjections. Danses harmonieuses, costumes splendides, parfums exquis
s'éclipsèrent. Un troupeau grognant de femelles
vautrées hurle des mots d'ivrogne. En ces lieux,
l'étudiant devrait prendre une connaissance
logique de la splendeur des formes. Les rites de
la danse devraient offrir des significations gracieuses et des enseignements de plastique. Le
jeune homme n'y rencontre qu'un tas d'esclaves
qui se bousculent pour crier leur prix de location.
On y réduit l'amour à son geste le plus précis,
bêtement hâté. L'alcool y pue avec le tabac. Et
nul homme ne s'y rend que s'il titube, abruti par
le vin. D'immondes matrones exploitent cette

dégradation et vident les poches des buveurs.

Aussi les mâles cherchent hors de ces endroits les amantes, celles même d'un instant. Nos rues se remplissent de gaillards haletants à la poursuite de la femelle. Ce spectacle s'affiche partout. La prostitution erre sous les aspects d'institutrice, d'écolière, de veuve, de modiste. Voulant éviter que l'enseigne du lupanar choque les femmes innocentes, instruise les enfants vertueux, tente la paresse du travailleur, on réussit à placer en chaque coin de rue le geste du lupanar, et l'obscénité de l'inviteuse. A la curiosité des écolières notre police propose la manœuvre du faune débattant sous un réverbère, avec une gamine en cheveux, le coût de ses émois prochains.

Autre sottise. L'austérité de la morale contemporaine interdit au lycéen qui choisit dans un music-hall la beauté d'une hétaïre de la pouvoir goûter en une chambre de l'établissement. Il faut qu'il sorte du casino, qu'il découvre une auberge du voisinage, qu'il monte jusqu'à une pièce étroite, malodorante, horriblement ornée de meubles construits pour le sommeil béat de concierges sexagénaires sous le règne de Louis-Philippe. Là seulement il lui sera permis de tressaillir à la vue d'une forme statuaire et nacrée ; là, devant le buste en zinc stupéfait au

faîte de la pendule. Si le gérant du café-concert
prétendait introduire l'éphèbe dans une salle de
son palais, au décor propice, alors que l'enfant
vibre encore de toutes les perceptions suggérées
par la vigueur admirable des athlètes, les cam-
brures lestes des danseuses et le rêve de la fée-
rie, soudain un mouchard dresserait contraven-
tion. Bientôt la préfecture ordonnerait qu'on
ferme le théâtre. En sorte que le lycéen ne peu
connaître les sensations ardentes que dans un
retiro trivial et laid. L'éblouissement des sensations eurythmiques s'éteint durant le voyage
entre le palais en fête et la lugubre loge d'hôtel
garni. Voilà comment la morale se sauvegarde.
Si elle n'empêche pas les abus de l'instinct sexuel,
elle réussit du moins à obtenir que l'amour soit
réduit à sa seule abjection, à sa seule excrétion.
Tromperie imbécile.

A l'intérieur du casino, du café, du music-hall,
une tolérance absolue devrait permettre au débauché d'accroître son esprit par le libre usage
de la beauté charnelle. Par contre une sévérité
excessive purgera la rue.

Dans les grandes villes du Japon, une cité
florit dont les maisons et les édifices sont uniquement consacrés aux cultes de Thespis et de Vénus. Là s'érigent les théâtres, les bains, les cir-

ques. Sur des estrades, les danseuses évoluent.
Sur des tréteaux, les chanteuses jouent des instruments à cordes et modulent des sons heureux.
En robes admirables, l'éventail coquet, maintes
mousmés déambulent. Le charme vivant de l'une
excite-t-il la curiosité sensuelle du visiteur'? Un
signe ; et, dans le kiosque voisin, l'idylle s'achève.
Les familles avec leur progéniture assistent aux
spectacles. La tragédie classique se démène voisine du lupanar aux somptueuses lanternes.
Quiconque a vibré d'amour littéraire pour l'héroïne trouve au jardin la personne qui réalisera
le rêve de passion. L'hypocrisie est absente. Le
plaisir ne comporte ni remords, ni honte, ni
l'ignominie de la gaudriole, sauf dans le milieu
des portefaix. Je crois cette conception infiniment
plus morale que la nôtre. Je déplorerais que mon
fils, en mal de puberté, se satisfît d'abord selon
nos méthodes et qu'il revînt de l'expérience
abruti par la conscience d'une faute, dégoûté par
le décor ignoble du garni, et le marchandage de
l'âpre amante. De ces premières étreintes, il sortira diminué, inassouvi, l'âme et le corps malades.
Deux voies lui seront ouvertes. Ou bien il se li-
vrera stupidement à la grivoiserie rigoleuse et
s'abêtira dans la répétition du pur exercice phy-
siologique. Ou bien il écoutera les pleurniche-

ries de la romance. Alors, consumant sa jeunesse dans la naïve idiotie des amours sentimentales, la main dans une main toujours traîtresse, le nez au clair de lune, il connaîtra les affres épouvantables du désespoir dès qu'il aura découvert la pipe du lieutenant dans le manchon d'une maîtresse angélique. Soit l'abêtissement animal, soit la douleur indicible des passions méconnues occuperont ses années adolescentes, le déprimeront, le relègueront au rang inférieur.

Ne croyez pas que j'amuse ici les heures vides avec des jeux de littérature équivoque. Il me semble qu'un très gros problème social gît en ces considérations. Chroniqueurs et académiciens se plaignent de la jeunesse. Ils la jugent égoïste, sceptique, sèche de cœur, incapable d'enthousiasmes et de sacrifices. Dans un magnifique et terrible roman qu'Octave Mirbeau publia *Mémoires d'une femme de chambre*, il reproduisit le type définitif de cet adolescent qui, devant chaque proposition de la vie sociale, vertu, honnêteté, courage, pitié, dévouement, conclut par cette phrase: « J'en ai soupé ! » ou cette autre : « Je ne coupe plus dans ce pont-là. » Malheureusement, la plupart des fils de la bourgeoisie gardent en effet cette attitude d'âme. Ils

ont « soupé » de tout. Leurs indulgences rient
des amants de leur mère. Ils haussent les épaules
aux exemples d'héroïsme. Ils préfèrent, sans illusion du reste, le faquin en carrosse à l'honnête
piéton. Déçus par l'Honnête, le Juste, le Beau,
le Vrai, le Bien, ils portent au succès d'argent
le tribut de leurs admirations. Si quelque idée
majeure guide encore leurs actes, le snobisme
seul les conseille d'imiter le chic des ancêtres.
Un étranger naguère me disait ceci : « J'arrive
du Caucase et des steppes. Je tombe à Paris. Je
parcours la ville, l'Exposition, les restaurants,
les musées. Entre toutes une chose m'étonne.
Assis dans un lieu public, si j'écoute converser
jeunes gens et courtisanes, c'est la courtisane,
quatre-vingt-dix fois sur cent, qui raisonne, qui
sait. Au hasard des propos, elle cite un nom illustre de l'histoire. Le gentilhomme reste bouche
bée. Il faut que la courtisane explique et instruise.
Il ignore ce qu'elle connaît. Ironique, moqueuse,
hardie, elle le méprise évidemment avec raison.
En France, ce sont les filles qui manifestent l'intelligence, les jeunes gens qui gardent l'ignorance et la bassesse. Elles deviennent princesses.
Ils restent palefreniers. C'est le signe le plus certain de votre décadence nationale. » Au pavillon
d'Armenonville, mon ami avait entendu ces con-

versations, endroit fréquenté plutôt par l'élite
des opulents.

Une mauvaise éducation passionnelle atrophia
de cette sorte les âmes avilies ensuite par l'abé-
tissement du sport sexuel, par les douleurs inutiles et bêtasses du sentiment, enfin par la défaite du mâle après la trahison de la femme.
Toutes les morales du monde n'empêcheront pas
le bachelier de croire aux littératures apprises ni
l'ouvrier de croire aux romances de la valse.
Entre dix-huit et vingt-cinq ans, la curiosité
sexuelle l'emporte sur les autres préoccupations;
et presque toujours la vie de l'être se détermine
selon les résultats de ses accointances amoureuses.
Ma génération sortit désabusée, trahie et douloureuse des bras des maîtresses. Elle écrivit son
désespoir. Elle le rima. Elle le commenta. Les
générations suivantes, renseignées par nos avis,
abordèrent l'amour avec haine et scepticisme,
refusèrent leur foi. Jadis, dans la femme, le
jeune amant plaçait, comme dans un ostensoir,
selon une vieille comparaison, les magnificences
de ses espoirs sociaux, de ses rêves ambitieux et
philosophiques. La femme souilla trop l'ostensoir; et l'hostie perdit le prestige de la divinité.
Alors le scepticisme envahit la nouvelle adolescence. Elle nia l'Honnête, le Juste et le Beau,

parce que la littérature lui avait appris à découvrir le mensonge de l'amour.

A la vérité, l'amour ne mentit pas. Nos éducateurs l'avaient seulement travesti. Et nous recher-
châmes en lui ce qu'il était incapable de fournir :
la fidélité, la loyauté, la confiance. Ce sont là
les mérites de l'amitié, de l'estime mutuelle, et
non pas ceux de la passion. Voilà quelle fut l'erreur sentimentale de nos pères.

Les anciens cultivèrent la forme plastique de
Vénus. La déesse ne leur valut point de ces
déboires. A l'amante ils demandèrent les qualités
de la statue, de la danseuse et de l'actrice. Ils
lui demandèrent aussi la science de la volupté.
Ils cherchèrent moins que nous à transformer en
épouses leurs hétaïres. La naïveté de ma génération fut de vouloir réhabiliter les dames aux
camélias, comme celle de nos ancêtres fut de
vouloir créer en la femme adultère une courtisane à tendances vertueuses.

Pour avoir voulu ces contradictions, quatre
générations souffrirent, pleurèrent et moururent.
Pour avoir rendu la volupté honteuse, ignoble
et cachée, la morale chrétienne condamne des
malheureux à l'ignoble.

Instaurons au contraire une éthique habile et
tolérante. Elle n'opposera nulle entrave à la

11.

présentation de la beauté charnelle ni à l'assou-
vissement d'un désir noble. Au casino, l'éphèbe
admirera les danses, les chants, les gymnastiques des acrobates, l'éclat des lumières différentes, les splendeurs des toilettes, les souplesses des corps, les significations des visages.
Chaque courtisane l'émouvera comme émeut
et intéresse un objet d'art. Chaque danse accroî-
tra son esprit par une leçon de cadence et de
rythme. Les électricités changeantes, les évolu-
tions des ballerines l'instruiront de la beauté,
comme un tableau peint excellemment. Et, lorsqu'en l'esprit comblé de toutes les magnificences
plastiques, la convoitise naîtra d'étreindre les
images à travers l'apparence d'un corps impec-
cable, si l'enfant peut se rendre non dans un
bouge lointain, mais dans une chambre aux
décors perpétuant le sens des merveilles person-
nifiées scéniquement, chambre sise au lieu même
où se développa l'impression, il savourera la
merveilleuse volupté intellectuelle aussi bien
que l'instinctive. Il ignorera les rages du dégoût.

Dès lors il ne cherchera plus dans l'adultère
ou la sentimentalité un mensonge qui puisse
réhabiliter les élans de sa fougue naturelle. L'art
plastique suffira. Cet art mentira moins, décevra
moins que les tromperies de la romance, car la

courtisane peut offrir de la beauté et de la volupté,
tandis qu'elle ne doit ni fidélité ni vertus amicales
ou domestiques.

Quant à ces affinités morales, le jeune homme
les ira quérir auprès des amis, des maîtres, des
livres, des mères, des camarades. Il ne souffrira
plus. Il ne refusera plus sa foi ; parce que l'essentiel de cette foi cessera d'être trahi au bénéfice
d'une coquetterie physique. Et l'on ne verra plus
de butors que leur instinct affole tenter, en
wagon, le viol d'une gentille personne, au risque
de lui faire se rompre les os dans la fuite d'une
sale étreinte.

XV

MŒURS VOISINES

Rien ne s'est amendé de la légende en honneur, depuis cent ans, chez les nations étrangères, et qui voue la France à la réprobation des mœurs huguenotes pour ses vices prétendus. Avec des opinions de cette sorte partout propagées, l'élite allemande, dès 1870, avait parfaitement désintéressé de notre cause le total des familles modestes, prolifiques et vertueuses qui vivent péniblement autour de leurs ragoûts, dans les maisonnettes des banlieues bavaroises ou saxonnes, dans les cottages suburbains des comtés britanniques, dans les ruches monumentales des Chicagos, tout ce qui cache, sous la Bible du dimanche, un roman moins beau, tout ce qui porte lunettes et redingotes longues, tout ce qui se promène, solennel et rogue, en soutenant sur le bras

plié la main d'une épouse trop étique ou trop
adipeuse, tout ce qui se console de sa laideur en
attribuant des infamies à la grâce, à la science
sceptique, à l'intuition créatrice, à l'art de plaire
généreusement, toute cette multitude probe,
sournoise, vaniteuse de ses hideurs obligatoire-
ment chastes, de son économie nécessaire, de ses
carnations pitoyables et malpropres, de son linge
grossier, cette multitude éparse sur les deux
mondes protestants et qui, d'ailleurs, constitue
leur puissance. Elle demeure hostile à notre race
qu'elle croit obstinément composée de cocottes,
d'adultères et de vaudevillistes, ou, du moins,
asservie à ces êtres sensuels, bavards et immo-
raux.

Ce fut durant la longue occupation du territoire par les alliés, de 1814 à 1818, que, dans les
cervelles des Vikings et des Teutons, naquit cette
vision fausse de nos habitudes. A leurs amies
jouflues, sentimentales, niaises et câlineuses,
laissées sur les bords de l'Oder ou de l'Inn, les
bons jeunes gens du Tugend-Bund, travestis en
hussards et en uhlans, préférèrent, éblouis, le
preste bagout de nos accortes grisettes, l'insolence gouailleuse de nos courtisanes. Aisément,
elles les persuadèrent de dépenser en joies ce
que les pillages et les prises de guerre avaient

mis dans leurs fontes. En ce temps, toutes les
filles de Paris se disaient royalistes, pour expliquer leur amour subit de l'étranger aux poches
gonflées d'or. Au reste, elles imitaient ces grandes
dames qu'on avait vu défiler sur les boulevards
en croupe des cosaques, pour les récompenser de
ce Waterloo et de ramener les Bourbons aux Tuileries. Accueilli à bras ouverts dans le faubourg
Saint-Germain par les snobinettes du temps,
l'état-major du roi de Prusse, du roi d'Angleterre et du tsar s'émerveilla. La liesse de ces
barbares fut immense. Mais, une fois dépensés
les gains de la campagne dans les parties fines,
il fallut recourir aux trésors des majorats. Les
burgs furent hypothéqués, afin que leurs maîtres
plussent davantage aux petites maîtresses du
faubourg, comme aux filles d'Opéra et aux danseuses des jardins Beaujon. Là-bas, dans les
salles des châteaux antiques dressés sur les pics
de la Forêt-Noire ou des Carpathes, maintes et
maintes épouses déplorèrent le départ des lettres
de change bientôt dévorées aux Galeries de Bois,
chez le restaurateur Véry, au « Rocher de Can-
cale », voire dans les cabarets des barrières.

On ne s'alarmait pas moins, dans les métairies
de l'Essex et dans les fermes des Highlands. Ce
funeste exode de l'argent patrimonial désola les

mères, les ancêtres, en ruina beaucoup. De là,
ces jugements fâcheux sur les Françaises, qui,
vaincues, conquéraient leurs vainqueurs, corps
et biens. Paris semblait la Babylone des Écri-
tures, où se corrompaient les cœurs des guerriers candides, de tous les Parsifal, de tous les
Siegfried, de tous les Winceslas, de tous les
Ethelred, en casques à chenille, en bonnets à
poil, en schapskas et en bicornes. La rancune
de ces calamités domestiques persiste encore
dans les mémoires des trisaïeules que ces lamentations éduquèrent, au berceau. La foule a géné-
ralisé hâtivement les opinions inspirées par nos
gourgandines. C'est le propre du vulgaire que
d'attribuer à toute une caste, à tout un peuple
les qualités ou les vices de quelques personnes
mises en vedette par les hasards des événements.

Notre littérature d'opérettes, de vaudevilles,
en exaltant l'adultère, renforça de telles convictions. Une critique trop indulgente aux parades
des théâtres et aux livres de bassesse sentimentale, trop défiante à l'égard des grandes œuvres
sérieuses et novatrices, servit le préjugé de nos
ennemis incapables de découvrir tout seuls, l'erreur de nos différents Sarceys. Aujourd'hui, le
mal semble irréparable. Nous paraissons, aux
yeux du monde, des Babyloniens amoraux, ado-

rateurs de leurs tares. Les masses germaniques
et anglo-saxonnes méconnaissent les vertus
exemplaires de notre bourgeoisie provinciale.
Leurs élites laissent ignorer que nos arts et nos
sciences comptent d'innombrables adeptes plus
soucieux d'enrichir leurs cerveaux que de satisfaire leurs instincts. Nous sommes la terre abominable.

Ces détracteurs finissent même par nous le
persuader à demi. Dans nos salons, dans nos
tavernes, pérorent des censeurs qui accusent
leur patrie, comme l'accusent ceux qui l'ignorent.
A les entendre, il n'existe point de prostitution
à Berlin ni à Londres. Toutes les femmes y filent
la laine et vivent dans une atmosphère de chasteté certaine. En vain, l'Américaine Clara Ward
renonce à son titre de princesse pour devenir la
bonne amie du tzigane ; en vain, les archiducs
d'Autriche ensanglantent leurs orgies tragiques ;
en vain, la princesse de Saxe fuit avec M. Giron ;
en vain, les photographies pornographiques
nous arrivent à foison, timbrées par la poste
hollandaise et allemande ; en vain, des racoleurs
enlèvent quotidiennement nos modistes et nos
chanteuses d'alcazar pour satisfaire la luxure des
cokneys et des lords ; en vain, les télégraphistes
anglais sont dénoncés au monde comme des

Ganymèdes sans cruauté ; en vain, les jeunes
misses américaines stupéfient nos candides lieu-
tenants par l'audace de leurs flirts voluptueux ;
rien ne nous dessille les yeux. Nous continuons
d'admettre bénévolement que nous sommes les
gens les plus dépravés de la planète et que nous
la déshonorons par nos stupres.

Cependant, ni sous l'Empire, ni sous la République, la France n'a connu de scandales pareils
à ceux qui souillèrent la haute aristocratie des
peuples voisins : Bourbons, Orléans, Bonapartes,
Montijos, Thiers, Mac-Mahon, Grévy, Carnot, Faure
se privèrent de présenter au monde un archiduc
Rodolphe ou bien une princesse de Saxe. Or, les
mœurs des hautes classes indiquent celles de la
bourgeoisie, toujours imitatrice de ses princes.

Pour des frasques exagérées, il fallut expulser
de la cour d'Angleterre lady Granville Gordon.
Cette dame fut d'abord la maîtresse de lord
Granville avant de s'unir légitimement au cousin de celui-ci, le banquier Eric Gordon. Le
ménage à trois fut toléré par la société, par la
cour. C'était chose admise et notoire. Un jour,
lord Granville, de plus en plus épris, afficha
tellement ses plaisirs, que le mari complaisant
dut se résoudre à divorcer. Incontinent, la
femme libérée épousa l'amant.

En cela, rien que d'ordinaire. Toutes les élites
des nations civilisées souffrent, à tort, que de
telles situations s'établissent et prospèrent dans
leurs milieux. Les bourgeois copient la désin-
volture de cette tolérance ; et cela dans tous les
pays connus. Mais, à Londres, l'impudence
dépasse de beaucoup la mesure gardée dans les
capitales latines.

Le premier mariage de Mme Eric Gordon
n'avait pas été infécond. Aussi l'arrêt de divorce
avait-il commis au banquier la tutelle de l'enfant. Voici que la mère, au cours d'un procès
sans pareil, réclame sa fille, en alléguant que le
premier époux sait pertinemment n'être pas le
père réel. Et, pour preuve, lady Granville con-
voque à la barre des témoins, toutes les snobs de
ses relations, personnes importantes à la ville et
à la cour. Charmantes, cyniques, les dames sont
venues déposer qu'au su de chacune, l'enfant était
de lord Granville, non de son cousin.

Le magistrat fut abasourdi :

— Vos maris vous autorisaient à fréquenter
ce ménage à trois ?... interroge le brave homme
dont les yeux s'écarquillent sous la perruque
poudrée.

— Naturellement !... ripostent en pouffant, les
jeunes beautés professionnelles.

Parce qu'un des juges les blâme sévèrement, elles haussent les épaules, devant ces rustres inaptes à pratiquer l'élégant scepticisme de leur monde.

Voilà, révélée nettement, la moralité de la haute société protestante anglaise. Car ce n'est point le procès de lady Granville isolée, prise à part, qui s'instruit là : c'est celui de toute la noblesse qui entoure l'empereur et l'impératrice des Indes. Dans ce milieu, il paraît simple et d'usage constant que les femmes de la société s'acoquinent aux trios de l'espèce citée en justice. Leurs maris ne s'en émeuvent point. Ils ne redoutent pas, donc ils acceptent, par avance, qu'elles suivent l'exemple donné par leur digne amie. Nulle honte ne les gêne. Et quand une action légale s'engage qui dénonce à l'univers le scandale d'une telle infamie, ces belles dames, sans embarras, avouent que ce sont là les jeux habituels de la grande vie londonienne, qu'il n'y a qu'un butor de juge pour s'en étonner.

Eh bien ! je défie les pasteurs anglais et yankees qui tonnent contre notre dépravation de signaler, dans nos annales galantes, un fait identique. Jamais, en France, une femme du monde, si pervertie qu'elle soit, ne se dépouillerait ainsi de toute pudeur. Jamais elle n'assumerait le cy-

nisme de prétendre que l'enfant d'un Eric
Gordon est celui d'un lord Granville et d'en
rire à la barre, devant le public des tribunaux.
Nos inventeurs de vaudevilles, pour dépravés
qu'on les tienne dans les brasseries souterraines
de Berlin, et dans les bars du Strand, n'oseraient
imaginer de telles audaces. Né malin, le public
de nos scènes boulevardières sifflerait, d'ailleurs, le dialogue, comme absurdement invraisemblable. En nulle occasion, le Théâtre-Libre
n'eût risqué de faire paraître aux feux de la
rampe une pièce rosse construite sur ce thème.
On n'eût pu terminer la représentation. Trop de
saloperie eût indigné l'aréopage de nos parterres
et de nos loges.

Après cette aventure, les censeurs se tairont,
qui, de retour d'Angleterre et d'Allemagne,
s'arrogent la mission de nous vilipender, de
nous montrer, en modèle, la pudeur des Arabel-
las, des Eddys, des Dorothées, comme s'ils
n'avaient point heurté, dans les rues de Brook-
lyn et du West-End, les mères saoules, qui,
l'enfant au sein, vous proposent, en titubant, le
long du ruisseau, quelques plaisirs impromptus ;
comme si, dans la demeure bourgeoise de la
vieille Allemagne, où ils prirent pension, la servante, en montant le café au lait, n'avait pas

sollicité d'abord l'invitation à se rouler dans le
lit de plumes concédé au voyageur ; comme si,
la nuit venue, ils n'avaient pas foulé, dans
l'herbe de Hyde-Park, des couples à terre, grognant et forniquant sous l œil bénévole du police-
man ; comme si, dans les cafés-concerts en sous-
sols de Berlin, ils n'avaient pas vu les consom-
mateurs tripoter outrageusement et déshabiller
entièrement les cantatrices, à demi-nues déjà,
qui font la quête, après leur refrain ; comme
s'ils n'avaient pas connu ces filles de pasteurs et
de doctors qui en sont à leur douzième fiancé,
douze auxquels, depuis l'adolescence, elles ont
successivement accordé le « tout ce que vous
voudrez, mais pas ça », sur les bancs des jardins
paisibles, dans les recoins de la serre, dans les
ombres du cellier, sous prétexte de « flirt » ou
de « gemutlichkeit » ; comme s'ils n'avaient pas
entendu les girls de quatorze ans leur murmurer
sous les lampadaires de Piccadilly, au moyen
d'un français ingénu : « Veux tu coucher avec
moi, mossieur ? », pendant que la police fait cir-
culer leur troupeau empanaché le long des bou-
tiques closes.

L'hypocrisie de nos voisins ne manque pas
d'audace. Le bizarre est qu'elle nous en impose
encore.

Après lady Granville-Gordon, le procès de
l'américain Thaw, si révélateur des jeux ordinaires entre chorusgirls et messieurs opulents,
une fois de plus, nous avertit de notre sottise.
Auparavant le métallurgiste Krüpp avait res-
tauré dans l'île de Caprée les coutumes obscènes
attribuées par Suétone à Tibère. A vrai dire,
toutes les nations se valent en cela. Et cela n'a
guère d'importance pour amoindrir ou grandir
le génie des races.

Car, durant l'époque la plus dépravée, celle des
Douze Césars, l'empire romain connut sa grandeur suprême, sa justice suprême et son meilleur
pouvoir de civilisation. Par quoi nos sociétés
modernes subsistent encore.

XVI

LA SECONDE ÉCLOSION

On tue moins. La médisance raconte. Le ba-
vardage exagère. La méchanceté calomnie. La
haine condamne. Ce sont les quatre phases du
complot de l'opinion contre l'individu. Qu'une
mère avec son fils vive dans les termes amicaux ;
qu'au sentiment maternel et qu'au sentiment
filial, assez faibles de nos jours évidemment, se
substitue, après reconnaissance de vertus mu-
tuelles, une solide affection raisonnée, durable,
intangible ; que les deux êtres, liés depuis l'in-
carnation de l'enfant au sein de l'épouse aient, à
ce long usage de leurs qualités, acquis de la gra-
titude, de la confiance et du dévouement réciproques ; qu'ils se défendent ensemble contre les
entreprises hostiles des leurs, de la famille, des
voisins ; qu'ils ferment l'oreille aux propos du

traître agressif contre leur amitié ; qu'ils se plaisent aux longues causeries de solitaires pendant
les crépuscules où les objets se noient dans
l'ombre, où les corps disparaissent lentement
pour laisser dans la salle vivre, seules, les voix des
'deux âmes aptes à se traduire les silences de
leurs pauses et leurs plus minimes inflexions, et
les ébauches imprécises de leurs gestes lents ;
que cette communion de leurs esprits les charme
infiniment ; que le fils la préfère aux bruyants
tintamarres des repas de chasse, aux grosses
plaisanteries du café ; que la mère, pour cette
sensation délicate de parfaite confiance, néglige
les radotages du prêtre, les sermons de l'église,
les préoccupations médiocres des ménagères, les
propos indifférents et pareils des visites ; que
l'un et l'autre se consacrent les heures, qu'ils
aiment se narrer les souvenirs et les histoires
de leurs lectures ; qu'ils confrontent sans cesse
les aventures de leurs existences pour le plaisir
de les juger ensemble, de s'admirer bons et
loyaux, de se plaindre faibles et débiles, de
s'excuser coupables d'anciennes fautes commises
envers d'autres, envers eux-mêmes ; que cela
suffise à leurs jours ; voilà ce que ne saurait comprendre le vulgaire. Aussitôt il soupçonne l'inceste. A son gros instinct la consécration d'un

plaisir physique paraît l'indispensable corollaire d'une si ferme intimité. Et naturellement, parce que sa pauvre raison est basse, il dote autrui de ses vices propres.

Le supplice moral que subit, il y a quelques années, M. de V... est parmi les plus atroces qu'on imagine. Après une accusation de parricide, celle de l'inceste s'ajoute; puis celle du viol tenté contre une servante. Enquêtes grossières de la police, hypothèses gratuites du magistrat instructeur, bavardages ineptes des témoins, calomnie de mendiants éconduits, médisances de voisines envieuses, éclaircissements obligatoires de la défense contrainte à révéler les détresses intimes de la vie, de la pauvre vie ; ce que l'odieuse foule et ses instincts de haine expriment avec passion par l'organe de ses assermentés, tout accabla, de longues semaines, le malheureux gentilhomme de campagne. Il fut la victime de l'esprit de malfaisance.

Dans les âmes rurales ce genre de pensée constitue l'essentiel de ce qui devient dans l'élite, l'intelligence critique. Quiconque semble supérieur soit par la particule nobiliaire. soit par la fortune, soit par la fonction, soit par l'instruction, excite la volonté de nuire inhérente à la nature des humbles. Pour excellent qu'il se

12

reconnaisse, l'homme n'arrive point à concevoir
qu'il n'est pas de suprématie, que l'œuvre ma-
nuelle vaut l'œuvre intellectuelle ou pécuniaire.
Et il hait ceux qu'il envie.

Aussi bien, ne sait-on qui plaindre le plus de
M. de V... ou de ceux que la jalousie tortura
jusqu'à leur faire commettre tant de vilenies.
D'abord la politique ne fut pas sans action sur
les premiers avis de la police et du parquet.
Ceux qui manifestent l'opinion publique propagèrent, au moyen de la déclamation électorale,
le cancan de la province. Ils savaient offrir, de la
sorte, un aliment aux vagues colères que les mi-
séreux concentrent dans leur cœur, en conséquence des affronts endurés, des labeurs interminables, des peines nombreuses. Selon ces conseils,
la rancune des pauvres diables personnifie, en
un seul passant, les forces en nemies de son bonheur. Alors c'est une joie que de conter les défauts exagérés ou véritables de qui paraît jouir en
repos. On triomphe de ce vainqueur. On le rend
égal, puis inférieur à soi. L'orgueil s'exalte, im-
putant ses insuccès à son goût strict de l'honnête,
du bien, de la morale. Cela se compte comme
une revanche. Ainsi renaît le vieil instinct de
riposte que la nature. mit aux facultés réflexes
des nerfs et des muscles, pour la conservation de

l'être attaqué par les puissances destructives. Instinct, qui va s'émoussant toutefois depuis les âges où la violence abdique devant les droits progressifs de l'association humaine.

Peu d'affections cependant s'expliquent mieux que celle de la mère et du fils. Si parfaits que puissent être deux époux l'un devant l'autre, la confiance absolue leur demeure à peu près impossible. L'amour inquiet refoule très difficilement ses craintes et ses soupçons. A moins d'être un sot, nul mari ne peut se croire pourvu de tant d'attraits qu'ils suffisent toujours à réaliser complètement les rêves de sa femme ; et celle-ci peut-elle espérer qu'il résistera toujours aux sollicitations de la volupté changeante, aux requêtes du carrefour, aux invites d'amis joyeux proposant de savourer, dans un boudoir public, les arômes de belles filles diverses, expertes et complaisantes. En outre, il y a la jalousie du passé, terrible pour tous deux ; l'évocation des personnages ironiques qui se doivent souvenir de la jeune fille, de ses premières gamineries, de ses flirts innocents ou bien imprudents ; il y a l'évocation des personnes narquoises qui se doivent souvenir du célibataire, de ses vigueurs séductrices, de ses ambitions précises, de ses gaietés charmeuses. Tout cela s'interpose entre les époux ;

tout cela leur laisse une manière de défia
combattue sans cesse par les meilleurs, mais :
surgit sans cesse.

Entre mère et fils, le sens précieux de la c
fiance persiste entier, s'ils s'accordent. Ni la
nité, ni l'amour, en eux, ne se blessent a
ment. Et parce qu'ils sont la femme, l'hom
ils ont à se découvrir, aussi bien, les différer
surprenantes et les secrets inattendus de le
vies révélatrices. Une mère peut enseigner i
niment de choses curieuses sur le monde, sur
amies, sur elle-même, sur les affres de sa se
bilité, sur les enthousiasmes et les déboires
son adolescence, sur l'histoire de la famille
participe à celle de la race, du pays et de la
tion. Le fils interroge alors ses origines.
apprend de quelles amours ses ancêtres l'
formé, de quels sentiments inexplicables, subt
et transmis, se compose sa virtuosité nerve
Passive, de par la longue suite des atavismes
époques où la femme était asservie, la mère ga
l'habitude de s'offrir, de se donner. Elle n'o
plus, elle ne donne plus son corps, non plus
les enthousiasmes de sa passion, ou les mal
instinctives de son caprice ; présents voués j;
à l'époux. Elle offre et elle donne au fils le t
de soi-même, son enfance ingénue, le mystèr

sa maternité triomphante, même celui de ses
amours, mais avec, tout le reste d'elle-même que
le mari n'a jamais connu bien, aveuglé par les
éblouissements des liesses conjugales, ou en-
dormi dans la quiétude que dégage la vapeur
dorée de l'âtre. Et il n'est pas à craindre que la
confession se fasse monotone. Prudente et trem-
blante la mère ne livre que peu à peu les arcanes
de son cœur au fils. Il faut qu'elle le connaisse.
Aux débuts, elle s'effarouche des violents essors
propres à une mâle adolescence. Elle redoute la
tentation qui peut transformer le jeune homme
en débauché, en joueur, en escroc, en bandit.
Elle attend de meilleurs jours. Elle guette, au
seuil de son affection, l'heure où, vaincu par les
égoïsmes des rivaux, trahi par les cruautés des
maîtresses, ce fils reviendra s'asseoir au coin du
foyer natal, l'œil un peu flétri, la bouche un peu
amère, les mains un peu maigries, le cœur un
peu glacé, l'âme un peu sceptique, mais l'esprit
plus fort, et la volonté meilleure. Vite la mère tend
les mains au voyageur de la mauvaise route. S'il
dit : « O maman ! combien avait raison votre sagesse qui me gardait des gens, qui me vantait la
douceur de notre petite maison ! » Alors la mère
pleure de joie ; et elle consent à dire toute son
âme, comme elle débitait autrefois la merveil-

12.

leuse histoire qui séchait les larmes du petit
enfant.

La mère de cinquante ans et le fils de trente
ans peuvent connaître cette suprême beauté de
la vie, s'ils ont su n'échanger aucune des paroles
qui tuent l'affection; s'ils ont su ne se point oublier, si rien dans leurs existences n'établit l'irréparable. Il faut plaindre les mères qui se choi-
sissent des amants. Jamais elles ne goûteront
cette félicité sans égale. Car, tout respectueux
qu'ils se veuillent, leurs fils n'auront point de
confiance envers elles. Venue l'épreuve de vieillir, ces femmes ignoreront le bienfait consola-
teur de ces deuxièmes noces, de ces noces spirituelles étrangement délicieuses et parfaites. Inutiles, comme les instruments fanés du plaisir, les
vieilles coquettes susciteront seulement le mépris
et la dérision, à défaut de pitié. Puis les maux
unanimes les accableront.

Au contraire, je conçois mal une joie supérieure à celle de la mère et du fils, ayant atteint
la maturité de l'âge, et se narrant leurs jeunesses, leurs aventures, leurs douleurs, quand le
crépuscule éteint les lueurs des lignes, quand
survivent les voix attendries au fond de la pénombre. Ils peuvent tout se dire. Tout se dire! Et ce
sont, au monde, les deux seuls types d'êtres qui

le peuvent. Par crainte de sentir l'autre soupçonner plus que l'aveu, la femme ne saurait pas
tout dire ; ni le mari. Leurs réticences obligatoires affligent leurs cœurs ; celles que l'un dissimule aussi bien que celles dissimulées par l'autre, et devinées par l'un. Souvent, les époux
s'arrêtent ; et ils pensent à part, malgré les phrases que, vainement, achèvent leurs bouches. Entre mère et fils, ce leurre n'existe point. Ils sont
comme deux livres ouverts l'un en face de l'autre. Le doigt d'un dieu tourne toutes les pages
claires.

Il n'en saurait être de même touchant le père
et le fils. Hommes, leurs efforts virils les rendent
trop semblables pour qu'à s'apprendre ils éprouvent de l'intérêt, de l'étonnement, du plaisir re-
nouvelés. Mais comment décrire la pudeur tragique d'une mère avide de savoir, sans trop inter-
roger, les amours du fils, afin de les comparer à
ce qu'elle crut être les sentiments du père quand
il la conquit. S'est-elle trompée ? Fut-elle chérie
selon ses espoirs ? Elle ressuscite tout le poème
des épousailles. Le fils explique le secret du père.
Ainsi, elle fut désirée, prise et choyée. Ainsi elle
influença l'existence puissante d'un homme.
Ainsi fut le réel. Ainsi fut l'illusoire. Une révélation nouvelle illumine les instants. Ses cheveux

gris, la mère les sent briller à son front autant
que la couronne nuptiale. En retour, le fils apprend quels émois de femme surent l'adorer,
quels le pourront, un jour, adorer. Les deux vies
éclosent une seconde fois. Telles ces folioles qui
reparaissent, avec le teint du printemps, sur les
branches nues, en un automne de novembre, sous
le soleil pâle comme un sourire convalescent.

Si le destin fut rigoureux, si la gêne et le veu-
vage attristent le logis, si l'ennui de propager
leur affliction écarte du monde les deux élus, ils se
complaisent indéfiniment parmi cette douceur spirituelle ; car elle produit une force d'imagination
très efficace pour évoquer les figures que nomment les propos. Chacune des personnes qui fréquentent chez la famille, les silhouettes des parents, partis au loin dans les eldorados, les en-
fances des filles, maintenant vieilles et impoten-
tes mais que bousculèrent autrefois de véhémen-
tes passions, les gloires des militaires, les manies
des savants, les vergognes des riches, les romans
des aventuriers, les habitudes des braves gens,
les rivalités des cousins, les punitions des coquettes, et les méchancetés des dévots : tout se
corporifie entre les deux interlocuteurs. Un
théâtre s'anime, avec ses décors, ses costumes, la
scène, les gestes, les grimaces de ceux qui créè-

rent les origines de l'esprit présent. Peut-être les
fantômes sont-ils assis dans le fauteuil, accoudés
sur la table ; peut-être se glissent-ils par la porte
mal fermée? La pénombre se fait si dense ; et les
voix deviennent tellement imitatrices ! La vie se
multiplie singulièrement au crépuscule entre
une mère et un fils qui répètent des souvenirs.

J'ignore tout de la famille de V... Cependant, je m'imagine ne pas errer très loin de ce
que fut l'affection entre cette mère et ce fils iso-
lés dans une campagne morose, parmi les hosti-
lités sourdes et lâches des rustres, et je suis sûr
que l'accusation d'inceste, colportée par les abominables dans le pays, fut la plus sévère bles-
sure qui meurtrit le malheureux gentilhomme
au cours de sa montée vers le calvaire. Il a compris de quelle façon certains individus des champs
peuvent interpréter la plus sainte manifestation
de l'amitié, la grandeur solitaire d'un rêve qui,
volontairement, s'exile.

XVII

LA FILLE SAGE

Bien qu'on plaisante, au bout de chaque refrain, son innocence, et depuis quelques siècles, le type n'est pas fort rare. Cependant, sa vertu ne se contente guère des vieux motifs. Elle n'invoque plus ni l'honneur du nom, ni la pudeur religieuse. Autres sont les arguments de cette honnêteté raisonnable. A vrai dire, ils eussent étonné, sans doute indigné nos pères applaudissant avec frénésie les drames où la jeune personne sacrifiait tout à l'amour afin de suivre un joli garçon sympathique, résistait aux objurgations de la famille, congédiait le richard amoureux que l'acteur représentait toujours sous des traits ridicules. Aujourd'hui, la fille sage découvre des théories absolument louables pour élire le monsieur opulent plutôt que le jeune homme pauvre. Et ces

théories sont telles qu'Octave Feuillet lui-même
n'en saurait médire.

J'écoutai naguère Mlle Laurence R. les énoncer
devant quelques intimes qu'elle avait réunis chez
sa mère pour disculper sa conduite en apparence
cruelle et cupide. On la blâme, en effet, beaucoup
Tout le monde connaît, à Paris, cette histoire. Au
début de l'hiver, l'un de nos jeunes médecins,
parfaitement accueilli dans les salons du quartier
Monceau, quitta subitement la France pour aller
en Perse exercer son art. Fiancé durant la saison
des eaux avec cette jeune fille, il avait partout
annoncé cette prochaine union, les yeux radieux
et le sourire en extase. A l'automne, le flirt délicieux de ces beaux adolescents avait ravi nos
âmes les plus sceptiques. C'était une saine passion entre deux êtres intelligents, élégants, superbes. Je compte au nombre de mes amis Mlle
Laurence. Je la guide comme sa mère dans le
choix de leurs lectures, et parfois, nous discutons
sur l'esthétique des peintres hollandais qu'elle
admire sans réserves, qu'elle préfère même aux
maîtres italiens, en alléguant, ma foi, les meilleurs syllogismes. Avec une piété joyeuse, elle
s'occupe de l'Enfance abandonnée ou coupable.
Elle visite les crèches et les fermes de banlieue
où les nourrices élèvent les poupons de l'Assis-

tance publique. Elle est bonne et jolie. Ainsi que
chacun, j'avais secrètement envié la chance du
docteur. Nous le savions épris à l'excès, vibrant
et fou comme un galant de drame romantique.
Sa partenaire ne l'adorait pas moins. Aux deux
familles agréait ce mariage de légende, en dépit
de la médiocre fortune promise aux époux. Lui
gagnait peu de chose. La dot de sa fiancée ne le
devait pas enrichir. Par la rente de 60.000 francs,
le pain et le beurre, le petit appartement clair
leur étaient cependant assurés. Ils eussent eu le
nid avec l'amour. Nous nous abordions les uns
et les autres en supputant l'urgence des présents
de noce à leur offrir. On s'ingéniait pour que les
cadeaux décorassent au mieux le logis nuptial et
fussent en même temps utiles. Brusquement, la
nouvelle de ce départ et la réception d'une carte
de visite consacrant, sur deux lignes sèches, la
rupture des fiançailles, nous stupéfièrent.

Mlle Laurence se libérait. On l'emmena très
nerveuse à Cannes. Parmi les mille suppositions
inventées, colportées, discutées, affirmées, niées
tour à tour, le blâme était général. Personne ne
plaida pour elle. Sa mère, elle-même, l'accusa
rudement d'abominable méchanceté. Nous assi-
milions la jeune fille à ces coquettes perverses
capables de provoquer les passions des jeunes

hommes et de les mener au paroxysme, pour savamment jouir de la douleur au moment de la déception. Comme cent autres, Mlle R... se glori-
fiait intérieurement d'avoir brisé une vie naïve,
enthousiaste, d'avoir jeté un cœur meurtri en
pâture aux longs chagrins torturants. La mauvaise opinion se fortifia. Le bruit courut d'un
mariage possible entre elle et un Brésilien de
quarante-cinq ans que le commerce des cafés a
muni de plusieurs millions. Massif, les yeux in-
jectés de sang, le buste long et les jambes brèves,
M. V. n'est pas complètement laid. Les défauts
de sa carrure trop large disparaissent à demi
sous les sobres lignes de ses jaquettes et de ses
amples pardessus. La malice étincelle entre ses
paupières un peu lourdes. La force volontaire
émane de ses gestes prompts, de ses paroles har-
dies. Mais le docteur ressemblait aux sveltes statues du coureur antique.

De plus, il nous parut évident que, séduit par
les formes impeccables de Mlle R..., ce Brésilien se la payait comme on se paie une courtisane. En même temps, il achetait ainsi le droit
d'aborder un monde honorable de fonctionnaires
assez mal disposés de coutume à l'égard des spé-
culateurs exotiques en quête de relations officielles et propices à l'extension des affaires. Tout cela

13

n'était guère plaisant. Les reproches de notre
petite compagnie furent de moins en moins mé-
nagés à Mlle R...

Bientôt, elle eut vent de ces propos fâcheux.
Soucieuse de se justifier, elle fit donc convier par
sa mère leurs intimes à une audition musicale en
nous priant, avec des termes expressifs, de vouloir bien nous y rendre.

En arrivant, je remarquai combien le visage
de la jeune fille portait de stigmates certainement
laissés par d'atroces chagrins mystérieux. Vers
les paupières, la peau diaphane recouvrait à peine
les veinules bleuâtres. Autour des lèvres craque-
lées, le sourire nouveau ridait brutalement la
pâleur du visage. Elle gardait la bouche entr'ou-
verte comme les malades qui furent longtemps
oppressés. Ses magnifiques cheveux bruns, roux,
dorés, seuls, conservaient à cette figure son apparat d'antan. Une beauté tragique succédait à
une beauté joyeuse. Je m'informai de sa conva-
lescence.

« Ma mine est mauvaise, n'est-ce pas? dit-elle...
Je finis de subir une crise morale dont vous soup-
çonnez la cause. Le corps lui-même fut éprouvé.
Tant pis! Il le fallait. Oui... je faisais fausse
route... Vous pensez que je n'aime plus le docteur? Vous vous trompez entièrement. Je ne

concevais, je ne conçois encore rien de meilleur
et de plus splendide que de lui donner ma vie...
Il n'est pas une strophe de poète suffisante pour
traduire la magnifique ivresse du rêve où je me
complus. Quant à lui, son désespoir est extrême.
Il n'ose espérer de ne pas s'égarer si, par hasard,
il me revoit auprès d'un autre mari. Il a suivi
mon conseil. Il est parti pour de longues années
dans les villes de Perse. Non, je vous l'assure,
aucune découverte fâcheuse dans nos vies ne nous
détermina... Il reste le plus loyal, le plus noble
des hommes. Lui ne peut me reprocher quoi
que ce puisse être de fâcheux ou d'équivoque.
D'ailleurs, il a fini par m'approuver quand je lui
eus clairement et longuement expliqué les motifs
de mon sacrifice... Les voici, du reste...

« Vous le savez, ma grand'mère eut huit enfants. De mes oncles, deux se suicidèrent à bout
de ressources. Les trois qui survivent mènent, en
province, une vie plate, atroce et misérable de
petits commerçants gênés. L'une de mes tantes
s'est réfugiée au cloître, et elle vieillit, à demi-
folle, en tremblant d'épouvante à l'idée de l'enfer ; l'autre tient un bureau de tabac dans la banlieue depuis la mort de son mari, le capitaine
tué au Soudan ; du matin au soir, elle pleure sur
sa détresse. Seule, ma mère eut quelque chance

en épousant un homme qui réussit à faire prévaloir ses entreprises d'art décoratif. Sauf eux,
toute la famille vit dans le malheur, la jalousie,
la haine et la crasse. Et cela parce que mon aïeule
se maria sans prendre garde à l'avenir de ses enfants. Pour assouvir une passion sincère, elle se
leurra avec des théories généreuses et parfaitement désintéressées en apparence. Contre l'avis
de tous, elle choisit l'époux de son cœur, qui était
un beau musicien incapable de pourvoir aux nécessités d'une famille. Voici le résultat de cette
faiblesse alors encouragée par toutes les littératures, tous les vers, tous les romans sentimentaux
et tous les drames à tirade. Sept malheureux doivent à cet amour égoïste les ignobles péripéties
de leurs existences, cent désespoirs, mille rancœurs, des ennuis sans limite. En conscience,
jugerez-vous que mon aïeule accomplit un acte
honnête en apaisant son goût de débauche avec
le musicien, même conjugalement? Elle ne pré-
voyait pas ?... Mais il était facile de prévoir. Elle
n'était pas sotte. Lamartine a publié dans ses revues, dans des journaux, beaucoup de ce qu'elle
écrivit sur l'histoire du plain-chant... Moi, je pré-
tends que cette amoureuse a commis sept crimes contre sept de ses enfants... en les jetant sur
le monde, sans fortune, avec tous les goûts dis-

pendieux de gens élevés à Paris, dans une société plutôt brillante... Mon' aïeule fut criminelle. Je ne le veux pas être. Voilà pourquoi
j'épouserai M. V... au lieu du docteur, quoi qu'il
en puisse coûter à mes sentiments?... Je n'immo-
lerai pas le bonheur de mes enfants aux exigences
de mes instincts. Je n'entends pas renouveler la
tragédie de Médée ; je ne veux pas égorger les fils
de Jason... »

Nous marchions, pendant ce discours, de long
en large à travers la galerie de l'appartement
somptueux ; car feu M. R..., encore qu'il ait éco-
nomisé peu de capital, gagna beaucoup d'argent
tantôt à Paris, tantôt à New-York, à Baltimore,
à Philadelphie, où il décora les maisons des mil-
lionnaires. Il dépensait à mesure. Je comprenais
à présent que cette jeune fille, grandie au milieu
d'un luxe qui lui paraissait une condition du
bonheur, assaillie par les constantes lamentations
de parents pauvres et désolés, eût tout à coup
senti naître en elle le besoin d'un devoir jusqu'à
nos jours mal entrevu par les moralistes. Droite
et la tête haute, elle tranchait l'air avec ses mains
pâles. Elle scrutait mon esprit de ses yeux tristes
et francs, acharnés à me convaincre. Une robe
de gros drap bleu et un carcan de jais bleu cer-
clant le cou frêle paraient sa fine stature ner-

veuse. Elle souffrait, haletait, fière, après tout,
d'admirer le sacrifice volontairement consenti
par sa vigoureuse morale.

« Oui, reprit-elle, oui, oui : le devoir est là.
J'ai trouvé la voie de l'Honnête et du Juste, pour
nous, les filles de l'élite. Il ffaut laisser l'amour
aux misérables et aux imbéciles. Les premiers y
découvrent le seul plaisir, et il serait cruel de le
leur retirer. Les seconds demeurent inaptes à
voir plus loin que la satiété de leur gros instinct
idiot. On ne peut songer maintenant à les dis-
suader. Mais nous, nous devons accroître sans
cesse la somme de nos obligations envers le
monde. C'est là notre grandeur. Voilà notre seule
excuse valable, quand on reproche à la société de
nous avoir pourvues par avance, trop partiale-
ment. Nous devons soumettre au bonheur de
nos enfants, à la félicité des générations futures,
les caprices de nos passions. Si dur que cela
puisse paraître, il convient de s'y résigner sans
faiblesse. J'ai donc préféré l'anéantissement de
ma joie sentimentale au malheur de ma descendance. N'ai-je pas bien agi ?

« Vous hésitez à me répondre. Cela vous bou-
leverse. Vous êtes encore un homme du romantisme. Pour la jeunesse rien ne vous paraît mieux
que l'amour éperdu ?... Que dites-vous ?... Mais

non, cher monsieur : il ne vaut pas mieux rester
célibataire ou volontairement stérile, puisqu'avec
l'argent de M. V... je puis mettre au monde autant de personnes actives et saines que mon
aïeule a procréé d'individualités pitoyables. Je
ne me reconnais pas la licence de me dérober à
cette mission. Comment ! le hasard me dit : « Il
dépend de vous d'engendrer un ou plusieurs êtres
que la meilleure sorte d'éducation et d'instruction développera pour devenir utiles aux hommes,
que la fortune aidera dès leur jeunesse dans leurs
tentatives et dans leurs plaisirs, que la félicité
probablement rassasiera ». Et moi je me refuse-
rais à distribuer ce bonheur, à créer ces forces
bienfaisantes ou belles, au nom d'un égoïsme
jaloux qui ne veut tolérer, pour une fin si haute,
l'approche d'un mari certes un peu lourd et té-
méraire, mais, en somme, point répugnant. Non.
Non. Je ne dois pas me refuser.

    « Au reste, n'ai-je pas connu de l'amour, avec
le docteur, ce qui en est le sublime et l'essentiel?
Tous les livres un peu philosophiques nous enseignent que le désir l'emporte sur la satisfaction
de la convoitise. Six mois, nous nous sommes
follement désirés, sans que nos lèvres aient
effleuré nos chairs ailleurs que sur nos mains
tremblantes. Je crois aux psychologues. Comme

tant d'autres héroïnes, j'évite la déception de réaliser. Je sais quelques jeunes ménages dont les époux, follement épris d'abord, se supportent à peine, passé deux ou trois ans. Admettez que cette malchance nous fût échue ? Ne vaut-il pas mieux avoir esquivé, peut-être, un déboire atroce après de si merveilleuses illusions ?

« Ces motifs vous paraissent artificiels ? De votre temps, une jeune fille qui aurait eu mes idées, chose invraisemblable, sur nos devoirs envers les enfants, ne se fût pas mariée. Et vous en revenez toujours à ce conseil indirect. Eh non. Je veux bien abdiquer l'amour ; mais je n'entends point abdiquer toute la vie. Célibataires, nous demeurons trop dépendantes. Ou bien, si l'on se révolte, on consomme le chagrin des parents ; on les choque ; on les peine.

« Ma mère ne souffrirait pas que je sorte à ma guise, que j'aille au théâtre sans contrôle, que je lise n'importe quel livre, n'importe quel journal, que je fréquente qui me plaît. Je suis condamnée à chérir ses amis, à ne pas rencontrer les personnes qui lui sont indifférentes ; et celles-ci justement me tiennent les propos que j'aime, me proposent les parties qui m'agréent. C'est pénible à dire, mais, à la distance d'une génération, on n'a plus les mêmes idées, ni les mêmes goûts.

Ma mère me parlera quatre ou cinq heures durant des méfaits de la blanchisseuse qui gâte et
roussit le linge, de ceux de la lingère qui le re-
prise mal, et des emplettes nécessaires pour
remplacer les pièces hors d'usage. A cela je don-
nerais bien trois minutes d'attention. Maman
hésite huit jours pour savoir si elle achètera du
satin ou du quinze-seize afin de renouveler les
rideaux du salon ; et, chaque heure de cette se-
maine, elle m'obligera certainement à débattre
le problème. Moi, je ne saurais, sans exaspération, m'occuper de la chose plus de cinq minutes
par jour, pendant trois jours. Je me déciderais
ensuite. Et ça m'affole d'examiner trente fois les
deux solutions possibles, sans les voir résoudre.
Qu'une dame manque de nous saluer dans la
rue, maman s'indigne ; elle enrage ; elle s'attriste
un long mois entier. On peut ne point me saluer,
je m'en moque, exception faite pour quelques
intimes. Maman croit tout perdu. Cette amie
vague, malconnue, qu'on apercevait en visite
deux fois dans la saison, et qui s'attardait un
quart d'heure chez nous, à l'époque du Jour de
l'An, devient tout à coup essentielle à notre vie,
à notre respectabilité, à notre fortune, à notre
avenir. J'aimerais bien mieux déchiffrer du Wagner que de me demander avec ma pauvre mère

13.

si le cousin de l'impertinente n'a point recuei
sur nous, pour le redire, un mauvais propos c
porté par la femme de l'agent de change; 2
naïde, notre cuisinière congédiée, servant aujou
d'hui chez cette flirteuse. J'avoue que tout c
m'est égal ; tandis que les aventures mélodiqu
de Siegfried et de Parsifal m'intéressent dava
tage. Mais entre Siegfried et moi, maman int
pose son problème mondain ; ou bien elle énumé
indéfiniment les personnes qui assistaient à
réception de la comtesse Bacquinot.

« De tout cela je souffre beaucoup. Il me fa
une autre existence. M. V... me la procurera te
que je la souhaite. Et si l'amour ne me possè
pas, je me consolerai noblement par le sou
d'éduquer notre descendance, de faire des âm
moins férues de leur instinct que du bien soci
Cela me semble la noblesse véritable. »

XVIII

LES PLAGIAIRES DU DANTE

Nous lûmes, quelque matin, l'histoire d'un jeune garçon qui, ayant quitté le logis familial pour faire la fête, y rentra juste à l'heure où le père venait de mourir, désolé par les aventures de son fils. Après que la mère eut dit à l'enfant prodigue : « Viens voir ton ouvrage ! » en ouvrant la chambre funéraire, celui-ci se retira dans la cuisine, et, à coups de couteau, se frappa.

Encore que le drame paraisse digne d'être conté par un auteur de *La Morale en Action*, il présente de la grandeur tragique.

Nos méfaits, pour bénins que nous les jugions, ont vraiment des conséquences, et, parfois, les pires. Entre les motifs propres à persuader les époux d'admettre la vie stérile, je crois bien que la crainte de voir la descendance « mal tourner »,

influence beaucoup. Malheureusement, les passions de l'adolescence sont impérieuses. Elles
préparent et déterminent, la plupart du temps,
les malheurs de l'existence entière. Les parents
le savent. Afin de préserver leur progéniture, ils
la sermonnent, la gourmandent, la punissent et
la contraignent à la sagesse par tous les moyens.
Parfois, leur sévérité réussit. Très souvent, elle
accule l'éphèbe à la rébellion. Il s'affranchit. Des
camaraderies mauvaises l'accaparent. Filles et
souteneurs l'abusent. On lui représente l'honnêteté comme une hypocrisie, l'honneur comme
une rengaine, et le devoir social d'offrir l'exemple héroïque comme un attrape-nigauds. Il refuse d'être jobard. L'orgueil naïf des Grecs
et des Latins, des races méridionales triomphe en lui. Même rassasié de luxure et d'orgies, il éprouve, au milieu de ses compagnons,
cette affreuse maladie mentale qui nous ronge
en France : le besoin d'être envié. Alors, pour
ne pas déchoir, il demande l'argent aux bien-
faisances infâmes. Il loue sa vigueur à des
filles publiques. Muni de leur bourse, il parade.
Dépensant, il jouit d'être jalousé par les pauvres.
Son cynisme avoue et vante les fautes qui le
transforment en un être passif, soumis aux exigences de celle qui paye. Il renonce à produire ;

ce qui est la gloire de l'homme. Il renie ses
facultés de création. Il déserte le poste confié
par une race probe afin que soit continuée, transformée, améliorée l'aise du monde. Et les parents,
dépositaires de cette religion, se voient leurrés
dans leur espoir atavique, sentimental et puissant, d'adjoindre l'œuvre de leur nom à l'œuvre
de leur caste, de leur race. Tout ce pour quoi ils
ont vécu, souffert, sans discuter, depuis l'enfance, cela s'écroule. Leur tâche ne sera point
perpétuée. C'est l'immense désillusion. En eux-
mêmes les ancêtres de toute l'ascendance pleurent l'inutilité d'efforts séculaires, de traditions
obscures, de préjugés transmis. Et les vieux
meurent de cette trahison.

Besoin d'être envié. Indéracinable vice de la
nation. Toute notre bourgeoisie se gâche l'existence en y satisfaisant. La dame en partance pour
Nice dans le fiacre chargé de malles, guette aux
yeux des flâneuses le mauvais regard de celle que
sa pénurie retient sur le boulevard. Et cette souffrance de la foule est pour la voyageuse bien autrement agréable que l'espoir d'un pays favorisé
de jardins exquis, d'une mer harmonieuse, de la
côte rose et bleuâtre, longtemps fleurie. La personne riche d'une famille remercie son luxe de la
tristesse qu'il procure aux cousines dépourvues

de rentes. Ce n'est rien de fréquenter les gens
célèbres, si l'on n'en peut parler comme d'amis
très intimes à des parents, à des camarades
obscurs, qui regrettent la médiocrité de leur vie,
à ce moment-là, gardent malaisément leurs soupirs et baissent les yeux. Avoir une amie chère à
la mort, est un délice, si l'on peut nommer,
parmi les docteurs qui la soignent, les plus
illustres membres de l'Institut, ceux de qui la
consultation se paye gros. Quelle chose saurait
nous mieux consoler de la fin des proches, sinon
la magnificence du corbillard, la profusion des
couronnes, l'affluence des clients, des connaissances, des protecteurs, des fournisseurs, des
badauds, des bavards, des ironistes, des frôleurs
et des frôleuses, des colporteurs de potins, sinon
la fureur contenue de la populace qui suppute ce
que lui vaudrait de pain et de vêtements l'or
prodigué pour cette pompe inutile. Combien peu
d'amants se contentent d'adorer leur belle maîtresse chez eux, dans le décor aimable du boudoir ? Ils l'empanachent. Ils l'affublent d'oripeaux, de bijoux, et de fards. Ils la mettent à
l'étal partout, afin que l'homme sans amour soit
torturé de désirs et de rancœurs. Peu importe à
l'élégante de porter une robe aux lignes nobles,
un chapeau qui la rend pareille aux déesses. L'es-

sentiel est que le nom du couturier, de la modiste
soient devinables à l'aspect de ces ornements, et
que le nom enseigne aux masses le coût de cet
apparat. Le poète qui compose une strophe im-
peccable s'en glorifie, mais, avec un plaisir égal,
il imagine l'écrasement des émules, leur honte,
leurs compliments fielleux, la haine près d'être
conçue pour le triomphateur, toutes les peines
des orgueils vaincus.

Ce que l'âge préhistorique nous légua de
cruautés persiste dans ce sentiment naturel. En
dépit de la loi, de la morale, de la charité chrétienne, nous pouvons, de la sorte, géhenner le
faible. Dans un salon, avec quels raffinements
d'astuce, les coquettes jouissent d'humilier leurs
inférieures, leurs égales. C'est toute la science de
leurs vies. Un homme sans maîtresse, fût-il jeune,
beau, plaisant, est toujours moins courtisé par
les flirteuses que le mari ou l'amant d'une jolie
femme, fût-il laid, bougon, mûr et pédant. Car
si l'on pouvait désoler cette créature en lui ravis-
sant l'ami, l'époux, quelle félicité de la mettre
véritablement au désespoir !

Le besoin d'être envié : c'est le besoin de torturer. S'il cloue le captif au poteau de guerre,
s'il lui enfonce des éclats de bois sous les ongles,
s'il le scalpe, s'il l'effleure et le déchire de ses

balles, sans viser l'organe essentiel, de façon à
prolonger indéfiniment le supplice, le Sioux veut
épier les signes de l'angoisse dans les yeux du
-martyr. Il se réjouit de cette chair frémissante
autour de la plaie nouvelle. Il goûte du bonheur
curieux à voir se rétracter la hanche trouée par
le projectile, à voir la bouche tordue par les cris-
pations, à regarder l'enflure bleuie des doigts
sanglants, à deviner quelle phase de la douleur
horrible le patient traverse, et, enfin, à se féliciter de n'être point celui-là, mais, au contraire,
celui qui montre, éprouve, analyse la joie de satisfaire sa curiosité de l'agonie.

Un homme célèbre, une femme élégante et
belle qui se frayent passage dans l'élite, à un
gala, m'ont toujours paru tels que cet abominable
sauvage des romans éducateurs. Avec leurs masques de bonhomie affable, de simplicité ac-
cueillante, ils savourent le délice de piétiner les
cœurs. Ils se flattent de triompher sur les tortures morales de ceux que n'exauça point le
sort, et qui contemplent, dans ce couple, l'image
du bonheur intangible. Autour des deux élus, on
entendrait grincer les dents, craquer les muscles
contractés, se nouer les nerfs, sangloter sourde-
ment les gorges. On aperçoit trop d'yeux qui
retiennent leurs larmes, trop de mines qui accu-

sent l'injustice du destin. C'est l'enfer pour tous
ces damnés que ronge l'envie légitime d'égaler
et de surpasser. Le couple cruel va, sans égards.
Il triomphe. Il sourit. L'extase de sa félicité noie
ses regards brillants. Sereinement glorieux,
parmi les décombres des ambitions et des passions, il marche sans pitié.

Cet infernal plaisir est celui que recherche le
groupe de gens qu'on nomme Tout-Paris. Ne
croyez pas un instant que le culte de l'art dramatique soit le motif réel de l'affluence aux premières représentations. Peu leur chaut, en vérité qu'une sottie l'emporte, ou l'autre devant le trou du souffleur. Mais lorsque la toile
tombée, ils se prélassent au bord des loges ;
lorsque, l'ouvreuse rémunérée, ils descendent
solennellement l'escalier du théâtre, parmi les
chuchotis du public, dégorgé par les boyaux des
corridors, ils se plaisent. Pour ces minutes,
seules, ils sont venus, ils ont manifesté une opinion, ils ont feint d'écouter le dialogue ennuyeux
des récitants. En effet, à ces minutes-là, leur
vanité jouit à l'extrême. Ainsi le conquérant
barbare foulait les ruines fumantes, au pas de
son cheval dont les sabots glissaient sur les corps
éventrés, les intestins à nus, les mares de sang
liquoreux, les yeux arrachés et pendillants, les

chevelures pleines de caillots, les poings contractés par les affres des agonies lentes. Un Gengis-
Khan, un Omar ricanaient d'aise à se sentir enviés
alors par le peuple vaincu et les soldats vainqueurs. Kitchener, au Transvaal, quand il visitait
les camps de reconcentration et les villages dé-
truits, quand il signait la sentence de mort appli-
cable aux patriotes boers, ressentit les mêmes
ivresses intérieures, sans doute. Mais oui : elles
ne diffèrent pas énormément de celles que recherche une très jolie femme habituée des premières représentations. C'est le même appétit
de savoir sur soi la haine d'êtres nombreux et
impuissants. Oh! provoquer leur rage sourde, les
regrets jaloux, et toute la série des supplices
moraux les plus atroces.

Quand le marquis de Sade perçait de la pointe
de son épée, la malheureuse fille publique atta-
chée au bois de lit, il se préparait le même plaisir de posséder une haine véhémente et furieuse,
une douleur sanglotante, durant que la volupté
suprême remuerait les fibres et les os du voluptueux. Tout Paris a l'âme fille du divin marquis. Une femme élégante n'a jamais pu sup-
porter l'audition de littératures supérieures, au
théâtre, parce que son esprit est occupé par l'attente de cette extase. Le moyen de soumettre

son intelligence à l'examen d'une pensée forte,
lorsque toute l'âme prévoit l'admirable spectacle
des plus réelles tortures, des ruines d'existences,
des pauvretés grinçantes, des révoltes étouffées,
des rivaux et des rivales que leur défaite a, pour
jamais, blêmis?

Dante a fait de cela l'un des poèmes magnifiques dans les siècles. Il lui a suffi de songer que
ses ennemis personnels et politiques étaient
visités par lui, triomphant au bras de Virgile,
dans le fond des Enfers. La coquette de Paris
recommence, pour soi-même, aux grands soirs,
la création dantesque. Elle descend, comme le
poète, l'escalier des abîmes où retentissent les
douleurs des damnés.

Fatalement la bourgeoise l'imite. Le besoin
d'être envié constitue le principal de ses appétits. Chaque horde sociale sert à rassasier cette
faim odieuse de ses chefs, tandis que les jaloux,
maîtres en un cercle inférieur, jouent le même
rôle de tortionnaire auprès d'un groupe moins
fortuné. Instruite dans cette atmosphère de rivalités sournoises, hypocrites et cruelles, la jeunesse emporte vers sa vie la tare des Latins.
Etre envié lui semble le meilleur de ce que peut
atteindre l'homme. Faire pâtir, lui parait noble
et digne de soi. Dans les milieux médiocres, on

est envié pour l'argent que l'on dépense. Il faut
en dépenser à foison, dussent les vieux parents
redouter la misère. Inexorable l'adolescent dépouille les siens. Il pille la caisse paternelle. Il
exige brutalement. On lui donne parce qu'on le
sent prêt à toutes les hontes, au crime même.
Épouvantés de celui qu'ils mirent au monde, les
vieux s'inquiètent, s'affolent, s'énervent, s'enfiè-
vrent dans le commerce de l'idée fixe. Ils dépé-
rissent. Survienne une maladie, elle s'aggrave
dans un corps usé par l'obsession de la crainte.
Ils meurent. Et l'enfant prodigue, revenu dans
la chambre funéraire, voit son œuvre, se tue.

Est-ce là son œuvre réellement ? Est-il le responsable, ou bien les éducateurs qui donnèrent
l'exemple de ce vice, qui, par tous leurs actes,
convoitises, manigances, rivalités, triomphes,
enseignèrent à leur progéniture le besoin d'être
envié ?

Hélas ! nous apprêtons les crimes de notre
descendance. Notre manque de bonté engage
l'adolescent à jouir des vanités mauvaises et
cruelles.

L'honneur n'est pas d'être envié, mais res-
pecté.

Voilà ce qu'on enseigne trop peu. Nous n'apprenons pas à devenir heureux pour nous-

mêmes. Si nous touchons le bonheur, il ne comble
pas notre cupidité à moins que les autres ne pâ-
tissent de l'apercevoir, de le désirer, et, ne l'ob-
tenant pas, de s'en navrer jusqu'à la mort.

Au temps héroïque de l'Encyclopédie et de la
Révolution, les ambitieux le furent pour l'idéal
qu'ils voulaient servir. Aujourd'hui les ambitieux
ne servent plus l'idée. Ils s'en servent. Sous le
couvert de la vérité qu'ils firent admettre, ils
besognent à l'avantage de leur personnalité seule.
Le besoin d'être envié anime presque tous ceux
qui s'imposent au monde. Leur souci n'est pas
de conduire leur philosophie au triomphe par le
moyen de leur action victorieuse, mais de cacher,
sous le masque d'une philosophie, leur convoitise d'être jalousés. Tous prétendent recommencer la promenade aux enfers, de leur vivant, à
l'image de Dante guidé par Virgile, cependant
qu'à leurs pieds gémira le supplice affreux des
rivaux, des ennemis. C'est le but.

Une cruauté morale et sournoise remplace la
cruauté brutale et franche. La science d'endolorir
les âmes succède à celle de torturer les corps. Et
cela prépare des générations criminelles, nécessairement.

Il nous manque des professeurs de bonté.

« A mon humble avis, m'écrit-on, vous ne sentez pas assez (ou vous ne dites pas assez) que la cidatelle des préjugés et des routines dans les classes soit-disant éclairées, c'est la femme et l'esprit féminin (je ne dis pas féministe.)... Vous voulez juger la supériorité des institutions, des hommes et des œuvres d'après un idéal nouveau d'utilité et de justice. Ne sentez-vous pas que c'est surtout la femme, aristocrate, bourgeoise, demi-bourgeoise, même ouvrière, qui est réfractaire à cette conception ? C'est elle qui classe les choses et les gens d'après le galon, le panache, le prestige traditionnel et l'étiquette sociale. Pour elle, le bonheur est affaire de vanité, et sa vanité ne voit que les signes extérieurs et conventionnels qui furent, dans le passé, la marque de la supériorité.

« Vous réagissez contre le militarisme, et ce sont les femmes qui subissent le prestige du panache et le suggèrent aux hommes par leur propre enthousiasme. Vous voulez abolir la superstition des carrières nobles et libérales ? Trouvez donc des bourgeoises qui acceptent pour leurs maris ou leurs enfants la *déchéance* d'un métier utile, lucratif et intelligent. Votre forgeron récitant des vers de Virgile reste un paradoxe ridicule pour la moindre pécore de petite ville, et

toutes les *demoiselles* sans dot accepteront mille
fois les privations d'un ménage d'employé à
1.200 francs ou les colères rentrées du célibat,
plutôt que d'accepter la main plus ou moins
noire d'un mécanicien à 10 francs par jour...

« ... Pour moi, qui observe en province les
vieilles couches bourgeoises à peine entamées
à la surface, je constate chez l'immense majorité
des femmes la superstition obstinée des compar-
timents et des étiquettes de la hiérarchie. Quel
que soit leur rang, quel que soit leur toilette,
grattez la femme vous trouverez LA DAME, la
terrible dame de Schopenhauer, avec sa préoccupation obsédante et maladive d'égaler Mme Une
Telle qui se croit supérieure, et de se défendre
rageusement pour tenir à distance Mme X... qui
voudrait être une égale. Quelle idée fixe de choisir et de régler chaque article de sa toilette, de
son ménage et de son budget, en vue d'affirmer
ou de simuler une supériorité sociale ! Quel pro-
fond dédain de tout confortable et de toute esthétique, dès qu'il s'agit d'afficher les insignes de
cette élite qui « suit la mode ». Élite ridicule
peut-être et mode surannée, mais qui satisfait
quand même le besoin de se classer et de sentir
encore derrière soi quelqu'un à mépriser.

« Si j'insiste sur ces détails mesquins, c'est

que j'y vois le symptôme, le symbole et le
résumé de la psychologie bourgeoise. Les principes de la vanité mondaine dominent à la fois
la toilette, le cérémonial et les choses les plus
graves : mariages, relations, éducation, choix
des carrières, programme de vie et de bonheur.
Les femmes jugent un grand homme et choi-
sissent un chapeau d'après le même idéal. Cet
état d'esprit leur rend incompréhensible et
odieuse toute transformation qui déclasserait et
reclasserait toutes choses, qui bouleverserait la hiérarchie conventionnelle, leur religion et leur vie.

« Au contraire, tous les *messieurs* acceptent
le chapeau de tout le monde et le veston égali-
taire ; la toilette peut traduire un goût personnel,
mais elle ne sert plus à indiquer le rang et la fortune, et l'employé d'une banque peut être semblable dans la rue à son archimillionnaire patron... C'est qu'au fond les hommes s'attachent
de plus en plus aux avantages non convention nels : la fortune, le pouvoir, le plaisir, l'influence, etc... Agir, vivre, valoir et faire quelque
chose au lieu d'être quelque chose, c'est de plus
l'idéal, encore platonique et stérile, des hommes
à l'esprit éveillé. Même les joueurs de manille
que vous fustigiez un jour sont surtout pares-
seux et mal outillés pour le struggle, mais ils

ne sont pas hostiles en principe à la supériorité
de l'activité et du mérite. Ils n'iront pas aux colonies, mais c'est par peur de la peine et de l'insuccès. Ils ne repousseront pas vos idées si, par
hasard, ils les discutent et ils sont bien aises, tout
au fond, que le café où ils s'abrutissent s'appelle
le café du Progrès. Peut-être leurs fils sortiront-
ils de l'ornière, c'est affaire de temps, de propa-
gande et surtout de nécessité... »

Cet excellent observateur des sentiments com-
muns à la bourgeoisie continue sa lettre en criti-
quant les théories du féminisme pour montrer
leurs périls. Il objecte que l'avènement de la femme
au suffrage serait le triomphe de la bourgeoise, installant l'adultère et l'idéal d'un sentimentalisme benêt au foyer conjugal, sans Code
qui la contrarie, selon les souhaits de théâtre que
corporifièrent messieurs Jules Case et Hervieu,
dans la *Loi de l'Homme* et dans la *Vassale*. La petite avant-garde révolutionnaire des frondeuses,
des doctoresses, préparerait l'invasion d'une
épouvantable armée réactionnaire. L'odieuse
héroïne de Dumas fils récolterait ce qu'auraient
semé Mme Poignon, Séverine et Jules Bois.

« L'avènement de La Dame ! Chose tragique.

« Et toutes les espérances de rénovation **libre**
sombreraient. »

14

J'avoue que je redoute aussi de tels dangers.
Mais j'espère que la masse des femmes du prolétariat s'opposerait, par un nombre maître, à
cette catastrophe ; ce qui se produit, au reste,
en Nouvelle-Zélande et en Finlande.

Je cède au plaisir de citer encore :

« Tous les hommes supérieurs que vous exaltez
seront écrasés, si la femme juge, par les hommes
décoratifs. Renan et Anatole France ne commencent d'exister que le jour où il est bien porté de
les avoir à dîner... Or, c'est l'influence féminine
qui, dans la plupart des ménages, règle le train
de vie, non en vertu de décisions personnelles,
mais en vertu d'un code impérieux fait par
toutes les femmes en général, et que chacune a
l'air de subir et de désapprouver en particulier.

« C'est ce code qui oblige à *vivre selon sa position*; c'est-à-dire à porter au maximum les dépenses
de vanité et à subir les difficultés de joindre les
deux bouts, au lieu de la large aisance favorable
aux initiatives et à l'esprit d'entreprise. C'est la
femme, presque toujours, qui substitue le luxe
pour la galerie à la satisfaction des goûts personnels, qui rogne sur les cotisations, les sous-
criptions, les abonnements et les livres, pour
payer un dîner ennuyeux et « indispensable », qui
remplace quotidiennement les amis de cœur et

d'esprit par les *relations* flatteuses... Enfin, le
mariage de convenances et de vanité, pour que
les jeunes ménages recommencent la même vie
idiote et transmettent à leurs enfants ce trésor de
préjugés nationaux... Un préfet et un président
servent à faire une préfète et une présidente,
tandis que Pasteur ou Victor Hugo, en se mariant,
ne font pas une bienfaitrice de l'humanité ou
une femme de génie... Expédier aux colonies
un fils oisif, suivre aux pays sauvages un fiancé
entreprenant et débrouillard, c'est, pour une
femme, se déclasser, entrer en concurrence avec
le premier venu, en cas d'insuccès exposer un
homme du monde aux métiers inavouables des
Abraham Lincoln et des Jay Gould, lors de leurs
débuts ; c'est, en un mot, risquer la déchéance...
Il est admis qu'un jeune homme ruiné a la res-
source de s'engager dans la cavalerie, parce qu'il
est convenu qu'à balayer le crottin de la caserne
on ne déroge pas, au contraire; tandis qu'il faudrait peut-être s'encanailler pour mener la vie
large et intelligente aux colonies, et conquérir la
fortune...

« ...Il y a cent ans, l'affranchissement des
nègres de Saint-Domingue figurait légitimement
au programme humanitaire et civilisateur ; réalisé dans un pays admirable, il n'a produit qu'une

forme grotesque de la barbarie, un siècle d'opérette sanglante. Sans comparaison impolie, n'y
a-t-il pas quelque contradiction et quelque danger
à réussir l'affranchissement de la femme avant
d'avoir entamé sa conversion ? Il faut d'abord
railler et démoder cette hystérie nationale, qui a
voué toute notre littérature d'imagination à étu-
dier la femme et l'amour, qui veut nous faire
admettre que le geste de. l'amour est seul d'essence divine, et qu'il n'y a plus ni lois ni serments dès que la fille de mon concierge est amoureuse du garçon boucher d'en face. On ne peut
pourtant pas réduire l'imagination d'un grand
peuple à des rabâchages de troubadour gâteux... »

Evidemment, la vérité s'exprime ainsi. La
bourgeoisie comme l'aristocratie sont gâtées par
le règne absurde qu'imposent aux maisons les
vanités féminines. Peut-être qu'avant d'affranchir
l'épouse, il conviendrait pour les hommes intelligents de s'affranchir d'elle. Le problème semble ardu et l'ennemi puissant.

La Dame est l'obstacle.

XIX

LE DIVORCE

En province, usant du sabre et des médisances, tout un régiment de dragons se querella, lors de l'Affaire, afin de fournir au problème du divorce une solution claire. Dans Paris, les frères Margueritte, illustres auteurs du *Désastre*, entreprirent de plaider activement sur le même sujet. A la tribune de la Chambre, les ministres, parfois, donnèrent leur avis. Les parlementaires en profitent pour rejeter leurs exercices pratiques et s'adonner à quelques expériences d'hypnose oratoire. A vrai dire, cette suggestion foraine ne réussit plus guère. Dans l'enceinte du Palais-Bourbon même, ratent les passes magnétiques du geste. Le toucher vibratoire de la voix, par le moyen des ondes sonores, atteint encore les auditeurs à l'épigastre et à la trompe d'Eustache. Mais leur

14.

grand sympathique et leur encéphale réagissent
d'une façon purement physique. Rien n'ennoblit
plus cette sorte d'émoi musical. Malgré des mots
bruyants, les redondances sentimentales ne sus-
citent que l'enthousiasme à peu près réflexe de
l'assistance. Toute cette parade émeut de moins
en moins ceux l'ayant d'abord utilisée à leur
profit dans les réunions publiques pour la naïveté
du populaire. Aussi la question du divorce demeure obscure comme devant. Personne n'a per-
suadé ses contradicteurs.

Il faut revenir à la simplicité logique. Aux
temps de la préhistoire, comme nous le savons,
le chef du clan interdit la rupture du lien matri-
monial, par esprit d'hérédité. L'homme fort, le
brave, le maître, ayant vu ses fils le soutenir
efficacement au cours des combats, et durant les
péripéties de la chasse, a remarqué comment
ceux nés de lui l'emportaient en vigueur sur les
enfants aux origines douteuses. Son orgueil le
certifia. Le mariage fut établi, consolidé, sanc-
tifié dans l'intention de sauvegarder ce principe
de puissance, de le développer et de le perpétuer.
Toute mésalliance avec le rival, l'étranger, ou
l'inférieur pouvait affaiblir, par contamination de
semence chétive, la suprématie de la famille. De
là ces peines capitales qui frappèrent les amours

illégitimes. Il y allait de la victoire ou de la défaite pour la horde. La science contemporaine affirme la nécessité de cette sélection prévue par l'âme rudimentaire des ancêtres. Naturellement l'adultère de la femme seule était déplorable puisqu'il semblait propice à l'intrusion du bâtard. Le mâle pouvait à sa fantaisie posséder les esclaves. La vindicte de la tribu ne le devait atteindre qu'au cas de séduction souillant l'épouse d'un autre homme fort, d'un autre brave, d'un autre chef.

Aujourd'hui les femmes s'étonnent de cette différence consacrée par les mœurs, puis par le Code, entre l'adultère du mari et celui de la conjointe. Rien de plus évidemment juste néanmoins. Le goût du mâle pour une fille ne corrompra en aucune façon les vertus de l'hérédité familiale, tandis que le consentement de l'épouse aux désirs de l'étranger, risque d'abîmer pour toujours, dans la succession des temps, l'énergie particulière de la race. En pure déduction sociologique le chef n'accomplit aucun acte nuisible dans la fécondation de l'esclave ou de la courtisane. Bien au contraire. Mêlant l'essence de ses qualités à un sang inférieur, il l'amende; et, par là, rend à la tribu le service d'accroître ses vigueurs moyennes, la valeur de ses métis.

Quelques religions condamnèrent le divorce, parce que l'empreinte du premier mâle qui déflora persiste, constate l'embryologie, à travers les naissances successives, celles-ci fussent-elles dues au rapprochement de la mère et d'un second époux. Par conséquent, la divorcée qui engendre à nouveau ne met pas au jour des produits purs, mais des fils participant aux caractères des deux mâles. Telle était la croyance. De nos jours les savants discutent cette allégation. On accouple dans les haras, les juments avec des zèbres, puis des chevaux, en vue de vérifier si les signes de la première conception se retrouvent chez les poulains de la seconde portée. On n'a point encore obtenu de conclusion probante. Le litige se prolonge. Dans le cas où l'opinion ancienne et religieuse triompherait, à la suite de ces expériences, la certitude serait inéluctable. Fatale à la pureté de la descendance, la divorcée ne pourrait s'offrir en seconde union légitime.

Sans connaître de cette recherche, les personnes qui s'abstiennent de recevoir aimablement la femme divorcée puis remariée approuvent la théorie des haras familière aux prêtres et aux législateurs antiques. Pour elles ce n'est qu'une affaire de tenue, de snobisme et de tradition,

En vérité nous souffrons du malaise obligatoire

pendant les époques intermédiaires. La famille
perd tous les jours son caractère de noyau social,
où se concentraient les puissances d'une patrie.
L'individu cesse de consentir à lui sacrifier ses
goûts. La faute s'en peut imputer aux ancêtres,
aussi bien qu'aux contemporains. Si la coutume
n'avait point permis l'indulgence pour l'adultère,
depuis les temps les plus reculés, notre foi en la
précellence de la famille persisterait encore.
Malheureusement le contraire s'est produit. Tant
de siècles ont ri de Sganarelle! Or, Sganarelle
défendait le principal, ce qui justifiait la coutume,
les lois, et ce qui préparait, théoriquement,
l'excellence d'un peuple composé de familles à
hérédités pures ayant persévéré dans leur être,
depuis les origines, afin de constituer de sévères
aristocraties militaires, agricoles, intelligentes.
Celles-ci eussent, à la longue, formé une ample
élite très parfaite pour le triomphe de l'esprit
et des armes. Clitandre a souri. Chacun encou-
ragea Clitandre. Les littératures l'exaltèrent avec
sa complice. A force d'entendre railler son mé-
compte, Sganarelle a imité les moqueurs. Aujourd'hui, l'époux trompé estime décent de ne
point mener le scandale à grand fracas. Il
s'attriste, sourit un peu, traite la coupable en
petite mal élevée, et demande le divorce, après

constat du flagrant délit. Seuls, les rustres, les
ivrognes et les brutes croient encore au besoin
de venger « l'honneur du mari ». Un galant homme
sent fort bien que son honneur ne peut dépendre
d'une oscillation d'autrui sur le divan, et qu'il
ne sied point de tonner ni de massacrer, pour
punir la gourmandise d'une enfant au sexe atteint
de boulimie. L'adultère a perdu ses masques
tragiques dans les entresols des romanciers psychologues. Mais en même temps la famille a
perdu de son importance magistrale. Elle est
entrée dans l'ère de l'opérette, à la suite de
Ménélas.

Depuis qu'on ne décapite plus les adultères,
après les avoir promenés nus, dos à dos, sur un
ânon galeux, le mariage a fini de valoir autant
que le désiraient les ancêtres préhistoriques fon-
dateurs de la coutume, l'époux n'a pas à son service de loi qui appuie, sur une sanction sévère,
les principes de l'hérédité, en condamnant la
forfaiture de l'épouse ; il ne lui reste qu'à rire
avec les magistrats d'une infortune dont ils
estiment le dommage suffisamment pallié par
seize francs d'amende et quelques heures de
prison. Les moralistes officiels se récrient sur la
calamité de la dépopulation et la décadence de la
famille, sur le nombre toujours accru des unions

libres et stériles au détriment des ménages régu-
liers et féconds. C'est que le mariage devient une
chose peu tentante. Un brave garçon se propose
de fonder une famille, de procréer des enfants
en un mot, de faire œuvre patriarcale. Bien. Il
choisit sa fiancée. Viennent les épousailles, et,
quelques années plus tard, ou quelques mois, ou
quelques semaines, il compte mille raisons de
soupçonner. Ses enfants devront probablement
à un tiers le meilleur de leurs gentillesses. S'il a,
permettez-moi l'expression, coupé dans le pont,
s'il croit à l'« honneur du mari », expression
désignant, de façon vague, l'urgence de sauvegarder, contre toute semence d'autrui, le sang
héréditaire, si l'homme s'adresse au magistrat,
à la foule, à l'opinion, chacun de rire. Les gamins
lui font les cornes; et les vaudevillistes le bernent
sur tous les tréteaux. Quant à l'écervelée qui
répugne au devoir commun, elle obtient pour
elle la sympathie de l'univers, les déclamations
des dramaturges et l'indulgence de la Cour. Que
le mari prenne mal la comédie, et veuille se
défaire de l'inconstante, ah ! ce sont des démarches humiliantes, innombrables et coûteuses.
Vous l'avez élue, monsieur, gardez-la donc !
Pensez un peu si ce cher, si ce respectable amant
était contraint de l'entretenir à votre place, le

pauvre ! Vous êtes, de par la loi, le banquier
d'une femme qui donne de l'amour gratuit au
passant. Restez tel. Il faut que Clitandre vive, et
se paye des colifichets. Exprès nous avons même
élaboré un article du Code qui lui défend de
s'unir à sa complice, après le divorce. De la
sorte, ses intérêts pécuniaires restent sauve-
gardés contre toute requête intempestive.
Voilà.

Sganarelle veut bien rire, puisque tout le
monde se plaît à la farce. Seulement, les jeunes
célibataires profitent de la leçon. Ils négligent
d'encourir un pareil ridicule, à moins que des
avantages matériels ne compensent la nullité du
bénéfice moral.

Des législateurs décidés à pourvoir la famille
de son autorité primitive et respectable devraient
punir autrement le crime contre l'hérédité. Il ne
s'agit point de châtiments corporels. Mais au lieu
d'attendre la plainte du mari, la Loi devrait
spontanément poursuivre les adultères, comme
il fut démontré dans un chapitre antérieur. De
même qu'on arrête l'assassin sur le lieu du meurtre, sans exiger au préalable de la victime un
papier, des signatures, une provision et une
constitution d'avoué, la police devrait pouvoir,
spontanément, et sans avertir le mari, opérer le

constat de flagrant délit. Ensuite la femme com-
paraîtrait devant des juges qui prononceraient
immédiatement le divorce, et n'y joindraient aucune peine afflictive, ni même l'amende ordinaire
de 16 francs.

Car la faute nuit plus à la société qu'à l'époux.
Répétons-le : cette plaisanterie jette à terre tout
le vieil édifice de la civilisation familiale. Pour
peu que l'on tienne à prolonger son existence
branlante, il importe de contraindre à en respecter le principe.

Les frères Margueritte, dans les ouvrages très
documentés qu'ils publièrent sur la question,
énumèrent les incommensurables obstacles op-
posés aux démarches du conjoint demandant le
divorce. Elles sont dignes d'inspirer une verve
de poète épique. C'est un tort. La loi ne peut relever le prestige de la famille qu'à condition
d'en chasser le mensonge et l'hypocrisie, de
rendre évidente la santé, la pureté de la trans-
mission héréditaire, de l'atavisme moral et physique. Il faut donc impitoyablement exclure
celles incapables de se soumettre à l'idéal du
mariage, en infligeant l'obligation du divorce,
dès la première faute ; à tout le moins en ren-
dant très facile cette sanction.

Le jour où le mariage ne pourra plus guère

être soupçonné d'hypocrisie, il récupérera ses influences morales. Loin d'être contraire, par conséquent, à l'amélioration des mœurs, le divorce ne peut que les servir. Grâce à lui se créeront très vite deux catégories déterminées de couples : d'une part, ceux loyalement, définitivement acquis au devoir de l'hérédité familiale, et capables de subordonner les caprices de leurs instincts à la vie de la race ; d'autre part, ceux qui entendent le mariage comme une sorte de mode indispensable à suivre pour tous les snobs désireux de relations mondaines, pour tous ouvriers et bourgeois avides d'être bien notés dans l'esprit moral du patron, mais qui se soumettent à la règle verbale, tout en se dérobant aux obligations réelles de cette règle.

Ceux-ci, je veux dire celles-ci, se trouveront démasquées. Force leur sera d'avouer leur logique libertaire, de s'affranchir publiquement, de se séparer des autres, d'abdiquer le mensonge. Alors une nouvelle société se formera, s'arrangeant de l'union libre et des liaisons successives. Elle ne sera très probablement ni moins digne de respect, ni moins apte aux grandes œuvres.

En débarrassant les âmes passionnées de l'hypocrisie, par l'application spontanée du divorce,

la Loi les contraindrait au courage de leur opinion. Elles conquerraient alors la noblesse de
leur franchise ; ce qui est bien la plus belle des
morales. L'idéal changerait de forme. Nul ne
peut dire encore s'il ne s'accroîtrait pas.

XX

ADULTÈRE OU COURTISANE

Puisque les Chambres y consentent, les complices d'adultère obtiendront le droit de s'unir. Quelle tuile pour les célibataires aimant expéri menter, outre les caresses d'une femme élégante, les cigares et les liqueurs du mari, ses chasses, pêches et villégiatures ! Au moindre accroc, ils seront mis en demeure de paraître à leur tour dans la posture comique. Oh ! le flirt diminuera d'intensité dans les salons, l'hiver prochain. Avec quelles peines nos coquettes vont-elles trouver des assidus ! Hier encore, on prenait maîtresse à son goût dans la fournée des épouses en étal aux soirées. On jouissait de l'intérieur, des toilettes, des réceptions, sans délier autrement sa bourse que pour la location du petit entresol et les quelques fleurs obligatoires. Puis, quand les

opinions du mari devenaient moroses, quand les
mystères de Madame ne convenaient plus, quand
le scandale d'un divorce avait gâté la discrétion
piquante de l'aventure, on tournait les talons
avec prestesse et l'on cherchait ailleurs les baisers au nid. Bel amant, il n'en sera plus de
même désormais. Que l'imprudence de ta partenaire laisse surprendre un petit bleu ou parler
l'audace justicière d'un domestique congédié, et
Thémis, intervenant, tranchera le lien conjugal,
gage de ton repos, pour faire, avec un bout, le
licol de ta captivité. Elle te rappellera les serments éternels et les engagements d'honneur,
les prescriptions d'une galanterie chevaleresque,
toute l'éloquence menteuse de deux instincts
qui s'acoquinèrent à la faveur de cette hypocrisie verbale. La victime te répétera qu'au moment
de se trousser, ce ne fut point par envie de ton
étreinte, mais par goût de te « sacrifier sa vie ».
Pour grossière que tu saches cette feinte, tu de-
vras lui payer le sacrifice imaginaire. En vain
objecteras-tu qu'elle te séduisit par les invita-
tions de son amabilité excessive plus que tu ne
la conquis par la rengaine des déclarations. A
tout prendre, diras-tu, elle tirait de nos exercices
autant de joie que moi-même ; cette joie a suffisamment récompensé des abandons très volon-

taires ; le plaisir fut mutuel, les preneurs ne se
doivent rien. La satisfaction de joindre étroitement les totalités de deux épidermes, outre les
parités de semblables habitudes mondaines et
sportives, ne peut valoir de si lourdes sanctions.
Vérités inutiles. Esclave de la sentimentalité des
romans, tu seras le responsable, celui qui, pour
avoir assouvi poliment le désir clair des œillades, mérite la tâche de l'assouvir jusqu'à sa
mort. Tu croiras aux larmes et aux désespoirs,
à l'importance de la réprobation publique, à
la semonce du juge ; et tu épouseras. Fini de
rire, joli garçon ! Tu connaîtras les budgets difficiles, et que la seule définition exacte de l'existence tient en sept mots :

« La vie est un long ennui d'argent. »

Cette loi perd le bonheur de l'amant, mais elle
permet à l'épouse de peser la certitude des promesses galantes. Dorénavant, la dame pourra
répondre : « J'accepte votre amour et le don que
vous m'assurez de votre vie. Fuyons ensemble et
manifestement, d'abord. Je vais écrire à mon
mari la lettre qui nous condamnera, preuve nécessaire au divorce. Ensuite nous nous épouse-
rons. Convenu ? » Mille soupirants, sur mille et
un, déclineront l'honneur. Si, malgré cela, l'un
des mille est agréé, la femme en plaisir ne

pourra plus invoquer la menteuse excuse de
céder à l'expression d'un amour désespéré, aux
abominables serments qui trompent les naïves.
Elle sera contrainte à la franchise de son penchant pour les jeux érotiques, ou à la reconnaissance de ce théorème : « Une maîtresse de maison doit à ses invités le plaisir du lit, en plus de
ceux qu'elle offre à table et dans le salon ». Car,
pour tant de snobs l'adultère, aujourd'hui, réalise un simple paragraphe de la « Civilité pué-
rile et honnête ».

Au moins, les bacchantes de cette catégorie
attesteront sans qu'on y croie les privilèges im-
mortels de la passion, quand on les surprendra,
la chemise au menton, chez un tiers. Cette loi
bienfaisante va supprimer toute différence entre
l'adultère et la courtisane. En effet, si, au lieu
d'épouser l'amant, une femme trompe encore
son mari, elle n'y sera plus forcée par les bizar-
reries d'une législation qu'on inaugura dans le
temps où le vainqueur protégeait, par le mariage,
la pure santé de sa descendance avec son esclave
femelle, part de butin. La gourgandine ne pourra
plus expliquer son dol que par le besoin de
garder une situation conjugale fertile en com-
modités, richesses ou vanités mondaines. Elle
avouera continuer de subir le mari moyennant

ces rétributions. Par conséquent, elle troquera
sa chair et ses attraits contre des avantages matériels qu'un amant pauvre ne saurait offrir.
Comment nier aisément qu'elle agira de la sorte
en fille entretenue? La distinction va donc s'abolir. Certaines allègueront peut-être que le sens
maternel leur commande de rester auprès de
leurs enfants. L'excuse est risible. Le sens maternel devait d'abord leur interdire les plaisanteries illicites. Toute femme qui se plaît aux
acrobaties de l'alcôve chez un joli garçon renie
par le fait même sa maternité. Elle sacrifie la
réputation du foyer aux agréments vénériens.
L'amante tue la mère.

Ce n'est pas que je veuille ravaler le génie de
la courtisane. Une femme se pare, se soigne,
éduque l'eurythmie de ses gestes et le prestige
de ses toilettes ; ensuite elle loue sa personne et
son talent de volupté à l'amateur. Pourquoi la
différencier de l'artiste qui compose une belle
statue, pour la vendre au propriétaire d'un musée ? Tous deux travaillent la plastique, celui-ci
sur la matière, celle-là sur la vie. Leur négoce,
qui n'exige la mort d'aucun ouvrier, vaut, en
morale stricte, celui de mille industriels dont la
fortune s'édifie grâce à la misère, la famine,
l'alcoolisme et la phtisie de tout un prolétariat.

La débauche et la prostitution ne sont pas viles
en elles-mêmes. Celle qui a le courage de ses vices
plaît par l'énergie de sa nature. Telle qui les dissimule sous un masque de vertu conjugale répugne par l'hypocrisie. Ne nous y trompons pas.
Rien n'est laid ni redoutable que le mensonge.
En une époque où la religion perd le reste de sa
force, où l'individu se libère de toutes les conven-
tions traditionnelles, où tout s'effrite des anciens
dogmes sociaux, il demeure un seul étalon pour
mesurer la valeur de nos actes : c'est la franchise.
Nous mariant, nous acceptons des devoirs.
Bien. Si, quelque jour, ils nous paraissent trop
difficiles à remplir, ne mentons pas, ne feignons
pas de les accomplir en trahissant notre parole ;
mais, loyalement, déclarons notre faiblesse à
l'autre, et demandons-lui de nous relever du vœu.
Cela vaut mieux que les sournoiseries de la comédie, du vaudeville, que toutes les exécutions
des faits-divers ou du drame.

La nouvelle législation aidera les sincérités
volontaires. Il convient d'y applaudir frénéti-
quement. Aujourd'hui le divorce est passé dans
les coutumes. Le peuple et la bourgeoisie l'utili-
sent. Chaque année, la statistique note une progression énorme de cas. Alexandre Dumas, Na-
quet développèrent les centaines de raisons pour

15.

lesquelles l'institution fut restaurée ; et ces motifs n'on rien perdu de leur vigueur. On regret-
tait souvent que la jeune femme imprudente,
surprise dans une première faute, exclue de la
situation régulière par le divorce fût condamnée
à une vie dégradante, parce qu'il lui demeurait
interdit d'entreprendre une existence honorable
en s'unissant à l'homme de son goût. Maintes et
maintes enfants, après trois, quatre, cinq années
de mariage, lasses de l'expérience, changeaient
de partenaire, par une curiosité fort naturelle
aux Eves sottes. Souvent, elles s'en fussent te-
nues à ce seul exploit, ayant vérifié le pauvre résultat de l'escapade pour goûter mieux les qualités
viriles et les raffinements de l'amour. Or, le ser-
ment illégitime ne gardait l'amoureux près d'elles
qu'un temps restreint. Quand son amie lui semblait vieillir, ou quand les charges de l'entretien
lui pesaient, le volage, soumis à nulle sanction,
disparaissait sans vergogne. Et la malheureuse de
s'enrôler alors dans le troupeau des prostituées,
par faiblesse et par nécessité, quand bien même
elle eût été plutôt encline aux habitudes séden-
taires du ménage. Après le vote de la loi, les amants
remariés institueront d'abord une vie conjugale
flattant leurs manies et leurs goûts. Persuadés
d'une association éternelle, ils s'arrangeront pour

la rendre supportable. Ils s'étudieront l'un l'autre, se passeront leurs défauts et s'obligeront à savourer leurs mérites. La chaleur du poêle, la lumière de la lampe, une jolie figure riant en haut d'une robe fraîche, les gestes délicats, les attitudes élégantes, les prévenances et les gentillesses de la dame la serviront davantage auprès d'un ami déterminé à les connaître toujours, ou bien à ne s'en lasser que fort lentement. Le devoir de relèvement et de protection se précisera pour lui. Et l'amour, occupation un peu stupide, s'évanouira pour laisser la place à l'estime, à l'amitié vigoureuse, au réel désir de former, avec deux corps, un seul être apte à souffrir de même, à se réjouir de même, à se confier totalement, à partager sans restriction les émois de l'esprit et les satisfactions des sens.

D'avoir accompli une manière de stage chez le premier mari, d'avoir connu les péripéties d'un adultère et ses ridicules, l'épouse aura tiré quelque sagesse. Elle aura perdu pas mal de cette naïveté grâce à quoi les jeunes femmes tiennent les paroles des poètes pour véridiques et les soubresauts de la passion pour incomparables en ce bas monde, si l'on veut connaître l'apothéose humaine. Expérimentée, l'étourdie constatera la misère de cette opinion, et que ce n'est point l'apposition de deux spasmes qui constitue le bonheur; mais l'accroissement de l'être capable de penser plus, de sentir davantage, de multiplier, en les analysant, ses impressions et ses conceptions doubles. Il ne serait pas surprenant que ces mariages de la seconde étape fussent souvent heureux. Au retour de la passion, les amants chercheraient à savoir d'autres richesses, celles de leur intelligence, de leur bonté et de leurs courages pour lutter en l'honneur de ce qu'ils croiront supérieur.

Partout s'exprime un élan vers ce besoin de substituer aux variations de l'amour sexuel les variations de la spiritualité, comme but de la meilleure jouissance et de la plus complète vie. André Tourette, l'immortel serin, que l'art parfait de Lucien Mühlfeld nous montre, André Tourette est encore l'homme d'aujourd'hui. Il était surtout l'homme d'hier. Il ne sera pas l'homme de demain. Quand, aux dernières pages du livre, il s'endort, puis ronfle, content d'être nul et à l'aise, ce n'est pas lui seulement qui meurt dans ce sommeil, c'est toute une génération qui descend aussi dans les limbes du néant.

Boire frais, manger copieusement, assouvir son sexe, sur l'air de la chanson en vogue, travailler le moins, dormir le plus, engraisser mé-

diocre et béat, c'était là l'idéal du siècle défunt,
après que les désastres de 1815 et 1870 eurent
déçu l'énergie des enfants nés alors et qui s'éduquèrent dans le pessimisme consécutif à la
défaite. Confus de ne pouvoir être des héros,
des vainqueurs et des maîtres, les jeunes Français songèrent à jouir, par compensation, dans
l'obscur de leurs petits bureaux, de leurs petits cafés, de leurs tanières étroites comme
leurs prétentions. Aujourd'hui la nation se ré-
veille. Elle se secoue. Elle regarde ce que l'Anglais achève, ce que l'Allemand établit, ce que
le Russe espère. Elle essaie ses muscles. Elle
s'étonne de les trouver forts et capables de conquérir. Chacun soupèse ses membres et jauge la
valeur de son énergie. Pour des gars solides et
nouveaux il y a mieux à faire. Les désastres sont
loin. Les fatigues se sont reposées. La France a
dormi trente-sept ans. Elle se sourit et regarde au
miroir sa fraîcheur, comme une femme qui sort
du lit le matin. Tout à l'heure elle ouvrait la fenêtre et entonnait sa chanson. Bientôt elle coif-
fera son bonnet rouge ; elle mettra sa robe trico-
lore, et elle descendra vers la rue, toute belle et
joyeuse de la santé récupérée, pour dire ce qu'elle
apprit durant ses songes et conter au siècle nouveau une légende qui en sera la vie mentale.

XXI

CONCEPTIONS FAUSSES

Nous avons, depuis longtemps, contracté l'illogique habitude de raisonner sur l'ensemble social avec des arguments qui sont effectifs pour deux ou trois millions de citoyens. A l'étalon de la famille bourgeoise et même quelquefois de l'élite parisienne, nous mesurons les âmes de quarante millions d'êtres. Cela paraît manifeste dès qu'on parle du féminisme, des enfants, de la beauté.

Il demeure entendu que toutes les mères choient leurs petits, que les pères travaillent dans la seule intention de pourvoir à leur joie. Rien de moins exact, si l'on examine les coutumes de la famille agricole, la plus nombreuse en France. Chez elle, le culte de l'enfant correspond au seul désir de procréer des serviteurs obéis-

sants et gratuits. A quatre ans, le bébé de la campagne garde les oies ; à huit, il mène paître la
vache ; à douze ans, la petite fille devient sar-
cleuse ; à quatorze ans, le garçon sème et laboure.
L'autorité paternelle le gratifie de taloches au
moindre signe de paresse, tandis que le vrai domestique ne supporterait point cet encourage-
ment. Plus une famille rustique s'accroît, mieux
elle produit au bénéfice du père qui vit encore
selon les principes de la horde, chef dur aux
faibles, les excédant de travaux sous menace de
mort. La mort ne résulte pas toujours d'un coup.
Elle vient à la suite des maladies contractées
pendant les longs séjours sous les intempéries ;
elle succède au désespoir, à l'ennui, à la fatigue,
aux mauvais traitements continus.

A la ville, l'enfant des prolétaires ne pâtit pas
moins. Mal accueilli dès sa naissance par le
pauvre couple dont il augmente les charges, il
coûte à la mère une partie de sa beauté que les
couches déparent. Lassé d'elle, le mâle commence à écouter les sirènes du trottoir qui, les
samedis de paye, établissent une ligne d'em-
bûches devant les cabarets. Jalouse, et privée
d'une part du gain commun, la ménagère prend
en aversion le petit qui lui valut cette déchéance.
Les gifles éduquent l'avorton. On le rencontre

chargé de provisions considérables : un pain plus
grand que lui. deux litres lourds, quelque charcuterie et des sous. Une infime erreur dans ses
comptes, le bris d'une bouteille tombée sur l'as-
phalte, lui procurent de gigantesques claques et
des flots d'injures. Il s'évade alors de l'intérieur,
grouille dans le ruisseau où les plus forts de ses
camarades le torturent, où il accable les plus
faibles, s'instruisant de tous vices, de toutes lâchetés, de tous crimes. Nourri de vagues roga-
tons, il s'anémie, s'étiole, se corrompt au physique, puis au moral. Bien peu de mauvaises
occasions seront nécessaires pour que l'apprenti se
plaise à devenir cambrioleur, tout en protégeant
la petite camarade dont les charmes tentent le
promeneur. A moins qu'en prévision de ces tristes
avatars, le père pitoyable n'ait, de bonne heure,
supprimé, par le meurtre ou l'abandon, « l'enfant martyr » des rubriques quotidiennes.

Tel est le destin de la progéniture en d'innombrables familles européennes. Que les novateurs,
socialistes ou autres, essaient de soustraire le
chétif esclave à la pitoyable et meurtrière éducation des parents, l'on entend aussitôt les voix
des riches, des fonctionnaires, des rentiers, des
négociants, déplorer ces tendances antilibérales.
Ceux-ci se lamentent de la meilleure foi du

monde. Elevés parmi des familles généralement
pourvues d'aise et acceptant la forte tradition
latine de la *gens* romaine, qui sacrifie, en principe, les plaisirs de l'individu à la prospérité de
la race, ils ne connurent que les gentillesses
de mères heureuses à cause de la poupée vivante, et, plus tard, les disciplines sévères mais
évidemment utiles du collège. Leur courte vue
reste myope pour admettre que la multitude ne
participe guère à ces faveurs de leur sort particulier.

L'obstination à défendre l'indépendance du
père de famille, excellente dans leur caste, né-
faste dans les classes travailleuses, perpétue
l'état de choses qui voue au vice, à la maladie
et à la mort un nombre considérable d'enfants
prolétaires.

Beaucoup jugent le féminisme au moyen
d'une pareille erreur. « La femme, répètent les
naïfs, est un être de charme, et de grâce. Ne la
virilisons point. Laissons-lui son prestige d'œuvre
d'art qui se parfait elle-même, qui se complète
de ruses délicieuses et de sympathies conso-
lantes pour nos heures de loisir. Que gagnerons-
nous à fréquenter des manières de garçons laids
et brusques, ainsi que les Américaines se transforment. La femme c'est le sourire, l'amour et

la beauté, c'est l'ostensoir de notre idéal. N'y touchons point. »

Vraiment, il faut n'avoir jamais parcouru deux heures les rues d'une grande ville pour méconnaître le mensonge de cette illusion vulgaire. Sur cent femmes rencontrées ailleurs qu'aux lieux de parade, où seules les plus jolies et les plus riches se montrent, on en compte difficilement deux ou trois fidèles au type de la race. Passé vingt-cinq ans, les unes semblent étiques et blafardes, les autres forment des amas de graisse que le corset contient mal. Les ventres gonflent impertinemment les robes. Les croupes monstrueuses pèsent sur les jambes courtes. Les dos débordent. Les dentures ébréchées au temps des couches, rient jaune entre les lèvres livides et gercées. Les gorges liquides que les maternités abîmèrent oscillent ou pendent. La plupart se traînent en une marche de bête blessée. Par surcroît, les costumes les plus baroques enlaidissent encore les silhouettes. C'est, à la cime des rares cheveux graissés, un torchis de velours étroit, fleuri de couleurs criardes et de fleurs déteintes. Des ceintures de satin teigneux enserrent des tailles obèses. Il y a des naines cubiques et joufflues. Il y a de plates géantes dépourvues de poitrine, et dont les bras se balancent comme des

perches agitées par le vent sur un épouvantail à
moineaux. D'autres ressemblent à des garçonnets
malingres qu'une tignasse gonflée surcharge.
Celles-ci portent, autour du cou maigre, leurs linons minables, et, sur des épaules osseuses, leurs
absurdes galons à clinquant. Celles-là se prélassent en étoffes usées, ballonnées, qui évoquent
les improbables housses de cloches à fromage.
Des rubans voltigent autour des ossatures, se
fanent sur les bosses de graisses. Des gants
éraillés ne cachent pas le poignet mal vêtu d'une
peau bise. Beaucoup n'ont pas le goût du simple
noir qui prête la noblesse d'un mystère aux allures des humbles, qui les fait grands par l'anony-
mat consenti de l'individu en faveur de l'ensemble
social, sa gloire. Ces lamentables arborent des
verts durs, des gris pailletés, des couleurs franches, qui marquent mieux la laideur. Le souci
de la dette a de bonne heure atrophié l'éclat des
yeux et les nuances du teint, flétri les chairs du
visage blême. Le désespoir a courbé les têtes et
les épaules. Ces fantoches se hâtent à travers la
pluie, piétinent la boue, évitent à peine la charge
inexorable des omnibus et des fiacres qui mena-
cent tant de vies hatelantes. Elles vont. Elles
courent au travail, à la mendicité, à la peine...
Ce sont des femmes sous ces haillons prétentieux

et minables. Ce sont presque toutes les femmes,
celles de qui ne séduisent ni le charme, ni la
grâce, ni la beauté ; celles qui ne doivent à leur
destin qu'un faix de malheurs ; ce sont les femmes
et la femme, le beau sexe, en vérité, sur qui plai-
santent sans lassitude les philosophes du vaudeville.

Croit-on qu'à celles-là, il ne faut pas d'autre
avenir que la coquetterie et le jeu de passionner
des soupirants ? Croit-on qu'il messiérait de les
affranchir du stupide aphorisme les reléguant au
boudoir. Mais nous dissertons avec assurance sur
la Femme, sur son rôle d'amante, d'épouse, de
charmeresse, parce que le hasard des origines
nous entoura d'amies précieuses et jolies, lectrices de romans, artistes excellentes pour assortir
les nuances des étoffes à l'éclat de leur teint,
comme à la couleur du mobilier.

Nos amies exceptionnelles ne sont pas plus la
femme, que nos bébés ne sont l'enfant, que nos
familles ne sont la famille. Il semble puéril
d'écrire cela. Néanmoins, nous raisonnons toujours comme si nous ignorions l'existence des
multitudes. Elles diffèrent tant de nos minorités
à l'aise, instruites, affables, policées par l'usage
ancestral des traditions et des sciences.

Nous demeurons tellement fidèles aux habi-

tudes des castes que nous continuons à qualifier
les femmes de « beau sexe » et les hommes de
« sexe laid », contre toute évidence.

En effet, dans la foule populaire, un jour de
fête, on remarque vite la hideur propre à la majorité des promeneuses. Le ventre et la gorge des
matrones mettent à mal les apparences de leurs
corps. Les maigres sont d'affreuses sorcières dont
les os percent les vêtements. Très peu gardent la
bonne mesure entre l'adiposité et l'émaciation.
Au contraire, beaucoup de flâneurs présentent le
type de cette mesure. Ils donnent l'impression
d'une harmonie de formes très apparente sous
les habits les plus négligés.

Peu de filles supporteraient heureusement
l'épreuve de nudité que le conseil de revision
impose aux conscrits. Lors des bains, à la
caserne, presque tous les soldats exhibent des
académies nobles. A la mer, les nageurs nous
affligent moins la vue que nombre de jeunes
femmes en costumes de naïade. Si une enfant de
seize années est un joli type d'architecture animale, nous prévoyons qu'après vingt ans, le développement des hanches, l'enflure de la poitrine,
l'alourdissement de la croupe détruiront la splendeur de l'ensemble. La musculature virile comprend des proportions meilleures, sveltes,

strictes, nettes de dessin. Aucune fluxion adventice ne les déparera au détriment du rythme linéaire. L'éphèbe offre une beauté plus durable que la vierge ; et cet espoir de durée suffit seul à justifier sa suprématie.

Passé la trentaine, les hommes l'emportent sans conteste sur les femmes. C'est manifeste parmi le prolétariat des villes et des campagnes, qui ne savent point user des arts de la mode pour amender leur déchéance. Entre quadragénaires, la comparaison n'est même plus possible, sauf quelques exceptions.

Mais le désir de l'instinct mâle nous aveugle. Nous admettons difficilement que notre convoitise de la chair ne soit pas suscitée par le triomphe de la splendeur plastique. Nous appliquons les épithètes de *beau* et de *laid* à l'encontre de la vraisemblance, parce que les femmes des classes aisées connaissent une science admirable. Elles parent, conservent, amplifient leur beauté, au moyen d'artifices que leur vie entière prépare et améliore. Et nous jugeons l'humanité totale selon nos théories du salon, inconsciemment.

Comment pourrait-on, cependant, au retour de l'été, ne pas réserver ses plaintes en l'honneur des grosses dames ! Elles vont tant souffrir ! Nous

les voyons, rouges et humides, appeler désespé-
rément les fiacres, les omnibus, à l'angle des
trottoirs. Leur mouchoir à la main, l'ombrelle
au visage, toute la face gonflée par la douleur
d'avoir chaud, elles nous offriront le spectacle
affreux de l'angoisse humaine torturée par le feu
céleste. Sur leurs ventres, les soies tendues, les
étoffes légères éraillées, marqueront la peine
d'être portées. Les grosses dames aimeraient
tant aller nues, l'été !

En vérité, je n'ouvre pas le journal de modes
sans indignation. Le dessinateur prodigue son
talent à des personnes sveltes comme des poi-
reaux, hautes en branche, à taille de guêpe. Nul
génie ne daigne parer avec faveur la majesté des
femmes adipeuses. C'est nier le droit à la splendeur pour une énorme part de la population. Car,
celle qui dépasse trente-cinq ans est, une fois
sur deux, carrée des épaules, grasse de la nuque,
obèse du ventre, lourde à la croupe, énorme et
molle aux seins. Des têtes de poires mûres sur-
montent les cols courts. Voilà, pour la moitié du
sexe faible, le sort. Pourquoi le journal de modes
accable-t-il de ses attentions les squelettes, et
laisse-t-il sans guide les natures plantureuses ?

La grosse dame se doit résigner à enclore ses
chairs dans les étuis préparés pour des adoles-

centes étiques. Il lui faut se serrer dans un corset
qui fait sortir l'abdomen en boule, qui refoule la
gorge au menton, qui met en toute valeur de
trop formidables cuisses. La configuration rhom-
boïdale de ses flancs serrés dans les surahs
deviant un monstrueux ballon qui roule sur des
jambes minuscules, qui oscille, tangue sans
noblesse. De tous petits chapeaux, bons à cou-
ronner une tête de serine, culminent au chignon
de la matrone dont les bajoues considérables
rendent ridicule ce contraste entre une capote
minuscule et une large face écarlate.

Aucun couturier ne prétendit destiner des modèles différents aux deux catégories de clientes. Il
est certain que le costume collant, précieux pour
les fausses-maigres, n'embellit pas les personnes
opulemment douées. Le corsage étreignant la
sveltesse de la taille est une faute de goût, si on
l'applique à des dames de capacité pareille depuis
la ceinture jusqu'aux épaules. Rien ne leur siéra
que l'ample. Des pentes de soie ou de mousseline,
formant panneaux, sur les côtés, non par devant,
leur peuvent convenir. Il faut dissimuler les sail-
lies de la gorge et du ventre par des passementeries roides.

Leurs figures doivent s'ombrer sous de très
amples chapeaux.

On peut aussi restaurer la parure du diadème
byzantin : une couronne de jais vert entoure la
coiffure et le front ; elle se complète, aux tempes,
par deux rondaches d'où pendent, le long des
joues, entre l'oreille et l'œil, des motifs de passe-
menterie. Ainsi, la face trop épaisse, sera coupée, encadrée, masquée en partie, par suite moins
laide à voir. Il convient de recouvrir les grosses
dames avec des choses lourdes et majestueuses,
un peu royales, puis de laisser aux gentils squelettes, cet aspect de tige frêle que leur valent les
modes contemporaines.

L'imbécillité de croire et de redire que la femme
est faite seulement pour l'amour, que son mérite
est au lit, convie chacune à prolonger outre
mesure son âge de volupté. Si l'on vantait les
qualités morales, intellectuelles et leurs conséquences, l'amour-propre sacrifierait moins au
souci de paraître, éternellement, fillettes ou
courtisanes. Dès la trentaine, les femmes se
résigneraient à vivre virilement, sans grâces
ni charme, à être de braves personnes que la
littérature, les arts, la musique, le commerce
et la philanthropie accaparent. Comme nous
les aimerions mieux ! Minaudant et recueil-
lant les œillades du collégien, elles nous exas-
pèrent.

16

L'imagination des couturiers ne les aide po
à revêtir cette seconde apparence. On
enferme, jusqu'à soixante ans, dans des étuis
fille à tâter. Mieux encore, au bal, on dénu
les plis de leur graisse, leurs bras flétris, fl
ques et verts, leurs cous râpeux et blets. A pai
de quarante ans, devrait-il convenir de met
au jour des lustres électriques ces affreux déch
que n'anoblissent ni les fards, ni les fleurs ? R
ne dégoûte plus le voisin de table que la pau
dame bloquée dans une viande jaune que ce
tiennent des gazes dérisoires, que blanchiss
mal des poudres, que crayonnent des noirs
des roses étendus à la patte de lièvre, sous l'é
humble, souffrant, de pauvres yeux roug
Voilées jusqu'aux sourcils, dans une cornette
religieuse, elles nous feraient goûter leur facon
le piquant de leurs souvenirs, la surprise
leurs observations justes. Nous les écouteri
ravis. Mais s'il faut affronter d'abord le specta
étalé de leurs décatissures intimes, aucune
leurs paroles ne séduira.

C'est bêtise que l'usage enjoigne aux vieil
de venir décolletées aux repas du soir. Ce
invite à de séniles débauches gêne les meilleu
volontés. Si l'on cachait tout cela, une fois po
toutes ! D'autant que l'on ne convie guère

gens à sa table, dans le but de leur offrir les satisfactions du lupanar.

Orgueilleuses, les femmes devraient réagir
contre ces coutumes barbares du décolletage.
C'est se mettre à l'étal, solliciter le goût de
l'acheteur et le caprice lubrique du gaillard.
Passe encore pour les jeunes filles qui chassent
le mari, éperdument, et montrent tout ce qu'elles
peuvent, afin d'allécher l'amoureux apte à les
pourvoir de toilettes, de domestique, d'aise.
Mais cette exibition d'épaules chez les autres, ne
se justifie point honnêtement.

Blâmons les couturiers. Ils ignorent leur mission. Elle est sévère. Ils peuvent transformer
les mœurs. Ils n'en font rien. Artistes que satisfait l'œuvre exquise de quelques belles jeunes
femmes mises en jolie gaine de soie ou de mousseline, ils ne pensent point à nous délivrer de
visions hideuses, comme celle de la grosse dame
vêtue d'après l'esthétique inventée pour le trot-
tin, comme celle de la quadragénaire dénudée
jusqu'au ventre et contre laquelle il nous faut, à
table, savourer la succulence du dîner fin, sans
nausées. Un décret de leur crayon pourrait rendre
ces créatures dignes de Paris. Les magasins de
nouveautés copient vite les inventions; et la plupart des femmes élégantes obéissent. Quel Jac-

ques Doucet, quel Paquin, résoudra ces p
blèmes ?

On ne fait rien pour elles. En vain le génie
Jules Laforgues les a plaintes. Il disait comm
la saillie des poitrines empêchait qu'elles ne viss
jamais leurs pieds en marche. Elles ne pouvai
donc avoir une notion nette du progrès. L
pas demeure un mystère pour elles. Le poète
lamentait, y songeant. Il n'a pas apitoyé la m
ni les princes de la couture.

L'Etat n'encourage point les initiatives.
Salon, chaque printemps, dans les salles rés
vées aux Objets d'Art, pourquoi des poupées
sont-elles pas présentées à la critique par
grandes maisons de la couture parisienne? Je
crois point qu'un des maîtres de ces établis
ments soit un esthète inférieur à M. Carolus l
rand. Ils connaissent aussi bien les souples
des nuances. M. Carrier-Belleuse leur donne
des leçons inutiles. Et, faire, par le moyen d'
femme plastiquement habillée, une œuvre p
sante à l'esprit, cela n'est-il pas un art digne
notre époque savante pour analyser la vi

Je ne vois point comment l'honneur des
lons s'en trouverait amoindri. Une seule con
tion à imposer serait celle-ci. La moitié des
dèles présentés par le même exposant recti

rait des laideurs humaines. Il semble trop simple
de bien vêtir des filles parfaites. Le difficile sera
toujours de munir de noblesse une carnation
défectueuse.

Bien plus que les kilomètres de toile peinte
ornant les murs du Grand Palais, une telle exposition élèverait les caractères de la race. Elle
les obligerait à concevoir les véritables beautés
de leurs formes et la science d'assortir les habits
qui les améliorent. Une race bien habillée est
prête à de grands destins. L'Angleterre doit la
dignité de ses individus à la propreté générale
de la toilette. Les Latins qui négligent l'extérieur, accélèrent la décadence de leurs États.

Munissons d'une esthétique convenable les
habits de la grosse dame. Sachons tirer parti de
sa majesté naturelle. Mettons à l'aise ses mouvements. Finissons de lui permettre qu'elle abîme
le tableau des rues et des boulevards en y affi-
chant sa silhouette ridicule habillée selon la
mode d'adolescentes maigres, et nous aurons
gagné quelque chose déjà sur les abominations
de ce temps.

Un siècle viendra peut-être, dans la suite, un
siècle aidé par les cataclysmes et les révolutions,
qui délivrera le mâle de deux horreurs : le pantalon et le chapeau haute forme. Mais c'est là une

16.

ambition de dieu en délire. Les siècles passent.
Le cycle est inventé. L'ignominie du pantalon
demeure. Et nous dînerons encore auprès de
quadragénaires mal fardées, dont les chairs
jaunes et les bras flasques déborderont vers notre
assiette !!

XXII

LA BEAUTÉ DE L'APPARENCE

Entre les sports qui se partagent l'admiration du monde, celui de la pelote basque gagne une faveur sans cesse accrue. Partout on aime voir de souples garçons se démener, recevoir la balle dans le long ceste d'osier et la renvoyer vigoureusement contre le mur. L'élégance des attitudes, l'élan des bonds agiles, la contraction de tout un être jeune ramassé sur les jarrets, pour se détendre soudain en un [essor de voltige, attraper dans l'air le projectile, puis le rejeter violemment vers le but : ce sont là des images qu'eût recherchées et fixées le sculpteur antique. A Cuba les paris sont fiévreux que les aficionados engagent en l'honneur de telle ou telle équipe. Un édifice énorme a été bâti à grands frais, et pourtant le propriétaire achève de ras-

sembler une fortune. Dans le pays basque de
jeunes prêtres se mêlent souvent au jeu. Leurs
soutanes volent avec leurs écharpes autour de
leurs corps musculeux et cambrés. Parfois la
mer assiste, bleue et langoureuse, à ce bel effort
des hommes, lorsque les rendez-vous ont lieu
dans les bourgs aux maisons blanches, semées
sur le golfe de Gascogne. C'est une rêverie de
jadis. On assimile le réel contemporain aux évocations des luttes grecques couronnées dans le
stade olympique, non loin de l'azur que meuvent
les flots égéens. L'usage à peu près quotidien de ce
jeu pourvut les Basques d'une plastique superbe.

Si l'un descend par la sente éboulée dans la
falaise, en s'appuyant sur le joug de ses petits
bœufs roux qui retiennent la glissade du char à
pierres, peu de spectacles convient mieux l'esprit à la dévotion envers la beauté humaine. Et
c'est là, sans doute, un précieux résultat des
sports. Ils embellissent la race. L'Anglais,
svelte, clair, impassible et droit, l'Américain
solide, musclé, aux yeux d'aigle dans un visage
rasé d'athlète statuaire, leur doivent cet orgueil de
l'allure qui leur communique la confiance en soi,
le goût du risque, la foi dans l'issue de la lutte. Ils
respectent leur corps comme un instrument de
triomphe. Ils soignent leur tenue par culte.

Cette religion de l'apparence humaine, trop
négligée par les générations antérieures, mérite
qu'on la rénove. A tort nos grands-pères sou-
tinrent que le mâle doit s'exempter de coquetterie. A tort ils qualifièrent d'efféminés, de
propres à rien, les jeunes bourgeois qui s'occu-
paient de raffinements utiles à la coupe des
redingotes et au brillant du linge. Lors de mon
adolescence, beaucoup de parents considéraient
encore l'élégance comme un signe de mauvais
instincts. Ils exigeaient que leurs fils s'habil-
lassent ainsi que le notaire de l'ancien théâtre,
ou bien les jugeaient perdus. Je me souviens que,
la première fois où j'étrennai un col cassé par
devant, la colère paternelle fut terrible. On me
saisit à la gorge, on empoigna ce malheureux
appendice de chemiserie, on le froissa, on le
saccagea, on l'arracha, on le jeta sur le tapis, on
le piétina. Ensuite je fus contraint à boutonner
sous mon menton un carcan rigide et de hauteur
médiocre, de le sertir avec une mince cravate
noire. Sinon l'échafaud eût aboli avant peu les
débauches de mon existence, à ce qu'assurait
l'auteur sévère de mes jours. Je crois bien avoir,
ce matin-là, suscité la plus sincère de ses indi-
gnations puritaines.

Les temps ont changé. Nous savons que la

première des politesses est de se vêtir par.
ment, afin de ne pas déplaire et de ne pas ca
une sensation désagréable [aux gens. I
semble que si les socialistes étaient d'accord
leurs principes d'altruisme, leur devoir se
avant tout, de paraître sous les atours les
seyants. Ainsi marqueraient-ils leur dési
souhaiter d'abord le bonheur du peuple. (
ment sauraient-ils prétendre qu'ils visent à
si leur tenue débraillée, si le chapeau détei
cabossé, si le vêtement usé et taché, si les
liers informes, si le linge défraîchi valent d'a
aux ouailles le dégoût de l'apôtre. Valoi
dégoût, c'est valoir une peine, c'est offei
c'est léser, c'est injurier. L'homme négli
ment vêtu invective, par cela seul, ce
ses semblables. Il leur impose la tyranni
son aspect goujat. Ce n'est pas un fratern
   Non qu'il faille, avec ostentation, s'affi
de costumes luxueux. Le luxe est le contrai
l'élégance. Pourtant les prêtres catholique:
moines, parce qu'ils faisaient profession d
charitables, choisirent des habits nobles. Oi
jamais mieux trouvé que la soutane et le
pour diminuer les tares des conformations,
faire exceller une belle taille, une déma
digne et discrète à la fois. Très vite les eccl

tiques comprirent l'importance de cette bonté
extérieure. Ils édifièrent des maisons communes
admirables, leurs cathédrales, leurs abbayes. Ils
y firent converger les efforts de tous les arts
plastiques et musicaux. L'architecture des basi-
liques est encore la plus splendide inventée
depuis celle, mathématique et pure, des temples
helléno-romains. Que d'églises sont des musées
merveilleux, en Belgique, en Italie, en Espagne,
en France. Les trois quarts des tableaux illustres ornant les galeries nationales des Etats
furent commandés par les chanoines, les curés,
les évêques, les abbés d'autrefois, comme l'attestent les sujets religieux de ces toiles. Si l'on
songe qu'au Moyen Age les représentations dramatiques et le défilé du carnaval avaient lieu
dans l'édifice paroissial, ainsi que les baptêmes,
les mariages, les investitures, les funérailles, et
cela selon la pompe la plus magnifique dont les
annales aient gardé le vestige, on ne saura nier
que cet altruisme constant ait influencé les
peuples, les ait déterminés par reconnaissance à
la foi dans l'œuvre de la charité catholique. Ce
ne furent pas seulement des paroles, mais des
preuves de leur fraternité que les clergés surent
offrir.

De même en présentant aux yeux du public le

chatoiement des uniformes et l'entrain des or-
chestres militaires, tous les chefs d'armée surent
faire chérir par les peuples leur tâche et faire
vénérer leur besogne terrible. Le soldat fut res-
pecté. Comme le prêtre, lui-même prit une haute
idée de ses mérites. Ce lui procura de l'orgueil
et de la vaillance. Si les régiments tinrent à
honneur de ne pas flétrir par leur lâcheté les
armoiries de leurs drapeaux, le plus humble soldat crut devoir le même respect à son habit,
drapeau particulier, et symbole de son honneur
individuel.

Il manque un uniforme à nos députés. Certainement ils admettraient, sous la toge romaine
du législateur, une autre conception de leur
rôle. Ils ne crieraient pas en tumulte comme les
élèves d'une école indisciplinée. Ils s'épargne-
raient les injures grossières dont ils se baptisent
à chaque minute ; ils auraient honte de s'atta-
quer au moyen de calomnies stupides et de présenter au monde une telle face de la vulgarité
française.

La toge du législateur et du magistrat, si elle
les recouvrait, certainement leur imposerait
quelque mesure dans les gestes et les empêche-
rait des hurlements. A se voir en pourpre, avec
une traîne, les cardinaux vénèrent leur prestige,

et se gardent de le compromettre par des paroles vives ou des mouvements haineux.

L'importance du costume est donc extrême. Depuis quelque dix ans, on semble le reconnaître. De moins en moins on rencontre des personnes malpropres ou grotesques. Même le café-concert a dû modifier les affublements de ses comiques tant ils eussent paru invraisemblables à nos contemporains bien que nos pères les reconnussent pareils aux vieillards de leur enfance. La jeunesse des sports a beaucoup fait dans ce sens. Elle a réussi. Nous pouvons aujourd'hui débarquer dans les lointaines provinces, dans les petites villes de Bretagne ou du Dauphiné, sans nous heurter aux ridicules de jadis, sans voir des chapeaux trop surannés, des parapluies difformes, des redingotes désuètes ou du linge jaune.

Une autre étape doit être franchie. L'horrible chapeau haute-forme et le hideux pantalon ne seront-ils pas bientôt proscrits de notre âge ? Je sais que, depuis un siècle, le temps consacre leur laideur cérémonielle. Cependant, les modes furent toujours changeantes. Celles-ci ne se modifieront-elles jamais ? Et pourquoi ?

Vêtement des cavaliers hongrois, puis des terrassiers et des manœuvres, avant 1789, le panta-

17

lon fut distribué aux régiments de l'Empire par
mesure d'économie, vers 1810, lorsque le nombre toujours croissant des effectifs augmenta les
dépenses pour la guêtre et la culotte. Alors, les
intendants militaires firent confectionner une
seule pièce à la place des deux, ce qui réduisit
et simplifia les comptes. Pourtant, jamais les
corps d'élite ne portèrent cet affreux accessoire.
Par esprit révolutionnaire et démocratique, les
Américains s'en ornèrent. Leur goût s'imposa
bientôt aux whigs de Londres. Pourvus, en général, de jambes hautes, les Anglo-Saxons et les
Scandinaves pouvaient, à la rigueur, sous ce déguisement, garder de l'allure. Mais quand nos
races méridionales, trapues, courtes et brèves de
jambes, se parèrent ainsi, le résultat fut hideux.
L'homme de trente ans, moyen, ressembla, dès
lors, à un large cube monté sur deux cylindres
flottants, tandis que sa tête ronde supportait un
tuyau noir. Comparez les statues des célébrités
modernes aux statues d'autrefois. Allez voir Shakespeare, boulevard Haussmann, puis Gambetta,
place du Carrousel, Diderot et Chappe, boulevard Saint-Germain, puis Jules Simon, place de
la Madeleine. Ensuite demandez-vous pourquoi
vous choisissez la plus vilaine des deux plastiques.

Une heure l'on put croire que le pantalon ces-

serait d'avilir nos formes. Naguère, les cyclistes
reprirent la culotte et les bas. Nous vîmes enfin
des personnages gracieux évoluer sur les routes.
Malheureusement, ce ne fut qu'un essai. A peine,
quelques cyclistes, touristes et chasseurs conser-
vent-ils ce meilleur aspect. L'abominable pantalon, de nouveau, s'impose. Rien ne nous oblige
cependant à cette hideur qui change le galbe
de la jambe en celui d'une poutrelle mal équar-
rie.

Si l'on feuillette les albums de gravures, il apparaît que, parmi les modes en usage aux siècles
passés, la tenue des bourgeois, à la fin du dix-septième et au début du dix-huitième siècle, fut la
plus seyante pour les statures de notre race. Cette
redingote que l'on nommait habit, ces culottes
bouffantes et cachées par les basques, ces bas
haut tirés, ces souliers à languette, ce chapeau
de feutre dur et rond mettaient en valeur les lignes et les courbes du corps, dissimulaient les
imperfections des ventres obèses, laissaient aux
jambes toute leur longueur. En ce temps béni,
les messieurs étaient aussi heureusement vêtus
que nos petites filles actuelles. Comme elles, ils
avaient de la prestesse, de l'allure et de l'élégance. Qu'un jeune homme endosse sa redingote, passe ses culottes et ses bas de chasse, qu'il

se coiffe d'un chapeau de prêtre, et il aura, sans
acquérir de nouveaux effets, ressaisi la prestance
des Clitandre. C'est ainsi que s'habillèrent les
encyclopédistes, préparateurs de la Révolution
française. En notre République troisième et définitive, il ne serait pas saugrenu que, par respect
pour les Jean-Jacques Rousseau, les d'Alembert
et les Diderot, nous préférions nous vêtir à leur
goût. Il fut le meilleur. Certes, il faudrait proscrire les dentelles, les rubans, les étoffes de soie
et de velours qui chargeaient les épaules des courtisans à Versailles. Mais notre sagesse présente l'a
déjà su faire. Ne lâchons plus notre camaïeu.

Composées d'hommes jeunes, beaux et actifs,
les sociétés sportives pourraient, mieux que toutes les autres, réhabiliter la mode encyclopédiste,
l'adopter et l'imposer au monde. Il importerait
qu'une ligue se fondât pour remplacer ainsi nos
ignobles affublements masculins. Les jours de
cérémonie, le feutre se substituerait heureusement au tube, l'habit de Jean-Jacques au frac
étroit, et les guêtres ou les bas de soie noire au
pantalon. Soyez sûrs qu'à se découvrir moins laids
les hommes s'estimeraient davantage, se respec-
teraient et oublieraient leurs méfiances devant
l'action nécessaire. Orgueilleux, ils oseraient
plus.

Il est des saisons où la mode exige que les élégantes fassent disparaître sous des corsets tor-
tionnaires toute proéminence du corps. C'est
honte que d'avoir de la poitrine et des hanches.
La faveur ne s'accorde qu'au simulacre de l'an-
drogynat. Afin d'obtenir cette monstruosité les
dames se pincent les replis du ventre, les attirent
par la force du poignet, jusqu'à la poitrine, et,
par-dessous, elles sanglent la plus étroite zone de
leur cuirasse. Sans l'aide d'une camériste robuste
et de biceps notables, nulle ne peut espérer les
privilèges de cette platitude, qui rend pareille
au soldat de plomb couché dans la vieille boîte
de six sous. La servante doit empoigner les chairs
abdominales, les rouler, les refouler en boule
dans les seins que la masseuse a préalablement
réduits en chiffons fripés. On tasse le tout dans
les moires armées de solides baleines. On lace,
on tire, on boucle et on noue ; et la plus tentante
Vénus se trouve alors transformée en Ganymède
équivoque. On ne sait si les goûts helléniques de
l'Université d'Oxford passent assez vite dans les
âmes de nos gentilshommes, pour justifier ce désir féminin de parader en Alcibiades devant les
désirs des Socrates. Ces dames ont-elles à craindre la rivalité des éphèbes ? C'est à le croire. Les
corsages des plus grassouillettes semblent cacher

des thorax d'adolescents. De l'épaule au genou
une ligne rigide efface les apparences de fille pu
bère. On cherche instinctivement sur leurs joue:
si le duvet pousse. Cela seul manque à la min
des promeneuses.

Parce qu' « ils n'en ont pas en Angleterre! ›
faut-il que nos fils latins en soient aussi privés ?
Et cette belle ardeur de patriotisme nationaliste
qui anime la société des grandes villes ne servi-
ra-t-elle pas du moins à faire chérir les beautés
de nos races, c'est-à-dire les fruits abondants et
doux de jeunes poitrines bien fleuries, gloire ancienne de nos bachelettes, orgueils légitimes du
Transtevère et du pays arlésien ?

Nymphes de Boucher qui sûtes plaire aux yeux
malins des ancêtres ; dames du Quinzième qui dî-
niez, les appas dehors, comme le visage, pour la
joie des Armagnacs et des Bourguignons, merveilleuses du Directoire qui voiliez à l'antique,
d'une gaze diaphane, les globes nacrés de vos gorges pour la volupté visuelle des héros de Valmy,
d'Arcole et de Hohenlinden ; Françaises des époques grandioses, et vous, sveltesses du marbre
que sculptèrent Houdon, Pradier, Carpeaux, ne
conseillerez-vous pas la mémoire de vos descendantes ? Voilà qu'elles renient abominablement
les charmes dont s'éprirent nos littératures. Nos·

femmes, nos filles et nos sœurs s'effacent à l'anglaise, malgré tant de diatribes contre le cosmo-
politisme et l'étranger. Se peut-il que sur notre
terre, le culte du boy remplace celui de la dryade
alerte aux formes fécondes ? Ce goût de l'éphèbe
s'explique en Orient où les femmes se flétrissent
de bonne heure, quelquefois, à l'instant même de
la puberté. Esclaves du désir, elles engraissent,
somnolent, s'abêtissent en se bourrant de confi-
tures, de fruits et de bonbons dans l'ombre du
harem, tandis que le jeune homme pourvu de
vastes yeux doux, marche, court, pense, est capable de passions et de vie. Mais, à l'occident
septentrional du vieux monde, la femme semble
avoir atteint sa précellence d'esprit et de corps.
Les jambes élancées, la taille étroite jointes
par de merveilleuses courbes aux renflements gé-
minés de la poitrine, à la rondeur polie du ventre,
donnent, par ce contraste, la meilleure sensation
de grâce à la fois frêle et lourde. Les filles de seize
à vingt ans, sont, chez nous, des types de proportions parfaites. Certainement, passé cet âge,
la majorité des hommes l'emporte, en pureté de
lignes, sur la majorité des femmes. Acceptera-t-
on cette évidence pour raison suffisante d'accom-
moder l'extérieur féminin aux rythmes de l'extérieur masculin, même en ce qui concerne les

jeunes personnes indemnes de toute tare? Ce se
rait un crime esthétique. L'excellence de chaque
créature consiste à persévérer dans son être, et à
le mener vers la plus complète expression de ses
qualités totales. La femme qui virilise à l'excès
son apparence, pèche contre la beauté. Elle ins-
titue de l'hybride, du monstrueux et de l'équivoque. Un pareil résultat ne justifie point les
tortures qu'il suppose. Que ces dames nous
rendent la splendeur de nos races celtes et latines !

Les modes ne dépendent pas uniquement des
caprices. Elles trahissent aussi la préoccupation
inconsciente de l'époque. Telles idées qui se répètent plusieurs mois durant, finissent par in-
fluencer la vie entière et tous ses gestes. Voici
des années qu'on invite la nation à l'énergie,
qu'on prêche, avec des comparaisons favorables
à l'Angleterre, qu'on applaudit, à travers les
blâmes, le féminisme américain, français, russe,
qu'on appelle les épouses à la loyauté, à l'intelligence, à la science et à l'indépendance d'esprit,
qu'on la mêle à la politique. Peu ou prou, ces
excitations la persuadent. Si la coquette se défend contre elles, il lui faut les discuter ; et les
discuter, c'est les adopter en partie, c'est accueillir leur force obsédante, même sous une forme

négative. A l'heure où l'on parlait des littératures
de décadence, les magasins se remplirent de tissus aux nuances pâles, de meubles grêles. Le vert
d'eau, les bleus passés, les rouges aqueux parèrent les étoffes des robes, que rehaussaient
des passementeries byzantines. Le préraphaë-
lisme franchit le détroit du Pas-de-Calais.
On vit dans chaque salon une fleur bizarre se
dresser, solitaire, dans la petite urne rose, sur
la table. Quand l'atmosphère se remplit de tu-
multes guerriers ; quand le canon gronda en Afrique et en Asie, quand les révolutions ensanglan-
tèrent Pétersbourg, Odessa, Moscou, nos femmes revêtirent les allures des amazones qui se
coupaient le sein, encore que celles-là n'eussent
plus à tendre l'arc. Mais elles se veulent mâles et
martiales, alourdies d'aucun poids superflu. Elles
ne songent point assez que les succulences de
leurs corps sont la meilleure récompense atten-
due par le jeune héros, et qu'à le priver de cette
gourmandise, fut-ce mensongèrement, elles diminuent les motifs de sa vaillance, elles diminuent les forces de la nation. Si le Latin combat pour moins de beauté, il combattra moins ardemment.

La beauté réside nécessairement dans la cor-

17.

rection et l'harmonie des lignes, dans la mesure
de leurs rapports, dans la perfection de leurs
joints. Un être, une chose, un paysage nous plaisent d'abord, sans que nous puissions dire les
causes, parce que notre œil, puis notre esprit ont
perçu un total définitif de courbes agencées. Cela
nous donne une quiétude singulière, immédiate.
Soudain, nos traits se sont détendus. Notre chagrin s'est enfui. Notre fatigue cesse de peser le
long de nos membres. Une image est apparue
dont l'influence a desserré les contractures de
nos nerfs. Avide aussitôt de mieux voir, de tou
cher, de posséder, de jouir indéfiniment, notre
âme se tend vers la magnificence d'un horizon,
la structure d'un palais, la sveltesse d'un corps.
Tout notre être désire perpétuer la sensation.
Tout notre cerveau travaille à la ressentir davantage pour l'éterniser dans la mémoire.

Qu'un artiste survienne, il la fixera sur la toile
avec le crayon et le pinceau, ou dans la glaise
avec son ébauchoir. Ceux qui n'auront pas connu
l'instant divin pourront l'aimer devant le tableau
ou la statue. Par surcroît sera révélé le talent qui
interpréta la nature en l'alliant à son émotion
propre, en transcrivant à la fois l'objet perçu et
l'émoi provoqué par la perception.

Lorsqu'il fait, devant une visiteuse, défiler de

jolies personnes vêtues avec splendeur, le couturier s'efforce de provoquer le même trouble. S'il
y réussit, la cliente éprouve le bienfait physique
et moral que nous dispense la Beauté. Cette fois,
c'est l'excellence de jeunes corps aux allures gracieuses et nobles, c'est le tri de nuances diverses
unifiées dans les courbes d'un costume qui cha-
toie. Ressembler à cette créature d'apparat, ne
serait-ce point susciter dans les cœurs des amis,
des compagnons, des passants, la même volupté
délicieuse qui nous pénètre? Dès lors, ils vou-
dront aussi prolonger le plaisir de la rencontre,
et se feront affables, empressés, indulgents,
louangeurs, afin que la présence de la dame bien
parée continue de les ravir. Elle-même savourera
la double félicité de valoir de la joie et de se savoir, pour cela, recherchée, souhaitée, désirée
peut-être, ou du moins accueillie avec la déférence qu'inspire une personne experte dans l'art
d'adapter les couleurs et les lignes les plus favorables à son charme.

Voilà les espoirs que valent aux acheteuses,
les jeunes filles jadis surnommées, puis nom-
mées « mannequins », et qui, dans les grandes
maisons de couture, paradent sous les toilettes
inventées par l'art du dessinateur et de la cou-
peuse. Elles se présentent, comme les images de

miroirs infidèles mais engageants, images de ce que deviendra la dame quand, à son tour, elle aura, fort anxieuse, endossé le prestigieux étui de soie, de dentelles et de satins abondants. Pour médiocre que soit sa prestance, et pour épaisse que soit sa taille, ou pour évident que soit son squelette, la spectatrice des mannequins ne doute pas d'égaler, en quelque façon, cette adorable Germaine qui, autrefois, chez Dœillet, dans les hauts salons anciens de la place Vendôme, promenait son allure de marquise traditionnelle, au sourire impertinent, aux gestes de menuet, au profil fin, aux longs cils noirs battant des joues rosées, à la chevelure légère et floconneuse.

Germaine est partie sans doute vers les Cythères généreuses. D'autres succèdent dont la plastique ne le cède en rien à celle-là. Il semble même que leur intelligence artistique s'affine chaque jour. Beaucoup d'entre elles parviennent à connaître de leurs qualités corporelles ce que le peintre expérimenté tâcherait d'apprendre. Vraiment, elles posent au miroir moins pour leur vanité que pour leur science. Elles arrivent à perfectionner leur marche, leurs gestes, le port de la tête, l'inclinaison de la nuque, avec la conscience avertie d'un vieux maître qui n'ignore rien des

secrets transmis par Léonard ou par Delacroix.
·:. Quelques-unes, avec leur chair et leur grâce,
composent des types de beauté tels qu'entre les
dix mannequins du cortège habituel, la visiteuse
ne peut manquer de découvrir celui dont se rap-
proche son type propre ; celui de sa race et de
ses ancêtres. Chez Paquin, une, toujours, as-
semblait en soi les traits, les gestes, les mines
d'une sorte de princesse qu'on croirait issue de
vieille race guerrière, tant elle est noblement
grande, encore allongée par une nuque mobile,
délicate, très libre, propre à élever par-dessus
les gens, un visage régulier aux lèvres sensuelles
et sauvages, aux lèvres de proie. Les demoiselles
des cours étrangères qui viennent s'habiller à
Paris se peuvent là souhaiter pareilles à celle
dont les yeux bleus et cendrés pensent gra-
vement sous les cils noirs, sous les arcs nets
des sourcils. Qu'une toilette l'enveloppe d'une
spirale souple en velours gris, serrée par une
ceinture brillante, qu'un corsage brodé d'argent
l'étreigne comme d'une armure discrète sous le
jabot de dentelle,qu'une mouche avive le marbre
de la tempe, et le coin du sourire condescen-
dant : la voilà digne d'être imitée par les Elisa-
beth, et les Louise de quelque Lippe-Holstein, de
quelque Hesse-Nassau. Cette jeune fille vit les

attitudes des portraits historiques aux musées.

Au contraire, des Parisiennes futées, intelligentes, actives, promptes à dire leur mot de philosophie superficielle et narquoise, sauront comment leurs manières désinvoltes chiffonneront la robe de visite en drap blanc, et les manches de dentelles ballonnées si tel mannequin les montre sur son joli corps allègre, s'il fait tourner, sur le col de soie ancienne, son visage spirituel et brun où pétillent les regards très malicieux. Elles sauront comment se creusera, se cambrera leur jeune dos dans un boléro minuscule, afin de signifier des intentions coquettes et sournoises à l'adresse de la personne empressée pour les suivre vers la table à thé, dans la serre, ailleurs. Les jeunes filles pimpantes apprendront si leurs mines se peuvent arranger de ce costume, autant que la physionomie de cette enfant fort railleuse sous la frange brune et dorée d'une chevelure en turban que décore, en outre, un petit nœud d'azur.

Il y eut la beauté classique de Mlle Odette qui entraînait les splendeurs des robes décolletées sur sa taille majestueuse. Il y eut la beauté sérieuse et triomphale de Mlle Paule, orgueil de la maison Doucet, et qui enseignait aux élégantes comment les couleurs du velours et des guipures « tourterelle » se drapent sur les lignes pures d'une carnation pleine, comment elles se marient au charme d'un sourire charnu qui feint de tout pardonner selon l'indulgence d'yeux sagaces, bridés à l'ombre de cils lourds, flanqués par les ondes d'une chevelure en bronze.

Greuze et Chardin se fussent disputé la chance de peindre une délicieuse, une fraîche poupée au dix-huitième siècle : Madeleine, et son regard bleuté, et les perles minutieuses de sa denture gaie, et la finesse de son corsage virginal, et la pente de ses hanches, et la fossette du menton, et toute la prestance en garde pour danser la gavotte, pour secouer, sur son rire, la lumière d'une coiffure blonde que surmontait un étrange nœud de velours marron. De celle-ci, les personnes franches, naïves, saines, et de pur sang français, purent choisir les atours. Ses fourrures d'hermine et de taupe, ses mousselines brunes ornèrent aussi les grâces traditionnelles et fortes, aimées jadis par les encyclopédistes ou les fermiers généraux. Mais la jeune femme que tient le jeu des passions voudra savoir comment les étoffes changeantes cachent et révèlent, tour à tour, les mouvements voluptueux des formes, comment elles les dérobent, pour les faire saillir ensuite, comment elles trahissent une âme

·dont la physionomie véritable n'apparaît point
sur le visage seul, mais sur tout un corps cha-
leureux. Celle-là n'aura qu'à contempler l'apparition de telle petite Suzanne, très brune, aux
œillades de manola, à l'air futé, riche en promesses de joie, et qui se cambre et qui se tend,
comme un désir, dans un fourreau de gaze ci-
trine.

Ainsi que les modèles des sculpteurs et des
peintres, ces jeunes filles ont fini par s'intéresser
fervemment à l'art qu'elles pratiquent. Depuis
les plus célèbres jusqu'aux débutantes, toutes
s'exercent à tirer de leurs personnes un maximum de grâce et de séduction. Elles développent
leurs lignes, comme le font les danseuses qui
s'assouplissent sur la barre recouverte en velours
au foyer de l'Opéra. De leur beauté accrue par la
science, dépend l'esthétique générale du costume.
Car les mondaines, les actrices et les courtisanes
ne décident l'achat d'une toilette que si le mannequin l'a fait valoir devant elles, complaisam-
ment. Or, les couturières et les marchands qui
fournissent à la clientèle bourgeoise, commencent par copier les robes de ces personnes opulentes, pour en vendre des imitations moins
·chères. Toutes les bourgeoises, puis les ouvrières
coquettes s'habillent donc selon le goût inspiré

aux premières acheteuses par les postures des
Mannequins.

‹ Mais si l'effort du peuple permit aux élégantes l'aisance et l'éducation de leurs grâces,
celles-ci lui doivent, en retour, des exemples
aussi parfaits que possible, de beauté. Elles sont
des professeurs d'esthétique pour la foule qui les
envie, les admire ou les désire au théâtre, dans
la rue, sur les champs de course, partout. A leurs
gestes d'enseigner l'eurythmie des mouvements·
A leurs mines graves ou moqueuses de corriger
la grimace blême du chagrin, ou le trivial d'un
gros rire. A leurs toilettes harmonieuses de
guider le choix du vêtement qu'adopte la multitude pour la saison, pour l'année.

···Qu'une « Paule », qu'une « Juliette » rendent
agréables une minute des chiffons coûteux, des
loques opulentes et déchiquetées, qu'elles les pré-
conisent par l'exemple mal suivi de leurs attitudes,
et nous serons bientôt condamnés à voir toutes
les femmes enlaidies par l'imitation de cette faute.

Voilà pourquoi nous semble urgent le devoir de
créer une fête annuelle de l'élégance où les meilleurs types de beauté plastique et vêtue seront
jugés, choisis, et présentés au goût public par
des admirations averties.

, Car une personne riche qui s'affuble de robes

désagréables et chères peut se féliciter, pourtant,
des étoffes et des dentelles, des tissus somptueux
plaisants dans leur matière seule. Mais les coquettes de la foule, qui copient de leur mieux
cette erreur, remplacent la matière coûteuse par
une camelote analogue, vite défraîchie, déformée,
dépourvue de cette splendeur grossière, mais
réelle, qui pouvait tout de même atténuer l'atroce
du premier choix. A la rigueur, la délicatesse
d'une dentelle valant plusieurs milliers de francs
pallie l'assemblage fâcheux d'une toilette tailladée,
chargée, boursouflée, crénelée à foison. Mais cette
dentelle, travestie en guipure pas chère, habille
l'honnête marchande comme d'un rideau arraché
à la vitre, ou comme d'une têtière fabriquée par
nos aïeules pour les canapés en velours d'Utrecht.
Savamment et discrètement fardée, parfaitement
et longuement coiffée, une « Madeleine » nous don-
nera bien quelque agrément, même si elle porte
un chapeau ridicule, à voltes hélicoïdales, à
panaches en autruche, à jardins, à vergers et à
nœuds de soie cerise. Mais qu'une jeune fille un
peu fatiguée par les labeurs du cours, du magasin, du bureau, vite coiffée, dès l'aube, sans autre
aide que celle de son miroir, se veuille surmonter
d'un pareil édifice acquis au rabais, elle nous
communique l'impression d'une triste mascarade.

Les modes sans esthétique, si elles favorisent
parfois l'étalage toujours ignoble de la richesse,
enlaidissent la foule et lui pervertissent le goût.
Mondaines et courtisanes sont responsables de la
hideur publique. Elles négligent leur devoir strict,
qui consiste à faire de soi une statue d'art vivant
et merveilleux, pour l'instruction des esprits.

Quelques-uns prétendent que les créateurs de
la mode visent d'abord à particulariser les êtres
opulents au milieu des multitudes économes. Ce
serait là une méthode pour distinguer, par des
oripeaux, les castes nanties. Peu importeraient
l'excellence ou la défectuosité plastiques du costume. L'essentiel serait d'interdire le luxe à la
majorité. Modifiant chaque mois, et de façon passable ou détestable, leur luxe, les femmes pourvues de fortune empêcheraient ainsi les autres de
les égaler par l'extérieur.

Cependant, le spectacle d'une foule sans beauté
me paraît un ennui plus grave que celui d'être
confondu avec le total des promeneurs, s'ils sont
agréables à voir. Le prince des dandys, Brum-
mel, se disait sûr de son élégance, si personne
ne le remarquait. Quelqu'un exprimait-il trop
vivement son admiration, lui rentrait, mécontent,
et changeait de tenue.

Ce pontife de la plastique individuelle attri-

buait toute sa valeur à la dignité de la personne,
qui ne doit pas être un objet d'étonnement, tel
un phénomène de foire. Pour échapper aux manifestations de la surprise publique, maintes et
maintes femmes trop élégantes sont obligées de
ne sortir qu'en voiture, et de se précipiter de
leur coupé dans la porte de la maison où elles se
rendent, de peur que les badauds ne s'attardent.
Ces sortes de personnes sont probablement
habillées avec luxe, mais non point avec élégance.

Pour notre goût, encore réputé par le monde,
il siérait que les maîtres de la couture omissent
d'exposer, sur les dos des mannequins, aux yeux
de leurs clientes, les modèles de toilettes trop
superbes, plus dignes de princesses africaines
que de Parisiennes affinées.

Aux lignes nettes et collantes des modes qui
vêtissent la femme de sa beauté, les essayeurs
semblent vouloir trop souvent substituer l'ignoble goût du chiffon, de ce qui flotte et de ce qui
se taillade. Plusieurs fois les manches de robes se
sont évasées, pour laisser fuir, au dehors, un
fouillis de mousseline ou de soie flasque. Il fallut
oublier le dessin du bras, enduit par l'étoffe
qui n'altère rien de la courbe diminuée si parfaitement, grâce aux calculs de la nature, avant

la paume de la main et la délicate mobilité des
doigts. Des barbares ont ressucité les hideurs
de 1870, les *doubles jupes*, les *tabliers* à bords de
velours, le kilo de faux cheveux en résille, les
suivez-moi-jeune-homme, les tournures et les
fouillis cachant l'orbe simple de la croupe ? D'affreux boléros écourtés et chamarrés remontèrent
dans le dos qui se voûta sous le faix du désespoir,
à se sentir affublé d'un pareil oripeau. Par milliers,
de jeunes personnes semblèrent habillées avec
leurs rideaux de vitrage, sous prétexte de guipures
et de tulles. Quelques-unes se ruèrent sur les
mantes aux bordures crénelées comme des châ-
teaux-forts, sur les nœuds et sur les choux, sur
tout l'horrible que l'affreux luxe de la Restauration inventa, et que celui du Second-Empire con-
tinua sans indépendance. Paris sut, à maintes
reprises, s'enlaidir terriblement.

En vérité, rien, sur la femme, ne vaut les lignes
étroitement épousées par l'étoffe que prolonge
une traîne ample, souple et onduleuse. La sirène
semble avancer avec le flot de son sillage. Elle
doit en émerger ferme, et comme nue, sous
une simple couronne de fleurs ou sous une
coiffure de plumes écourtées, lissées, collées
aux tempes. Tout le reste est indigne du bonheur
que le dieu nous fit en créant cet ostensoir de nos

rêves. Si la mode se doit de varier, inventons des
étoffes nouvelles et sombrement magnifiques. Les
ocellures du paon, le teint des fleurs, les moi-
rures de la rivière, le reflet des métaux obscurs,
l'iris des perles, les nuances infinies de la mer et
du ciel orageux permettent de réunir, sur les
corps, tous les symboles de l'univers.

Mais, de grâce, artistes de la couture, n'em-
maillotez pas, dans le chiffon, les membres, la
nuque, le buste, la taille, ni la croupe. Veuillez
ne point corrompre la pureté de la ligne par des
tortillons et des loques mousseuses.

La beauté réside nécessairement dans la correction et la pureté des lignes. Les proportions
du corps humain sont un exemple du rythme
parfait. Toutes les esthétiques, après tous les arts
spontanés, le proclamèrent par des maximes,
par des œuvres. Donc, une mode qui détruit cette
harmonie pèche contre la beauté. Pourquoi s'ef-
forcer d'aplatir les gorges derrière les corsets
droits, d'enfouir la ligne pure des bras féminins
dans des étuis gibbeux aux enflures monstrueuses, de cacher leur corps dans des amas de
lourdes choses uniformes ? Est-ce là ce que conseille la beauté des mannequins ? Que ne se
contente-t-on d'appliquer la peau de souples et
soyeuses étoffes sur les académies impeccables

·de nos « Germaine », de nos « Jeanne », de nos
« Paule », de nos « Madeleine » et de nos « Odette »?
Rien ne vaudra mieux que leur ressembler. Et
la foule sera belle, si elle se transforme à l'image
de leur plastique.

XXIII

LE MÉPRIS DE LA VERTU

Tous les gens n'adoptent pas les nouvelles mœurs, ni leur cynisme aimable. La bourgeoisie de province en reste d'ordinaire aux traditions du dix-septième siècle, pour ce qui concerne le soin de régir sa vie.

Une dame m'a conté l'histoire de sa parente, type même de ces âmes.

« Elevée sagement par les religieuses, à la vieille mode, ma cousine épousa, vers seize ans, un jeune employé d'administration qui vint en villégiature dans notre pays, au bord de la Loire. Elle était contente de quitter la campagne et la province, de connaître Paris. Elle loua un logis de trois pièces à Garches, devant la gare, pour que son mari pût se promener le soir dans le parc de Saint-Cloud. Depuis dix ans, elle y

demeure. A six heures du matin, elle se lève. La femme de ménage arrive, allume les feux, lave la vaisselle, cire les chaussures et balaie, puis s'en va. Ma cousine accomplit tout le reste de la tâche. Elle brosse les vêtements, fait le lit, pendant que son Georges traîne de pièce en pièce le rasoir à la main. Enfin, il est prêt; il déjeune. Pendant cette opération, sa femme se débarbouille, se coiffe, s'attife à la hâte, nettoie la petite, l'habille et la mène à l'école. Le couple ensuite prend le train pour Paris, car Georges est jaloux. Il préfère que sa femme termine le matin ses courses aux Halles et au Bon Marché : l'après-midi les suiveurs abondent. Vers onze heures, elle rentre à Garches, va chercher son enfant à l'école, la fait manger, la reconduit chez l'institutrice. Dans l'après-midi, elle n'a que le temps de raccommoder le pantalon gris, de border la jaquette noire et de recoudre quelques boutons au gilet de l'époux. En effet, il aime les plats réussis. La bonne cuisine exige une longue attention. Ma cousine épluche ses légumes. Elle prépare les coulis. Elle vide son poisson. Elle plume la volaille achetée à bon compte, et met le ragoût sur le feu. Tout en cousant, elle va surveiller ce qui mijote. Six heures. Elle s'enferme dans sa chambre, se lave, se parfume, revêt la

18

seconde de ses jupes noires, sa blouse de soie
mauve, noue un ruban frais autour de sa taille,
de son cou, épingle son chapeau dans son chignon. Elle veut plaire quand, du wagon, il la
verra sur le quai, pimpante, et douce au baiser.
Le voilà. Les besognes du jour l'ont ennuyé.
Amèrement, il se plaint. Pour changer de bureau,
il faudrait entreprendre quelques démarches. Un
père rigide lui enseigna que toute sollicitation
est avilissante. On doit parvenir par ses mérites
seuls. Là-dessus, Georges ne transige pas. Parmi
ceux qui débutèrent en même temps que lui,
deux sont devenus sous-chefs. Mais ils flattaient
le directeur du personnel; ils s'arrangeaient pour
venir à sa rencontre, comme par hasard, avec de
petites camarades agréables, et les lui présen-
taient. A de telles complaisances, Georges préfé-
rerait le suicide. Il est resté commis, à deux
mille quatre. On lui conseille d'aller voir l'ami
de son oncle, l'amiral B..., homme influent,
et très disposé à le soutenir. Cette visite lui
répugne : « Pour qui me prendrait l'amiral ?
Pour un mendiant, un importun, un sauteur !
Mon oncle lui a montré mes notes et mon dos-
sier. S'il veut agir, il le peut, sans que j'aille
l'ennuyer chez lui, à la façon des gens mal élevés. » L'amiral promet sans agir. Non loin de

Garches, à Vaucresson, la maîtresse de l'inspecteur général habite un pavillon coquet, dès avril.
Plusieurs fois, elle a fait savoir à Mme Georges
qu'elle recevrait avec plaisir la petite fille et la
jeune mère. C'étaient là des ouvertures. L'inspecteur général pourrait facilement prendre Georges
dans son service de contrôle. Un avenir superbe
s'ouvrirait. Jamais Georges ne permettrait à sa
femme de saluer « une fille ! » Il aime mieux
recevoir ses deux cents francs par mois, sans
gratification. Ma cousine l'approuve. Ils regardent le sabre et la croix du père, lieutenant de
vaisseau, mort au Tonkin. Celui-là n'aurait point
permis un tel déshonneur. Donc...

« Cependant ma cousine coupe leurs mouchoirs
dans les vieilles chemises ; et taille les robes de
la petite dans ses mauvais corsages. Elle tricote
tous les bas et toutes les chaussettes. Lui, bachelier, licencié en droit, cire le parquet, le samedi
soir, en manches de chemise. Au Jour de l'An et
à Pâques, ils vont applaudir en matinée la pièce
à la mode. Durant le mois d'août, ils prennent
le train de plaisir pour Dieppe, et passent là
quarante-huit heures. Ce sont les grandes joies,
outre celle des fins de mois. Quand il fait beau,
le jour de la paye, ils s'attablent tous trois au
Pavillon Bleu, devant trois demi-glaces, une à la

vanille pour la petite, une à la framboise pour
ma cousine, une au citron pour Georges. Il sou-
pire un peu, fronce le sourcil, s'il voit, par
hasard, entrer l'inspecteur général et les deux
sous-chefs devenus inspecteurs des sections à
huit mille, mariés. Leurs femmes accompagnent
la maîtresse du gros bonnet. Elles commandent
un menu somptueux. En juillet, l'un des chefs,
celui qui a épousé la plus jolie des deux femmes,
sera promu chevalier de la Légion d'honneur,
comme le père de Georges, lieutenant de vaisseau, mort au Tonkin.

« Pourquoi?... écrit ma cousine dans de longues
lettres amères, éplorées... Pourquoi cela dessert-il
tant d'être honnête et incorruptible ? Pourquoi
mes parents, les religieuses, ma famille et mon
mari m'engagèrent-ils toujours à tant d'orgueil
et de vertu, si j'en dois pâtir autant, si ma fille
doit, ensuite, vivre pauvre, méprisée, sans
espoir ? Pourquoi ? »

Parce que les Raspail et les Jules Simon ayant
prescrit aux étudiants, comme une belle action,
d'épouser leurs maîtresses, celles-ci forcées par
la position de leurs maris, à voir le monde, pé-
nètrent dans les milieux brillants où l'élégance
et le bagout suffisent, comme marraine et parrain. Elles recommandent, dans les salons, l'au-

dace de leurs pareilles. Intruses mélangées aux
honnêtes femmes, elles les supplantent. Un
oncle de province reprochait naguère cette facilité
d'accueil à sa nièce du Parc Monceau, femme
d'ailleurs irréprochable. J'ai retenu le dialogue :

— Ça vous étonne que je reçoive cette chanteuse, parce qu'elle est entretenue ? Baste ! elle
vaut bien certaines de mes amies ordinaires qui,
de cinq à sept, se déshabillent dans les rez-de-
chaussée de la jeunesse, malgré qu'elles soient
rentées par leurs maris, industriels, artistes,
fonctionnaires ou députés. L'une a l'excuse de la
pauvreté, du talent. Les autres, non.

— Mais il y a vénalité dans son cas ; elle vend
les plaisirs qu'elle donne. A supposer que la
calomnie ne les maltraite pas, vos amies pro-
diguent des joies gratuites. La vénalité constitue
non pas l'infamie, car il n'est pas plus infâme de
louer son corps que de louer sa maison, mais
la différence de vies sociales. Et cette différence
doit vous séparer irrévocablement.

— Alors, pourquoi m'autoriserez-vous à recevoir ce joli vicomte de M..., qui, sans le sou, se
fit épouser par une fille d'aubergiste allemand,
laide, pataude et millionnaire ! Aussi bien que
la chanteuse, il est entretenu. Ce n'est pas
l'écharpe de M. le maire...

— Pardon. Dès qu'il y a mariage, il y a disparition de l'égoïsme individuel devant la famille
par quoi la société se développe, du moins en
théorie. Se marier, c'est accepter le vieux contrat.
social, pour insuffisant et caduc qu'il apparaisse.
Le vicomte n'est entretenu que par surcroît. L'argent de la millionnaire reste destiné à une descendance mise en état d'acquérir une culture utile,
dont la République, certain jour, profitera. Le
principe est logique.... Au contraire, la courtisane
absorbe l'argent pour son égoïsme propre. Il n'y
a pas chez elle d'effort convenu en l'honneur de
l'avenir. Elle se garde stérile, dépensière et contente, sans assumer la charge de fonder une
famille, élément essentiel, jusqu'à ce jour, de
l'évolution nationale. Voilà pourquoi elle n'a nul
droit au respect que vous décerne la loi. D'autre
part, il est scientifiquement reconnu qu'à se
mêler, les castes perdent leurs énergies. Fré-
quentant chez vous, la courtisane imitera vos
habitudes. Moins spontanée dans ses caprices,
plus avide de considération, elle négligera
les parades et le luxe. Elle atténuera l'art de
grandir l'insolence de sa beauté, et n'accom-
plira plus sa mission qui est de procurer aux
hommes une sensation de splendeur vivante. La
courtisane se doit d'être un personnage de statue,

de tableau, et de s'exposer en public. Ainsi elle
excite le désir des hommes qui travaillent davantage, bénéfice général, afin de la posséder un
jour. Qu'elle emprunte vos habitudes bourgeoises
et son rôle d'excitant finira. De même, elle insi-
nuera dans votre entourage le goût de l'ostentation, de la vie extérieure, de la vénalité amoureuse et de la tromperie, toutes choses destructives
de la valeur familiale, puisque les enfants ins-
truits par des exemples fâcheux, chercheront,
dans les triomphes passagers des fêtes, la récompense médiocre d'un orgueil capable de viser à
produire de grandes œuvres. La République et
l'avenir perdront ces énergies. Voilà les raisons
supérieures qui défendent de réunir les courtisanes aux épouses, sans impliquer le moins du
monde, par cette séparation, le blâme ou le mépris envers quiconque. Il y a différence de mission. Voilà tout.

— Que de subtilités !... Tout à l'heure vous
traitiez fort mal une autre de mes visiteuses.
Ah ! la pauvre femme ! Une gourgandine, elle !...
Point du tout. Elle a été la maîtresse de Gounod.
C'est de la gloire. Ce n'est pas du vice.

— Cependant, il subsiste, par le monde, plusieurs centaines de personnes, sans doute, qui par-
tagèrent la chance d'une telle rencontre.

« La plupart achèvent dans des bouges humbles
une existence dépourvue de noblesse. Pourquoi
le dégoût que vous professeriez certainement à
leur endroit abdique-t-il devant leur sœur enri-
chie ? L'argent, l'élégance et la façon effacent
donc toutes limites entre le vice et la vertu ?

— Ce n'est point l'opulence que je salue, mais
l'art employé pour y parvenir, au lieu d'avoir
croulé dans l'avilissement. Je rends hommage au
génie de l'intrigue, de l'entregent et de l'adresse
qui transforma cette fille en une personne recherchée par les femmes légitimes de personnages officiels ou presque.

— Savez-vous les moyens qui firent triompher
cette intrigue et s'il n'en est pas de honteux ?

— Je ne pense pas que les vertueux prédo-
minent. J'ignore, et m'en tiens là. Seulement
la comtesse de T... la voit. Elles frayent ensemble avec les ambassadeurs. Par ses anciens
amants, elle peut être utile à mon mari, qui
veut sa commandite ; à mon fils, qui sollicite
un poste d'attaché. Le reste n'importe pas. S'il
m'importait, mon mari n'aurait pas les capitaux, mon fils resterait stagiaire. On nous mé-
priserait scrupuleux. Tandis que, ces avantages
obtenus, on nous estimera les égaux de gens aujourd'hui nos supérieurs. Nul ne nous reprochera

le coup d'épaule de la vieille Aspasie. Mais, si
nous en demeurions à notre état présent, on
nous traiterait comme des gens de peu. De tout
temps, il en fut ainsi. Les maîtresses des hauts
personnages ont été les protectrices efficaces du
talent, du génie, et de la simple ambition. Evin-
cer les courtisanes mûres, c'est se vouer à l'obs-
curité, ou du moins à la conquête trop lente de
ces honneurs dont nos qualités réclament la
très prochaine attribution.

En des termes analogues, les Parisiennes défendent leur tendance à s'acoquiner. Une cocotte intrigante et amie des puissants l'emporte
sur toutes les bourgeoises exténuées de sacrifices devant l'autel du devoir. Celles-ci, on
les respecte en bloc dans les discours officiels
et les traités de morale inconnus. C'est tout.
Celle-là règne, en ce sens que rien ne lui est refusé de ce que l'on convoite : l'argent, l'influence, les sympathies, et même la considération.

L'honnête femme demeure dans l'ombre. Elle
n'a point de dévots. On a déserté tous ses
temples. Il est dangereux de ne pas l'encoura-
ger davantage.

XXIV

LES AFFRANCHIES

Aux plages où murmure la plainte langoureuse de la mer, les Casinos sonnent, l'été, de mille musiques, tantôt prétentieuses et tantôt naïves. Les couleurs fraîches brillent sur les flancs des yachts, ondoient avec leurs pavillons, rutilent sur les parasols plantés dans le sable, font une longue bande chatoyante qui s'oppose à l'horizon, cette trace de grésil entre le bleu grisâtre des eaux et l'azur délavé du ciel. Blanches par leurs femmes en robes souples, par leurs baigneurs en complets de flanelle, fleuries par les chapeaux élégants des flâneuses, et tachetées par les costumes écarlates ou bleus de leurs enfants, les foules se prélassent, jasent en repos.

Les courtisanes abondent aux environs du Casino.

Elles paraissent curieuses à présent. Leur tac-
tique est de s'introduire dans les familles, sous
les apparences d'artistes de qui le talent fait
excuser la prostitution. Pour peu qu'elles aient,
dans un beuglant de province, chanté quelque
romance sentimentale ou quelque scie amusante,
elles parlent avec emphase de Glück, préfèrent
Beethoven à Wagner, soumettent à l'examen de
leur critique Debussy et Erlanger. Sur le piano
de l'hôtel, elles interprètent du Lalo, du Grieg,
durant les dix minutes qui précèdent le dîner.
Certaines trimbalent des chevalets et des boîtes
à couleurs. Elles posent au milieu des badauds
qui se pressent vers l'ombrelle plantée dans le
sol, et inclinée comme il convient pour diriger
le jour du plein air. En robes exquisement simples, en corsages diaphanes qui les font nues,
elles barbouillent des toiles avec des mines attentives et crispées sous le masque de fard collé
à la vaseline. Il en est qui récitent de leurs vers,
entre ceux de Heredia et de Mendès, puis les
calligraphient volontiers sur les éventails de
toutes les convives assidues dans leur restaurant.

Jadis, les bourgeoises eussent fui ces aventu-
rières agréables. Maintenant, les unes aux autres
s'acoquinent. Les enfants vont regarder « la

dame » peindre. Ils veulent entendre « la dame
qui chante si bien », et celle que les messieurs
applaudissent quand elle récite ses poésies. Ha-
bilement, les cocottes artistes tapotent les joues
des marmots, font montre de tendresse à l'égard
des petits, puis les ramènent à leurs mères qui
remercient, prennent l'habitude de rendre le
salut, d'échanger des opinions sur la température, des compliments sur les toilettes, des confessions d'antipathie et de sympathie relatives
aux promeneuses. Bientôt, l'artiste est déclarée
charmante, délicate, fort intelligente. Vous la
trouvez peignant à côté de votre tante qui brode,
lisant à côté de votre cousine qui fait ses comptes,
apprenant une vieille ballade à vos neveux inti-
midés. En vain représentez-vous à votre oncle,
à votre cousin et à votre beau-frère l'inconve-
nance de ce hasard. Tous trois ont de secrètes
raisons pour tolérer cette compagnie. L'un après
l'autre vous affirment que la coloriste a rem-
porté deux médailles à l'Exposition de Stuttgart,
que la poétesse est reçue chez un académicien,
que la cantatrice a dans sa chambre une couronne de lauriers en vermeil, présent des abon-
nés de l'Opéra. Et leurs épouses de renchérir,
de développer quelques thèses sur la tolérance,
l'indulgence, même sur la loi de pardon que le

Christ enseigne aux siècles. « Vous n'êtes pas un vrai chrétien ! » m'a répondu naguère une amie que j'avertissais d'une telle erreur.

Quelques mois plus tard, ces excellentes artistes se marient à de braves garçons naïfs et possédant quelque fortune. Ils s'imaginent avoir sauvé de l'injustice des génies méconnus. Ils vous déclarent qu'ils n'auraient jamais pu vivre avec une femme « pot-au-feu ». Au reste, leur ménage ne semble pas autrement orageux. Châtiée jadis par les longues déveines du Moulin-Rouge, du Casino de Paris ou d'Armenonville, l'artiste se souvient trop des entôleurs qui la grugèrent, des princes poseurs de lapins, et du travail parfois répugnant que l'on exigeait d'elle, moyennant un malheureux louis, dans les maisons accueillantes où de vieux messieurs viennent prendre le thé, vers six heures après midi. Sagement, elle ne fait pas son mari plus cocu qu'un autre. Doucement, elle engraisse.

Il se forme ainsi une société mixte, qui tient par ses parentés, ses relations, au monde ancien plus sévère, et qui, par ses goûts de la beauté, de l'élégance, de la gaieté gouailleuse, voire d'un art superficiel, s'unit au demi-monde.

Les bains de mer sont favorables à ces transactions. De juillet à septembre, il se conclut mille

19

et mille pactes équivoques. Tels les affranchis de
Rome s'insinuèrent dans le patriciat, et commen-
cèrent sa désagrégation morale.

Ce n'est pas qu'il faille réprouver avec une
haine janséniste les femmes qui choisirent les
aventures au lieu du mariage. Si elles se décidè-
rent en parfaite franchise, leur droit demeure
manifeste. En aimant gratis ou contre salaire
elles ne nuisirent à personne. Au contraire,
elles ont procuré maintes satisfactions estimées.
Or, ne pas nuire, c'est la première maxime de la
morale. Quiconque la respecte mérite d'être loué.
Bien des gens dits honorables, et vertueux n'ob-
servent pas ce commandement humain. Afin de
gagner ils ruinent légalement autrui, exploitent
le travailleur, asservissent leurs employés, con-
quièrent la fortune et les gloires, sans élaborer
même une œuvre sociale dont le résultat justifie
ces crimes. De loyales prostituées valent mieux que
ces honnêtes gens. Et, à ce point de vue, la société
mixte raisonne congrûment, lorsqu'elle les mêle.

Mais, chaque jour l'on entend gémir, sous prétexte que l'armature sociale craque, se fendille
et s'effrite. Beaucoup pensent que le bien est l'apanage de nos institutions traditionnelles : propriété, mariage, hérédité légitime, vertus bourgeoises, etc. Tolérant que les femmes libres ou

les adultères avérées s'immiscent dans leurs
milieux, ces contempteurs du Présent, introni-
sent la licence du Futur à leur foyer. L'exemple
d'épouses légères ou de courtisanes réhabilitées
ne peut qu'engager les jeunes femmes fidèles par
éducation à s'affranchir des préjugés survivants.
Certes, il en est dont l'âme héroïque ne cédera
point. Il en est aussi qui s'autoriseront du succès
dévolu aux coquines pour s'offrir les joies inter-
dites.

De là ces mille potins et ces mille scandales
dont nos propos aiment se régaler. De là cette
progression continue des divorces. Il semble que
l'on aille rapidement vers une ère de transition
caractérisée en ceci que les femmes commenceront leur existence par le mariage, puis, lasses,
la changeront par un ou deux divorces, avant de
finir par la vie libre ; tandis que les courtisanes
commenceront par la prostitution, avant d'y
adjoindre le prétexte artistique puis, de terminer
leurs jours le nez sur le pot-au-feu.

Alors, le mariage ne sera plus un état vital,
mais tantôt une combinaison provisoire, tantôt
une combinaison de retraite. On saura moins encore de quel père naîtront les enfants. Confiés
à l'Etat, aux collèges, aux lycées, aux pen-
sions, ils s'arrangeront, comme les jeunes Amé-

ricains. Dès quinze ans, ils quitteront le foyer,
ils entreront résolument dans la lutte générale,
en comptant sur leurs seules vigueurs, physiques
et morales. Fatalement ils chercheront dans les
associations, les mutualités, les coopératives,
l'appui que la famille déchue leur refusera. Cette
nécessité les obligera-t-elle à des énergies qu'ils
ignorent trop ? Peut-être. L'adultère et le divorce
auront-ils préparé notre descendance à des vic-
toires dont les écarte notre éducation française
contemporaine ?

Oui. Nous tendons de plus en plus à nous ac-
commoder d'un état de choses tel que la chasteté
n'y vaudra plus rien. La cote de la fidélité conjugale et même amoureuse décline chaque jour.
Nos bourgeoises n'affichent même plus cette
hypocrisie de façade qui les obligeait à s'écarter
des libres amantes, des affranchies, et qui les
forçait, en outre, à nier les écarts de leurs pareilles. L'esprit du naturalisme a tué cette hypocrisie, que l'on cultivait autrefois par sentiment
religieux, afin d'éviter le scandale. Car la religion, dans sa merveilleuse intelligence des principes sociaux, avait su mesurer les conséquences
de l'exemple. Péché caché était à demi pardonné,
parce qu il ne suscitait pas l'imitation. La décadence de l'âme religieuse, qu'anéantit en deux

siècles l'extraordinaire stupidité des prêtres, devait aussi mettre fin aux hypocrisies crues nécessaires. Aujourd'hui, le scandále l'emporte. Délibérément, la jeunesse embrasse une vie licencieuse. A côté de l'ancienne société vertueuse, du moins, en apparence, et même plus qu'on ne croit, en réalité, une société d'affranchis s'est développée jusqu'à lui devenir égale, par le nombre et par les prestiges. Naguère, la séparation persistait entre elles. Maintenant, une société fixe s'organise pour les unir, c'est-à-dire pour abolir la vieille sagesse au bénéfice de la nouvelle indépendance. Car les affranchis du joug moral, par leur exemple, déchaîneront les instincts encore réprimés dans l'austère bourgeoisie des provinces. Les trois sociétés se fondront, mais au bénéfice de la morale des affranchis. Ce phénomène sociologique est en voie d'accomplissement.

XXV

LES TEMPLES DE LA BEAUTÉ

Ces discussions ne sont pas frivoles. Le rôle de la beauté dans l'État fut toujours considérable. Si Périclès, Alcibiade et Socrate n'avaient point intelligemment admiré les formes d'Aspasie, sans doute eussent-ils légué moins de sentences ingénieuses où la sagesse humaine se résume, et que Platon sut consigner dans ses œuvres. Phryné servant de motif à Praxitèle qui sculptait les déesses, enseigna dans les temples, par la vision des statues, le sens de l'harmonie aux générations de poètes et de philosophes hellènes. Plus près de nous, le rôle des belles ne fut pas moindre. Envoyé par la Convention à titre d'énergumène pour établir la terreur dans Bordeaux, mais ayant vu, dans une prison, l'épouse de M. de Fontenai, Thérèse Cabarrus, une Espa-

gnole de dix-huit ans fort jolie, Tallien changea
si promptement d'âme qu'il se fit accuser de
modérantisme à son retour. Puis, comme il crai-
gnait l'échafaud, déjà préparé pour sa maîtresse,
il aida Fouché à détruire la dictature de Robespierre et à faire le 9 Thermidor. Ce fut dans le
salon de Mme Tallien que les protagonistes de
la réaction se réunirent pour le triomphe de Napoléon Bonaparte, en Brumaire.

David éternisa telle gracieuse posture de
Mme Récamier. La chronique nous apprend que
cette personne spirituelle fut une prêtresse
d'idées pour les adversaires du régime consulaire
et impérial. En admirant les charmes, l'éclat de
cette jeune femme, on venait dans le salon de
M. de Staël entendre parler Benjamin Constant
et quelques philosophes. « Depuis quand le conseil des ministres se tient-il chez Mme Récamier ? » vociférait l'empereur, irrité d'apprendre
que trois de ses ministres s'étaient, la veille,
rencontrés dans ce milieu. La puissance morale
de l'intelligente beauté effraya tellement le pouvoir, qu'elle fut exilée pour avoir rendu visite,
un seul jour, à la fille de Necker, dans le château
de Coppet. On redoutait que l'influence de
Mme de Staël ne doublât, si la splendeur physique de sa protégée lui donnait le secours d'une

présence continue. Camille Jordan et Ballanche
furent les intimes de Mme Récamier lorsqu'elle
vint endormir à Lyon sa peine persécutée. Ces
deux hommes intègres s'enorgueillirent de faire
connaître celle qui avait refusé de soumettre à
la police du despote l'indépendance de ses amis.
Elle devait aussi recevoir dans l'ermitage de l'Ab-
baye-aux-Bois Chateaubriand disgracié, organi-
sant l'opposition constitutionnelle qui rendit possibles les trois glorieuses journées de 1830. « C'est
la danse de Mme Récamier qui m'a donné l'idée
de celle que j'ai essayé de peindre », écrit Mme de
Staël pour expliquer comment elle décrivit les pas
de Corinne dans le roman célèbre. Autour d'une
Muse flexible, souple, habillée d'étuis légers et
collants, à la manière antique, peut-être, furent
discutées les conspirations qui causèrent la chute
du colosse impérial, et celle de Charles X. Au
Louvre, nous considérons cette figure d'un ovale
ingénu qu'entourent des boucles un peu roides
ceintes d'une bandelette, à la grecque ; nous ai-
mons ce corps placide, mais près d'être sinueux
au moindre geste et où l'échine se creuserait
élégamment dès l'attitude prochaine. Nous nous
étonnons de savoir que les esprits les plus ar-
dents de France s'enthousiasmèrent trente ans
près d'elle ; qu'ils éclairèrent le monde comme

les rayons projetés d'un centre lumineux. Afin
qu'elle louât un acte, un discours audacieux,
une parole de liberté, plusieurs grands hommes
risquèrent leur gloire et leurs vies.

Cette beauté de la race centrale française fut
donc essentielle, de 1800 à 1830, au mouvement
des opinions. Certes, il importe que la forme
soit la gaine d'une intelligence instruite. Sous
une apparence harmonieuse, l'esprit peut davantage. Sous la grimace de la laideur, son influence reste mesquine. Aussi, lorsque la mode
menace de pervertir notre goût des lignes pures,
il convient de protester.

Éviter de telles fautes est difficile. La plupart
des femmes préfèrent la mode à la beauté. Elles
acceptent tout hideux travestissement dès qu'on
leur persuade que c'est là « le chic ». Cela d'autant mieux que les lanceuses de modes nouvelles
étant, à l'ordinaire, des Parisiennes très riches
et très jolies, le déguisement, pour atroce qu'il
soit, mais somptueux, devient passable sur leurs
corps et sous leurs figures de jeunes déesses.
Immédiatement, des dames moins douées copient le costume en vogue. L'ignoble de la chose
qui se trouvait amoindri, même effacé par la magnificence physique, reconquiert toute son horreur contre l'échine bombée et le ventre en

19.

pointe de certaines imitatrices. A mesure que
la mode se répand, elle afflige plus de statures
disgraciées. La ville se remplit d'abominables
guenons affublées de loques sinistres et bran-
lantes. L'esthétique de la nation, au lieu de
s'améliorer, ne peut que déchoir à ce spectacle.

Pour cet état de choses, les remèdes n'abondent point. Sans doute le meilleur serait-il de
réunir souvent, dans un palais agréable, les
moulages des statues exemplaires, et, si l'on pouvait, un nombre choisi de créatures vivantes,
modèles permanents pour les artistes de la couture, les élégantes, les passementiers, les or-
fèvres.

Une Italienne aux seins lourds, à la figure
ronde, aux cheveux noirs étalés en bandeaux,
aux hanches puissantes et aux jambes longues
évoquerait dans l'âme de l'esthète un accord de
nuances et de lignes appropriées à son type.
L'on composerait ainsi une robe digne d'être
appliquée sur les épaules des femmes brunes,
mamelues, et de visage passionné.

Mince, haute, coiffée d'or pâle et la poitrine
basse, la Scandinave de peau très blanche, hya-
line presque, susciterait l'imagination de manteaux onduleux nuancés comme la neige et la
mer froide.

De la Grecque, le profil fin, la figure aquiline
bordée par des cheveux en ailes de corbeau, le
corps agile et noble, aux attitudes souvent tragiques, permettraient de concevoir les vêtements étroits, sombres qui font de l'être une
ombre mystérieuse, indifférente aux choses,
pathétique.

L'air de raillerie dans le minois espiègle, puis
tout à coup sévère pour un instant, est le propre
de la citadine menue. Ses membres déliés, sa
prestesse, sa taille roide, ses courbes d'andro-
gyne, ses jambes de gamin leste et pimpant, les
allusions vicieuses de sa démarche en jupons
pareils aux corolles de fleurs renversées, ce sont
les éléments d'une beauté fine et variable qu'il
plaira de vêtir avec des tons clairs et soyeux, des
soies murmurantes, des jais scintillants comme
les œillades, des chapeaux à plumes.

La beauté humaine est l'expression la plus
entière d'une race en un individu qui représente ses mérites et ses vices développés par un
climat spécial, l'aspect d'un paysage habituel,
et les coutumes de son histoire. Un congrès devrait réunir les types absolument définis des
peuples hétérogènes. C'est en les comparant, en
les différenciant, en les opposant, que le concept
d'un étalon de beauté finirait par naître dans le

cerveau de l'observateur. La Flamande et l'Allemande du centre, qui perpétuent la divinité
de Cybèle, ses beaux bras frais, ses chairs abon-
dantes, rosées aux jointures, communiquent
une impression d'embrassement doux, de maternité féconde, de douce bonté riante, de servi-
lisme affable. L'Espagnole indolente, mate, cas-
quée d'une masse de cheveux bleuâtres, en quoi
elle pique une fleur de narcisse, provoque, malgré la même massivité des chairs paresseuses,
un sentiment de passion frénétique, de conquête
audacieuse et jalouse, d'amour colérique, avare
et rancunier. La maraîchère de Séville, assise,
une cigarette aux lèvres, sur la marche du patio,
les mains tombantes entre les genoux écartés,
est presque semblable à la cuisinière bavaroise
accroupie sur un tabouret de paille pour moudre
le café qu'on mêlera dans le lait de la jatte.
Qu'elles se ressemblent comme deux sœurs
grasses même, rien ne sera pareil en elles, s'il
nous amuse de vouloir définir les âmes transpa-
rues sous les traits de leurs figures, et dans l'apparence de leurs yeux ensommeillés.

. Au cœur de nos villes cosmopolites, les races,
depuis des siècles, se confondent. La diversité
des types appartient à la diversité des origines.
Il y a des trottins espagnols, bien qu'on les

nomme Mlles Dupont et Durand. Nous enga-
geons des servantes allemandes, encore que
leurs aïeux aient porté un nom français de son
et d'étymologie. Nos jeunes mondaines blondes,
fluettes, bonnes cantatrices, un peu félines, curieuses de toutes les 'sensations, facilement
immorales, dotées de mains fines et pâles, ce
sont les descendantes de Slaves inconnus,
passés à l'Occident avec les immigrations polo-
naises et prussiennes, d'une société à l'autre,
pendant les seizième, dix-septième et dix-huitième siècles.

Pour chacune de ces créatures, il siérait de
produire des toilettes adaptées à leur caractère
ancestral, si nous voulons obtenir des artistes
couturiers que la splendeur des promeneuses ne
diminue point la magnificence de la ville.

Cela serait possible. Dans un édifice appro-
prié, les plus belles femmes de chaque race s'of-
friraient à l'admiration de nos intelligences.
Elles signifieraient les excellences de leurs nations. Ainsi les statues des anciennes déesses
signifièrent l'esprit des vieux peuples dans les
temples de la Chaldée, de la Phénicie, de
l'Égypte, de la Grèce, de Rome.

Il appartiendrait à Paris d'ouvrir ce panthéon
de la Beauté et d'y faire paraître les idoles vi-

vantes. Ce serait une fête utile et singulière. Là
s'établirait enfin l'étalon logique du luxe. Les
règles de la toilette gagneraient une valeur de
science. Les émules d'Aspasie et de Mme Récamier nous font défaut. On n'en saurait trop connaître dans une société d'esprits : ils décuplent
leurs forces en se groupant autour d'une prêtresse adorable de leurs idées. A celles-ci, l'ostensoir est nécessaire pour qu'elles prennent
conscience de leur grandeur et de leur pouvoir, pour qu'elles songent à dominer par l'action.

Voilà pourquoi je demandai qu'on instituât un
temple de la Beauté cosmopolite, et qu'on y ras-
semblât des dévots.

Les journalistes qui s'occupent plus particu-
lièrement des mœurs et de leurs beautés nationales pourraient se confédérer afin d'établir un
concours de beauté dans les capitales de leurs
patries. Les lauréates seraient priées de se réunir à Paris pour le jugement définitif. Il serait,
naturellement, sanctionné, selon les traditions,
par des prix importants. Cette sorte de culte
rendu à l'Humanité triomphante manquait, lors
de l'Exposition de 1900. Les rédacteurs de *Gil
Blas* organisèrent une fête analogue, il y a
quelques années. Il faudrait reprendre, au point

de vue international, cette idée de notre boulevard. Le monde entier participerait ainsi à
l'élection d'une déesse nouvelle et pacifique,
qui donnerait à l'art l'étalon permanent de la
Beauté.

XXVI

LES FÊTES DE LA BEAUTÉ

Si l'on évoque le rôle de politique indépendante joué, lors du premier Empire, par Mme Récamier, on médite fatalement sur l'importance de la beauté féminine dans l'Etat, sur son influence sociologique. Sans me réjouir ni m'indigner, comme devant un phénomène de laboratoire, je constatai la loi. Elle dépend du plus ferme de nos instincts. Nous révolter, au nom de telle ou telle vertu, semble assez puéril, à notre époque. L'homme jeune a besoin d'objectiver son idéal ou son idée dans une forme d'épouse, d'amie. Ni les ascétismes des religions, ni les théories des révolutions ne modifièrent cette coutume. Il faut être un peu naïf pour refuser de s'en apercevoir. Néanmoins, d'aucuns me blâmèrent lors que je proposai d'établir ce Temple

de la beauté internationale, d'y élire, entre les
meilleures apparences corporelles des races, la
personne douée de façon suprême, afin de posséder un étalon de la forme humaine sur quoi
se règleraient les transformations de la loi.

On a donc écrit :

« Cette conception du rôle de la femme est
misérable. Elle la ravale à n'être qu'un objet de
luxe, soigneusement entretenu pour notre plaisir
sensuel et notre joie esthétique.

« Nous avons un idéal tout contraire à celui de
M. Paul Adam. Après avoir libéré la femme de
son servage économique, l'avoir purifiée des
vieilles erreurs ancestrales, nous voulons qu'elle
ne soit plus, en dehors de nous, une déesse,
mais qu'elle devienne notre compagne, amante,
épouse et mère. »

D'abord, j'ignorais, et tous les livres d'histoire ignorent qu'après Théroigne de Méricourt,
Mme Tallien et Mme de Staël, Mme Récamier
eût été simplement une chair de luxe, qu'elle
eût rempli le monde de seuls plaisirs sensuels.
Au reste, sauf dans le Parlement, nous sommes
tous d'accord sur l'urgence de libérer la femme
du servage économique. Mais pourquoi prétendre
qu'elle ne soit point déesse. Etymologiquement,
ce mot signifie celle qui place, qui organise. Or,

la vue d'une fille souple, aux lignes sveltes et à
la chevelure harmonieusement arrangée autour
d'un visage lumineux inspire des pensées de
sympathie, un désir de perpétuité, une série de
réflexions stimulant l'effort propre à la séduire,
à la conquérir, et à la garder près de notre enthousiasme. En ce sens, elle est créatrice d'une
vie nouvelle en nous; donc, si l'on veut bien,
déesse. Elle place dans nos intelligences un sentiment neuf, un motif de force. Elle organise des
facultés latentes et dispersées qui surgissent,
s'allient pour obtenir les grâces de la passante.
Dans nos races latines, vingt siècles de romans
l'attestent, cette façon de nous émouvoir est la
plus puissante. Et je ne comprends guère au nom
de quelle philosophie il paraîtrait souhaitable
que nos compagnes, amantes, épouses et mères,
fussent dépourvues de cette influence propice.

De même que l'homme féconde le corps de la
femme dans l'amour; de même la femme féconde
l'esprit de l'homme par les mille angoisses ou
voluptés qu'elle suscite. Avant le premier désir, l'adolescent est peu de chose. Ensuite, il
devient capable d'énergie mentale. Il s'honore
mieux. Il s'est accru, soit en souffrant, soit en
jouissant. Des voluptés et des douleurs l'ont instruit sur son âme obscure.

J'entends bien ce que le contradicteur insinue.
Il compte les multitudes féminines dont le mérite physique ne prime pas. Et il réclame pour
celles-ci d'autres royautés. J'ai moi-même écrit
à ce propos. Maintes fois je protestai contre la
conception qui limite l'idée de la femme à celle
de son prestige physique. Entre cent épouses
qui passent dans une rue, quatre-vingt-dix manquent de charmes. Ces quatre-vingt-dix ont droit,
cependant, au bonheur. Sans doute. Il importe
de leur procurer des sentiments robustes, de
leur communiquer les privilèges réservés au
mâle seul, de leur permettre ses actions, ses ambitions et ses libertés. A mon sens, cette vérité
demeure acquise, sauf dans les milieux séniles.
Je l'ai mille et mille fois défendue dans tous
les journaux. Quoi donc ? Faut-il sans cesse
répéter la même rengaine ? Les rédactrices de la
Fronde m'ont reproché de ne pas ressusciter
encore une fois leurs revendications libertaires.
Mais c'est entendu, mesdames. Je suis pour l'éga-
lité absolue, au point de vue légal et sentimental,
entre les deux sexes. Toutefois, cette opinion ne
doit point devenir maniaque. C'est une étrange
maladie que celle dont souffrent les sectaires. Ils
exigent que leur idéal strict nous hypnotise tous.
En dehors de lui, pas de vitalité qu'ils admet-

tent. Le socialiste ne tolère pas que l'art nous
préoccupe, s'il ne vise directement à l'émancipa-
tion du prolétariat et à l'asservissement de chacun sous la dictature de Jules Guesde. Pour le
clérical, rien ne doit exciter, sinon la lutte contre
le ministère qui poind les congrégations. Le pa-
triote nous méprise dès que nous cessons de
rêver plaies et bosses, trompettes et clairons, vic-
toires et pavois. Que ces apôtres sont exigeants !
Si je parle de la Beauté, nécessaire à la vie mentale, je n'abdique point, pour cela, mes avis anté-
rieurs sur la nécessité de rendre l'existence sor-
table aux multitudes de dames médiocrement
agrémentées par Vénus, mais douées de grands
cœurs, de beaux héroïsmes, de science. Si je
m'attarde à discuter les mérites des peintres et
à rechercher les meilleurs moyens de leur venir
en aide, je n'oublie point les autres travailleurs
peinant au fond des usines, sous le bourgeron et
la cotte. J'ai dit maintes fois comment il seyait
de secourir les quatre-vingt-dix passantes dé-
nuées de fraîcheur, d'appas. Leurs amis et chevaliers, dont je suis, permettront-ils tout de même
de prêter, en ces pages encore, mon attention
aux dix créatures de la centaine observée qui
sont agréables à voir et qui provoquent des idées
particulières, dignes d'examen ?

Les jolies personnes qui soignent leurs corps,
leurs teints, leurs toilettes, leurs manières, comme
le sculpteur soigne la statue et comme le peintre
soigne le tableau ; ces dix-là, certainement, ac-
complissent une besogne d'art. Elles font d'elles-
mêmes un poème vivant, et parfois magnifique.
Notre esprit leur est redevable non pas seulement d'un plaisir ou d'une évocation de volupté,
mais d'un accroissement. Une sensation heureuse
s'adjoint à la mémoire. Le flâneur quitte la rue,
où l'aspect de la passante le ravit en extase, ainsi
qu'il quitte le musée où une figure de tableau
l'enchanta. Les deux enseignements sont pareils.
Pour ces artistes de leurs corps, qui prêtent à la
ville une beauté superbe, je réclame les admirations mêmes réservées aux peintres et aux sculpteurs, à leurs travaux.

Dans les capitales, où les élégantes se montrent, la foule des visages médiocres et des pres-
tances vulgaires ne tarde point à s'amender. Une
famille rustique de la province débarquée à Paris, avec des tailles lourdes, des visages inanimés,
des épaules en voûte et une démarche bovine,
devient, après trois ans, beaucoup plus noble
d'allures, beaucoup plus vive d'esprit. Une servante s'y dégrossit très vite. Avec des manières
déliées, l'intelligence se fait accorte. La méchan-

ceté étant, presque toujours, l'effet de la bêtise, le sens de la fraternité succède à celui de la combativité contre le faible et de l'aplatissement au signe des maîtres. Les théories libérales et les révolutions naquirent toujours dans les centres où la beauté prospéra ; tandis que la campagne, peuplée à l'ordinaire de pataudes ou de créatures décharnées, demeure telle qu'aux temps préhistoriques, pour l'initiative mentale et morale.

En tous lieux, à toutes les époques, la beauté fut la mère de l'intelligence, autant dire de la liberté. Il n'appartient pas aux socialistes de la condamner, s'ils espèrent atteindre leur but.

A tort, certains veulent confondre le luxe et la beauté. Hérésie pitoyable. La Victoire de Samothrace nous apparaît vêtue d'un jupon et d'une camisole sans ornements. Une fille superbe n'est pas, pour cela même, une fille de luxe. Une blanchisseuse qui va, par le faubourg, droite et altière, les bras tendus par deux seaux pleins mouillant ses cotillons retroussés et ses chevilles, peut l'emporter de beaucoup, quant à la plastique, sur une hétaïre cuirassée d'orfroi et constellée de bijoux. Je dis là, vraiment, des choses trop simples. Un socialiste ingénu m'y contraignit en accusant d'avilir les femmes ceux qui essaient de découvrir le type de perfection nécessaire pour

les embellir avec plus de sûreté, et, par là, grandir nos intelligences mieux averties, grâce à des
impressions harmonieuses. Ainsi que les auteurs
des monuments, des candélabres, des jardins,
des fontaines et des statues, la promeneuse peut
éduquer les âmes des citadins. Obtenons qu'elle
leur donne des leçons excellentes.

Aussi faut-il établir un Temple de la Beauté,
dans un endroit favorable de Paris. On essaye-
rait là d'entourer les déesses avec des œuvres
analogues aux leurs. On prierait les artistes
d'exposer, dans les mêmes salles, les tableaux
que leur talent consacra pour fixer des types de
splendeur humaine, selon l'esthétique propre à
chaque nation. Les effigies des Vénus et des Dia-
nes antiques, les moulages des bas-reliefs gardant la vigueur fabuleuse des Héros et des Néréï-
des, on tâcherait de les obtenir et de les réunir.

La beauté vivante et la beauté fixe se rencon-
treraient dans un même édifice.

Certes les collectionneurs prêteraient les
images et les statues des civilisations périmées,
afin de mettre, sous les yeux du monde, les phases de l'évolution accomplie par l'esprit des
hommes depuis qu'ils prétendirent éterniser
leur émotion à la vue d'une forme sensible.

Peut-être réussirait-on à dresser un théâtre

sur lequel seront représentés les drames su-
blimes en quoi les génies des peuples incarnè-
rent leur conception de la vie, ce rapport des lois
naturelles et mystérieuses avec nos actes passionnés. On saurait, de cette façon, offrir successivement à l'admiration des esprits le *Roi Lear*,
de Shakespeare, chef-d'œuvre des races anglo-
saxonnes; le *Faust* de Gœthe, chef-d'œuvre des
races germaniques ; le *Prométhée*, d'Eschyle,
chef-d'œuvre des races gréco-latines, etc.

Les compositeurs, les peintres et les poètes de
tous pays seront conviés à symboliser le mythe
de Vénus, dans un poème dramatique et lyrique,
traduit ou écrit en français. Le décor, la fable et
la musique devront ainsi constituer une manifestation d'art intégral, due à la collaboration de
l'intelligence littéraire, du sensualisme sympho-
nique et de la vision plastique. L'œuvre primée
par un jury compétent serait ensuite exécutée à
l'Opéra, pendant la soirée d'apothéose qui finira
les fêtes de la Beauté.

L'art des cortèges, que nous avons perdu depuis longtemps, pourrait aussi être reconstitué
chaque jour, dans la salle du palais choisi, dans
ses jardins. Cela donnerait une mesure de ce
que peut atteindre l'ingéniosité de l'homme
qui se dépense assez mal aujourd'hui dans les

affreuses mascarades habituelles au Carnaval.
Aux jours gras, triomphe uniquement la sottise. Des masques immondes enlaidissent la foule.
La brutalité d'une bataille s'exaspère dans l'é-
change des confetti projetés. Aucune idée ne re-
lève cette liesse indigne. On braille et on s'atta-
que. La laideur du travestissement est abjecte.
Elle excite les instincts bas, la convoitise de s'avilir. On constate de monstrueuses verrues sur des
nez verts, des bosses au dos et au ventre, la recherche d'abominations physiques pour faire rire
la méchanceté qui se plaît à la moquerie envers
les faibles, les infirmes, les hideux. Le long de
la chaussée, de piteuses réclames défilent: bibe-
rons gigantesques et autres horreurs peinturlu-
rées propres à exciter la sauvagerie même du
rire. On hait au paroxysme. On dénigre, on
frappe. Le total des pires sentiments s'assemble.
Et la foule compacte se réjouit du Mal.

Si on pouvait la faire se réjouir du Beau, du
Bien.

Les étudiants organisent à la Mi-Carême, une
cavalcade. Leur goût instruit pourrait la rendre
admirable. Jusqu'en ces derniers temps, elle fut
sans magnificence. Cependant, des efforts d'amélioration furent tentés. Au bal de l'Opéra, quelques défilés se murent pompeusement. La grâce

20

des serpentins déroulés, jaillis, multicolores, dans les lumières électriques, amenda les contrastes fâcheux de ces kermesses où fraternisent le mousquetaire et le général d'empire, l'apache et l'odalisque.

Le premier soin des organisateurs devrait viser l'unité parfaite du cortège, à l'exclusion des anachronismes. On conviendrait d'une action et d'un temps définis, comme on le décida pour le cortège d'Étienne Marcel. Nul polichinelle, nul pierrot, nul chienlit ne pourrait y être adjoint ; et l'on choisirait un lieu de halte dans le quartier de Paris ayant conservé le mieux la physionomie de l'époque en cause.

Imaginez que l'an prochain, on veuille évoquer, au mardi gras, le centenaire de Marengo. Qu'il soit entendu que chaque déguisement particulier rappelle cette date du Consulat. Que les cortèges soient composés par le retour des troupes de l'armée d'Italie ou par l'affluence des Parisiens de 1800 venus à leur rencontre. Que cela se passe aux Tuileries dont le jardin demeure tel qu'au siècle passé. Que les enfants soient habillés à la mode d'alors, les enfants, les femmes, les hommes, tous ceux que le déguisement peut divertir ! Qu'au bal de l'Opéra on reçoive seulement les soldats de Ma-

rengo et de Hohenlinden, les femmes vêtues de
mameluks à bordures de cygne ou de redingotes à
l'anglaise. Que la décoration de la scène, de la salle,
remémore toute l'époque. Ce ne séduirait-il pas
mieux que l'absurde accolade du chienlit et de la
laitière, que la présentation des nez à moulins de
zinc, et l'entrechat d'un Sganarelle verruqueux ?

Quelques jours, quelques nuits, le peuple re-
vivrait son histoire. La diligence sonnerait de
toutes ses ferrailles sur le pavage. On acclame-
rait la gloire de Hohenlinden. Les soldats de De-
saix paraderaient dans leurs uniformes illustres.
Le prolétariat applaudirait les bonnets à poils de
la garde consulaire où servirent les ancêtres qui
portaient à l'Europe la nouvelle de la liberté.

Certaines personnes commencent à aimer ce
mode de distraction. Aux environs de Paris, naguère, des gens voulurent offrir, dans le parc de
leur domaine, un goûter champêtre en costumes.
Les invités s'y rendirent dans les habits de 1750.
On reconstitua la fête des Loges au siècle dernier. Un camp de gardes françaises fut établi. Sur
les pelouses, les couples dansèrent la gavotte.

Dans son bois, clos de murs, un peintre, naguère, réunissait les modèles et ses amis, acco-
modés selon l'apparence traditionnelle des satyres. Les nymphes fuyaient dans le buisson. Ce

fut gai. Pan jouait dans la flûte à sept tuyaux.
La fable se réalisa.

Durant quelque prochaine Exposition, la muni-
cipalité pourra rénover l'art des cortèges. M. Vil-
lette saurait excellemment préparer leur ordon-
nance. On aimera revoir la procession de l'Etre
Suprême et celle de la déesse Raison, parmi les
conventionnels romanisés grâce au dessin de
David, parmi les sans-culottes aux bonnets
phrygiens, les tricoteuses, les gardes des sections, les crieurs des rues, les cavaliers d'Auge-
reau. On s'intéresserait au passage des milices
communales allant rejoindre, près de Bouvines,
le roi Philippe-Auguste, afin de vaincre l'Angleterre, la Flandre et l'Allemagne coalisées contre
les franchises latines, en 1214, avec l'aide des
nobles francs, ancêtres de ceux qui entouraient
Brunswick, en 1793, à Coblentz. Il n'étonnerait
pas moins avantageusement de remarquer l'appareil propre aux anciennes Sociétés de ma-
çons qui construisirent, dans les cités des Gaules,
les cathédrales gothiques, et qui, pendant l'ère
toujours longue de leurs travaux, instituèrent, à
l'image de la leur, les corporations des métiers,
les dirigèrent, leur firent gagner les privilèges
du roi, les conduisirent à l'affranchissement
civil, à la reconnaissance officielle, aux premiers

Etats-Généraux dont l'esprit élabora, entre le treizième et le dix-huitième siècles, les idées de la Révolution française. A les voir défiler le long des rues, le peuple apprendrait ainsi qu'il doit aux Francs-Maçons sa noblesse, ses premières libertés, conquises malgré le glaive des barbares, seigneurs et soldats.

Il importe d'accroître de pareilles attentions chez les foules. Exprimant les beautés de l'histoire par des images vives, l'art des cortèges saura frapper les esprits, les faire réfléchir, les remplir d'enthousiasme, raffermir les loyautés.

Son influence peut, en outre, améliorer l'esthétique commune. A la suite des sensations qu'il procure, le passant rentré chez soi ne manquera point de comparer la décoration de son intérieur avec l'apparat des costumes et des chars. Il détestera bientôt la camelote dont le gratifient, à bon compte, les bazars qui vendent de quoi imiter les luxes rastaquouères. Il répudiera le papier à fleurs de sa muraille, le remplacera par une couleur unie, bleuâtre ou rouge, cernée d'une large bande en nuance plus foncée. Il se débarrassera du meuble plaqué, de la chaise incommode et laide, de la pendule et de ses bronzes niais. Il leur substituera de simples divans faits de larges sommiers élastiques recouverts en gros drap sombre, des meubles bretons en bois ciré, des armoires normandes, des cartels de simple cuivre fourbi, des tables de chêne épais et lourd. Au lieu de pitoyables gravures à sujets sentimentaux, on choisira, pour ses murs, de larges photographies de la mer, de statues antiques, de tableaux illustres dus aux primitifs d'Italie et de Hollande. Le lit de fer peint en clair s'érigera dans le milieu de la pièce, en sorte que la poussière ne s'amoncelle plus entre la cimaise et la quatrième face de la couche. On débarrassera le logis de toute malpropreté. On le choisira dans une banlieue saine que les trains circulaires desservent, non loin d'un bois ou d'un fleuve. Enfin, on possèdera une demeure plaisante qu'on ne fuira plus au bénéfice du marchand de poisons alcooliques. Les journaux et les livres, les revues justifieront un meilleur emploi de la monnaie jusqu'alors offerte au débitant.

Il sied pour cela que le théâtre sorte des coulisses, que les figurantes parent la rue de leur présence évocatrice, les ballerines et les modèles de leur beauté corporelle. Avec le cortège, l'art descend sur la voie publique. Il enseigne.

FIN

TABLE DES CHAPITRES

Achevé d'imprimer

le vingt juin mil neuf cent sept

PAR

E. ARRAULT ET Cie

TOURS

www.ingramcontent.com/pod-product-compliance
Lightning Source LLC
Chambersburg PA
CBHW070311030726
47505CB00004B/983